平和のレシピ

谷口純子

生長の家

はじめに

月刊誌《げっかんし》の『白鳩《しろはと》』に「日々《ひび》わくわく」と題《だい》して書《か》いてきたエッセーが、一冊《さつ》の本《ほん》になりました。この欄《らん》では、その時々《ときどき》に心《こころ》に浮《う》かんだことを綴《つづ》ってきましたが、生長《せいちょう》の家《いえ》の教《おし》えと切《き》り離《はな》すことはできません。具体的《ぐたいてき》には、人間《にんげん》の本質《ほんしつ》を善《ぜん》と見《み》る人間観《にんげんかん》と、心《こころ》によって現実《げんじつ》の世界《せかい》は作《つく》られるという考《かんが》え方《かた》です。

今年《ことし》、第《だい》二次《じ》世界大戦《せかいたいせん》が終結《しゅうけつ》して七十年《ねん》になります。世界中《せかいじゅう》が戦争《せんそう》をして、多《おお》くの尊《とうと》い命《いのち》を奪《うば》い合《あ》い、人類《じんるい》の貴重《きちょう》な財産《ざいさん》である文化財《ぶんかざい》も破壊《はかい》しました。その上《うえ》、人々《ひとびと》の生活物資《せいかつぶっし》や食料《しょくりょう》も逼迫《ひっぱく》しました。戦争《せんそう》ほど愚《おろ》かな行為《こうい》はありません。戦争《せんそう》は二度《ど》としたくないというのが、人類《じんるい》の強《つよ》い願《ねが》いです。にもかかわらず、いまだに世界各地《せかいかくち》で兵《へい》器《き》を使《つか》った争《あらそ》いが後《あと》を絶《た》ちません。

この本の題《だい》を「平和《へいわ》のレシピ」としたのは、そんな世界《せかい》の現状《げんじょう》へのささやかな抗議《こうぎ》でもあります。平和《へいわ》な世界《せかい》の実現《じつげん》について、多《おお》くの先人《せんじん》が真剣《しんけん》に考《かんが》え、行動《こうどう》してきました。でも、国民《こくみん》レベル、市民《しみん》レベルではどうだったでしょうか？　戦争《せんそう》と平和《へいわ》の問題《もんだい》は、政治家《せいじか》や知識人《ちしきじん》、学者《がくしゃ》などが仕事《しごと》として考《かんが》え、取《と》り組《く》んでいくもので、個人《こじん》の力《ちから》ではどうにもならない——こう考《かんが》えているかもしれません。けれども本当《ほんとう》は、私《わたし》たち一人一人《ひとりひとり》が何《なに》を望《のぞ》み、どう考《かんが》え、どのように暮《く》らし、どう行動《こうどう》するかが、平和《へいわ》や戦争《せんそう》を生《う》み出《だ》す原因《げんいん》となるのです。

世界中《せかいじゅう》の人々《ひとびと》は〝一《ひと》つの空間《くうかん》〟で生活《せいかつ》する運命共同体《うんめいきょうどうたい》の構成員《こうせいいん》です。その事実《じじつ》は、交通《こうつう》と通信手段《つうしんしゅだん》の発達《はったつ》により、しだいに明《あき》らかに理解《りかい》されるようになりました。家庭《かてい》の茶《ちゃ》の間《ま》や都会《とかい》の休憩室《きゅうけいしつ》で、戦火《せんか》に逃《に》げまどう人々《ひとびと》、飢《う》えに苦《くる》しむ難民《なんみん》の姿《すがた》などを、私《わたし》たちは鮮明《せんめい》な映像《えいぞう》と生々《なまなま》しい音声《おんせい》で知《し》ることができ、心《こころ》を痛《いた》めます。援助《えんじょ》の手《て》を差《さ》し伸《の》べたいと願《ねが》っても、確《たし》かな手立《てだ》てを見出《みいだ》すことは難《むずか》しい現実《げんじつ》があります。

現在《げんざい》の世界《せかい》の争《あらそ》いの原因《げんいん》の一端《いったん》には、不平等《ふびょうどう》や格差《かくさ》の問題《もんだい》があり、それらは、豊《ゆた》かな社会《しゃかい》に住《す》む私《わたし》たちの生活《せいかつ》と密接《みっせつ》に関係《かんけい》しています。第二次世界大戦後《だいじせかいたいせんご》の世界《せかい》は、「経済発展《けいざいはってん》」を第《だい》一の目標《もくひょう》として突《つ》き進《すす》んできました。物質的《ぶっしつてき》に豊《ゆた》かになれば、幸福《こうふく》が実現《じつげん》すると考《かんが》えました。そのため、化石燃料《かせきねんりょう》を中心《ちゅうしん》として膨大《ぼうだい》な量《りょう》のエネルギーを消費《しょうひ》し、さらには原子力《げんしりょく》まで使《つか》うようになりました。原子力《げんしりょく》エネルギーは、人類《じんるい》が欲《よく》望《ぼう》を満《み》たすために、リスクを過小評価《かしょうひょうか》して利用《りよう》を決《き》めたもので、過去《かこ》三回《かい》の深刻《しんこく》な原《げん》発事故《ぱつじこ》を経《へ》ても、利用《りよう》を進《すす》める決定《けってい》は「暴挙《ぼうきょ》」と言《い》っても言《い》い過《す》ぎではないでしょう。

本書《ほんしょ》では、人生《じんせい》の光明面《こうみょうめん》を見《み》る「日時計主義《ひどけいしゅぎ》」の生活《せいかつ》をお勧《すす》めしています。人間《にんげん》のものの捉《とら》え方《かた》には、マスコミの報道《ほうどう》に典型的《てんけいてき》に見《み》られるように、社会《しゃかい》や人々《ひとびと》の〝善《よ》い面《めん》〟よりは〝悪《わる》い面《めん》〟に注目《ちゅうもく》し、それを強調《きょうちょう》する傾向《けいこう》があります。その結果《けっか》、〝善《ぜん》〟は社会《しゃかい》の背後《はいご》に埋《う》もれてしまい、〝悪《あく》〟が増幅《ぞうふく》されて社会《しゃかい》の表面《ひょうめん》に居座《いすわ》る状況《じょうきょう》が生《う》まれます。これは、心《こころ》の力《ちから》の逆用《ぎゃくよう》です。私《わたし》たちは、もっと人間《にんげん》や社会《しゃかい》の善性《ぜんせい》を見《み》て、それをほめたたえ、社会《しゃかい》や生活《せいかつ》の中《なか》に拡大《かくだい》しなくてはなりません。

また本書《ほんしょ》は、女性《じょせい》の活躍《かつやく》を期待《きたい》します。女性《じょせい》にとって、結婚生活《けっこんせいかつ》の幸福《こうふく》と責任《せきにん》ある社会生活《しゃかいせいかつ》とは同《おな》じように大切《たいせつ》です。この二《ふた》つのバランスがとれたとき、女性《じょせい》は平和《へいわ》な世界《せかい》の実現《じつげん》に大《おお》きく貢献《こうけん》するでしょう。

本書《ほんしょ》はさらに、消費《しょうひ》の中《なか》にも〝平和《へいわ》の種《たね》〟があると考《かんが》えます。日常生活《にちじょうせいかつ》の中《なか》で、地《ち》球温暖化《きゅうおんだんか》を抑《おさ》え、環境《かんきょう》を破壊《はかい》しない選択《せんたく》をすることは、気候変動《きこうへんどう》による経済《けいざい》の混乱《こんらん》を抑《おさ》えるだけでなく、次世代《じせだい》、次々世代《じじせだい》の人類《じんるい》に、負《ふ》の遺産《いさん》を残《のこ》さないための真摯《しんし》な実《じっ》践《せん》です。これらの内容《ないよう》を、各章《かくしょう》に分《わ》けて掲載《けいさい》しました。

最後《さいご》の章《しょう》には、生長《せいちょう》の家《いえ》の幹部《かんぶ》の集《あつ》まりで行《おこな》った私《わたし》の講話《こうわ》を入《い》れました。少《すこ》し固《かた》い表現《ひょうげん》もありますが、私《わたし》たちの具体的《ぐたいてき》な行動《こうどう》が、各自《かくじ》の生活《せいかつ》の改善《かいぜん》に結《むす》びつくだけでなく、世界平和《せかいへいわ》の実現《じつげん》にもつながるとの思《おも》いからです。

「レシピ」という言葉《ことば》は、料理《りょうり》を完成《かんせい》するための手順《てじゅん》を意味《いみ》します。世界《せかい》の平和《へいわ》も即《そく》座《ざ》に実現《じつげん》するわけでなく、それなりの準備《じゅんび》と正《ただ》しい手順《てじゅん》を踏《ふ》まなければなりません。この本《ほん》には、そのすべては書《か》かれていませんが、一般《いっぱん》に見過《みす》ごされがちであっても大《たい》切《せつ》な準備《じゅんび》や手順《てじゅん》が含《ふく》まれていると思《おも》い、題名《だいめい》に使《つか》わせていただきました。

最後《さいご》に、夫《おっと》である生長《せいちょう》の家総裁《いえそうさい》の世界《せかい》の平和《へいわ》に対《たい》する強《つよ》い思《おも》いが、私《わたし》の考《かんが》えを広《ひろ》く深《ふか》く導《みちび》いてくれたことを、感謝《かんしゃ》を込《こ》めて記《しる》します。

春《はる》三月《がつ》、雪《ゆき》の残《のこ》る八ヶ岳南麓《やつがたけなんろく》にて

谷口《たにぐち》　純子《じゅんこ》

平和のレシピ……目次

第2章 「幸福八分」の結婚

第3章　エネルギーの夢

第4章 「つもり」の食事

第5章 【講演録】食事と世界平和

平和《へいわ》のレシピ

第1章
刹那《せつな》を生《い》きる

朝《あさ》、瞑想《めいそう》をする

二十四時間《じかん》ある一日《いちにち》のなかで一番自由《いちばんじゆう》な時間《じかん》がいつかは、人《ひと》によってそれぞれだ。

ある人《ひと》は、夜勤《やきん》や残業《ざんぎょう》などで遅《おそ》くなるため、朝《あさ》は家《いえ》を出《で》る時間《じかん》まで寝《ね》ていて、朝《ちょう》食《しょく》もそこそこにして仕事《しごと》に行《い》く。そういう人《ひと》にとっては、通勤時間《つうきんじかん》や昼間《ひるま》が比較的自《ひかくてきじ》由《ゆう》な時間《じかん》かもしれないし、あるいは「自由《じゆう》な時間《じかん》などない」と感《かん》じているかもしれない。また別《べつ》の人《ひと》は、夜《よる》はなるべく早《はや》く仕事《しごと》や家事《かじ》を切《き》り上《あ》げて寝《ね》て、早起《はやお》きして朝《あさ》の時間《じかん》を勉強《べんきょう》や読書《どくしょ》に使《つか》い、あるいは散歩《さんぽ》したりする。

私《わたし》のことを言《い》えば、朝《あさ》は心身《しんしん》が新《あら》たな意欲《いよく》とエネルギーに満《み》ちているから、清新《せいしん》な気持《きもち》で物事《ものごと》に取《と》り組《く》める大切《たいせつ》な時間《じかん》だと思《おも》っている。だから朝《あさ》の時間《じかん》は有効《ゆうこう》に使《つか》いたい。そのためには、夜《よる》は遅《おそ》くとも十一時《じ》には寝《ね》るように心《こころ》がけている。朝《あさ》は、昼間《ひるま》や夜《よる》と比《くら》べれば、一日《いちにち》の始《はじ》まりだから、朝《あさ》の時間《じかん》はここまでという区切《くぎ》りをつけなくてはならない。

私《わたし》の場合《ばあい》、朝《あさ》は五時《じ》から約《やく》三十分瞑想《ぷんめいそう》をする。六時《じ》から朝食《ちょうしょく》の用意《ようい》をし、六時半《じはん》からは聖経《せいきょう》＊1読誦《どくじゅ》などをするので、瞑想後《めいそうご》の三十分前後《ぷんぜんご》が自分《じぶん》のために使《つか》える時間《じかん》である。この三十分《ぷん》は「短《みじか》い」ともいえるが、集中《しゅうちゅう》すれば前夜《ぜんや》できなかったことや、自分《じぶん》の勉強《べんきょう》に使《つか》える。

朝《あさ》のお勤《つと》めが終《お》わる七時《じ》からは朝食《ちょうしょく》である。朝起《あさお》きてから二時間《じかん》たっているので、心《こころ》も体《からだ》も充分《じゅうぶん》に目覚《めざ》めていて、一日《いちにち》の活動《かつどう》に向《む》けて動《うご》き始《はじ》めている。食後《しょくご》は後片《あとかた》づけ、洗濯物干《せんたくものほ》し、夫《おっと》のお弁当作《べんとうづく》りなどをするが、それらはＮＨＫ《エヌエイチケー》衛星放送《えいせいほうそう》の世界《せかい》のニュースを聞《き》きながらである。

毎朝《まいあさ》の世界《せかい》のニュースを聞《き》くことは、私《わたし》の視野《しや》を広《ひろ》げてくれ、興味《きょうみ》の対象《たいしょう》や、知識《ちしき》を増《ふ》やしてくれる。東京《とうきょう》にいた頃《ころ》、私《わたし》は週《しゅう》に一回英会話《かいえいかいわ》の教室《きょうしつ》に通《かよ》っていた。そこで

＊1　生長の家のお経の総称。

は、世界《せかい》の最新《さいしん》の話題《わだい》を使《つか》った話《はな》し合《あ》いや小《しょう》テストが出題《しゅつだい》される。私《わたし》は、この朝《あさ》のニュースを視聴《しちょう》しているおかげで、そういう時《とき》にも、ある程度《ていど》の予備知識《よびちしき》をもって臨《のぞ》むことができた。

あわただしくて一見《いっけん》、何《なに》もできないと思《おも》われる朝《あさ》の時間《じかん》にも、その気《き》になれば何《なに》かを得《え》ることはできる。細切《こまぎ》れの情報《じょうほう》でも、毎日継続的《まいにちけいぞくてき》に得《え》れば、意味《いみ》のあるストーリーとして記憶《きおく》に残《のこ》るものである。だから、私《わたし》にとっての「朝《あさ》の時間《じかん》」は、日々《ひび》の生活《せいかつ》に着実《ちゃくじつ》な影《えい》響《きょう》を及《およ》ぼしているのである。

「時間《じかん》はいのちの長《なが》さである」と言《い》われることもあるが、時間《じかん》くらいその時《とき》の状況《じょうきょう》によって、価値《かち》や長《なが》さが違《ちが》って感《かん》じられるものもあまりない。物事《ものごと》に集中《しゅうちゅう》して

いる時《とき》や、楽《たの》しい時間《じかん》はアッという間《ま》に過《す》ぎていく。反面《はんめん》、つまらない話《はなし》を聞《き》く時間《じかん》、苦痛《くつう》を伴《ともな》う時間《じかん》などは、永遠《えいえん》に続《つづ》くのではないかと感《かん》じる。

だから同《おな》じ長《なが》さの時間《じかん》を生《い》きていても、その内容《ないよう》は様々《さまざま》である。そして、誰《だれ》でも楽《たの》しい人生《じんせい》を送《おく》りたいと思《おも》っている。そのためには、日々《ひび》の生活《せいかつ》の中《なか》で、時間《じかん》を苦《くる》しむのではなく、楽《たの》しむ工夫《くふう》がなされなくてはならない。

同《おな》じ八十年《ねん》の人生《じんせい》を生《い》きたとしても、来《こ》し方《かた》を振《ふ》り返《かえ》ったときに、苦《くる》しみや悲《かな》しみが多《おお》かったと思《おも》う人《ひと》もいれば、喜《よろこ》びや楽《たの》しみの記憶《きおく》だけが心《こころ》に残《のこ》っている人《ひと》もいるだろう。その違《ちが》いは、どこから来《く》るのだろう。幸《しあわ》せな人生《じんせい》だと思《おも》える人《ひと》は、いわゆる〝幸運《こううん》な人《ひと》〟で、恵《めぐ》まれた星《ほし》の下《もと》に生《う》まれてきたのだろうか？　そうならば、運《うん》、不《ふ》運《うん》とは、その人個人《ひとこじん》の力《ちから》ではどうすることもできないことになる。けれども、本当《ほんとう》にそうだろうか。

また人生《じんせい》に幸《しあわ》せや不幸《ふこう》があるのは、その人《ひと》の因縁《いんねん》や性格《せいかく》によるという考《かんが》え方《かた》もある。そして因縁《いんねん》や性格《せいかく》はそう簡単《かんたん》には変《か》えられないと思《おも》われていた。ところが、近年《きんねん》の心《しん》理学《りがく》や脳科学《のうかがく》の発達《はったつ》によって、因縁《いんねん》や性格《せいかく》も心《こころ》によって変《か》えられることがわかってきた。が、実際《じっさい》に人生《じんせい》を変《か》えることは簡単《かんたん》ではない。そのためには、日々《ひび》の心《こころ》の訓練《くんれん》や実践《じっせん》が何《なに》よりも大切《たいせつ》である。

その要《かなめ》になるのが「朝《あさ》の時間《じかん》」である。特《とく》に、朝《あさ》の目覚《めざ》め直後《ちょくご》の時間《じかん》は、その日《ひ》の方向《ほうこう》を決《き》めるといっていい。だから、その時間《じかん》に行《おこな》う瞑想《めいそう》は、私《わたし》たちの人生《じんせい》に大《おお》きな影響《えいきょう》を及《およ》ぼす。目覚《めざ》めた直後《ちょくご》は、意識《いしき》は現実世界《げんじつせかい》の様々《さまざま》な煩《わずら》いに比較的《ひかくてき》左右《さゆう》されないから、人間《にんげん》のいのちの奥《おく》にある〝善《ぜん》〟を導《みちび》き出《だ》すには、大変有効《たいへんゆうこう》である。瞑想《めいそう》は、その〝善《ぜん》〟なるものを、意識《いしき》の道《みち》しるべとして据《す》える働《はたら》きをする。

清々《すがすが》しい朝《あさ》の時間《じかん》に、世界《せかい》と自分《じぶん》との好《この》ましい姿《すがた》を心《こころ》にしっかり描《えが》くことにより、進《すす》むべき人生《じんせい》の方向《ほうこう》が見《み》えてくる。その人《ひと》の心《こころ》の傾向《けいこう》も変化《へんか》するだろう。そういう〝進路確認《しんろかくにん》〟の作業《さぎょう》を集積《しゅうせき》していくことで、私《わたし》たちの人生《じんせい》は正《ただ》しい軌道《きどう》に乗《の》っていくのである。

朝《あさ》のない夜型《よるがた》の生活《せいかつ》では、こんな経験《けいけん》は得《え》られない。「朝《あさ》」「昼《ひる》」「夕《ゆう》」「夜《よる》」のそれぞれの時間《じかん》に、私《わたし》たちの命《いのち》はその変化《へんか》の中《なか》から、多《おお》くの豊《ゆた》かさを得《え》ている。その一《ひと》つを失《うしな》うことは、人生《じんせい》の大切《たいせつ》な部分《ぶぶん》を捨《す》てることになる。〝夜型《よるがた》〟を〝朝型《あさがた》〟に転換《てんかん》することにより、人《ひと》は本来《ほんらい》の善性《ぜんせい》を回復《かいふく》し、より豊《ゆた》かな人生《じんせい》へ進《すす》んでいくことができるだろう。

いのちは連続《れんぞく》している

三月《がつ》の声《こえ》を聞《き》くと、ある日突然《ひとつぜん》のように、固《かた》く閉《と》ざしていた地面《じめん》から野生《やせい》のスミレが花《はな》を咲《さ》かせた。その後《ご》は堰《せき》を切《き》ったように、植物《しょくぶつ》の新芽《しんめ》が庭《にわ》の黒《くろ》い土《つち》から顔《かお》を出《だ》す。冬《ふゆ》の間《あいだ》、凍《こお》った土《つち》の中《なか》でじっと春《はる》の訪《おとず》れを待《ま》っていた植物《しょくぶつ》たちが、一気《いっき》に伸《の》び出《だ》すのだ。

当《あ》たり前《まえ》の季節《きせつ》の変化《へんか》であるが、ふと考《かんが》えてみると不思議《ふしぎ》なことだ。植物《しょくぶつ》だけでなく、自然界《しぜんかい》は獣《けもの》も昆虫《こんちゅう》もあらゆるものが、太陽《たいよう》と地球《ちきゅう》の動《うご》きと呼応《こおう》して生《い》きている。人間《にんげん》はどうかといえば、一見《いっけん》して自然《しぜん》の営《いとな》みとは無関係《むかんけい》に生《い》きているようだが、それは表面的《ひょうめんてき》なことで、私《わたし》たちの命《いのち》もやはり、自然《しぜん》の大《おお》きな営《いとな》みの中《なか》で生《い》かされているのである。

春《はる》の訪《おとず》れは何回経験《なんかいけいけん》しても胸躍《むねおど》るもので、軽《かろ》やかな気分《きぶん》になって、何《なに》か新《あたら》しいことを始《はじ》めてみたくなる。また夏《なつ》になると、太陽《たいよう》のエネルギーに閉口《へいこう》しながらも、知《し》らず知《し》らずの内《うち》に活動的《かつどうてき》になっている自分《じぶん》を見出《みいだ》す。やがて秋風《あきかぜ》が吹《ふ》き始《はじ》めると、夏《なつ》の疲《つか》れを癒《い》やそうと歩《ある》く速度《そくど》も緩《ゆる》やかになり、黄金《おうごん》の稲穂《いなほ》、秋《あき》の花々《はなばな》、野菜《やさい》や果物《くだもの》など、自然《しぜん》の恵《めぐ》みに心満《こころみ》たされる。そしていよいよ冬《ふゆ》ともなれば、寒《さむ》さを乗《の》り切《き》ろうと、しっかりと体《からだ》に力《ちから》を入《い》れて歩《ある》く——こうして、私《わたし》たちの心《こころ》と体《からだ》は無意識《むいしき》のうちに季節《きせつ》の変化《へんか》に応《こた》えているのである。動植物《どうしょくぶつ》の命《いのち》と言《い》わば〝横《よこ》〟につながっているのだ。

その一方《いっぽう》で、私《わたし》たちは人間《にんげん》として〝縦《たて》〟方向《ほうこう》——つまり、時《とき》の流《なが》れの中《なか》でしっかりと連続《れんぞく》している。

この宇宙《うちゅう》は百三十七億年前《おくねんまえ》にでき、地球《ちきゅう》は四十六億年前《おくねんまえ》、そして人類《じんるい》は三百万年前《まんねんまえ》に登場《とうじょう》した、と現代《げんだい》の科学《かがく》はいう。どれも途方《とほう》もない長年月《ちょうねんげつ》で、数字《すうじ》として抽象的《ちゅうしょうてき》に理解《りかい》できても、時間《じかん》の長《なが》さとしては、私《わたし》たちの想像《そうぞう》を超《こ》えている。

三百万年《まんねん》の命《いのち》のつながりの中《なか》に今《いま》の自分《じぶん》があるというのだが、これも実感《じっかん》として理《り》解《かい》するのは至難《しなん》である。私《わたし》がこの世《よ》に生《せい》を享《う》けたのは、生物学的《せいぶつがくてき》には両親《りょうしん》がいたからだ。生《う》まれたばかりの赤子《あかご》は、自分《じぶん》の力《ちから》で生《い》きることはできないから、そのまま放《ほう》っておいたらすぐに死《し》んでしまう。そんな赤子《あかご》を両親《りょうしん》は手厚《てあつ》く保護《ほご》し、大切《たいせつ》に育《そだ》てる。理屈《りくつ》を超《こ》えて次《つぎ》の世代《せだい》の命《いのち》の誕生《たんじょう》は、何《なに》にも代《か》えがたい喜《よろこ》びだからだろう。そのようにして、親《おや》から子《こ》へと何《なん》十世代《せだい》も何《なん》百世代《せだい》も、命《いのち》のリレーが行《おこな》われてきた。

しかしその一方《いっぽう》で、生《う》まれてきた人間《にんげん》は、「自分《じぶん》の生《い》きる目的《もくてき》が分《わ》からない」などと悩《なや》む。なぜ自分《じぶん》はここに生《う》まれたのか？　目的《もくてき》は何《なに》？……そんな疑問《ぎもん》を心《こころ》にもつ。が、自分《じぶん》の人生《じんせい》の理由《りゆう》や目的《もくてき》を知《し》ることは簡単《かんたん》ではない。

そんな時《とき》、静《しず》かに目《め》をつむり、自分《じぶん》の心《こころ》の奥底《おくそこ》に聴《き》いてみると、生《い》きる意味《いみ》をおぼろげながら感《かん》じている自分《じぶん》を見出《みいだ》せる。

身近《みぢか》な人《ひと》が、不慮《ふりょ》の事故《じこ》や突然《とつぜん》の病《やまい》で若《わか》くして亡《な》くなった時《とき》、私《わたし》たちは譬《たと》えようのない衝撃《しょうげき》と悲《かな》しみを覚《おぼ》える。それとともに、亡《な》くなった人《ひと》はもっと生《い》きたかっただろう、やりたいことがあったろうと、本人《ほんにん》になり代《か》わって心残《こころのこ》りや無念《むねん》さを想像《そうぞう》する。が、ある程度《ていど》の高齢《こうれい》で亡《な》くなった人《ひと》の場合《ばあい》、その人《ひと》の知人《ちじん》は、寂《さび》しくはあっても、長生《ながい》きした本人《ほんにん》を祝福《しゅくふく》する気持《きもち》になることができる。それはきっと、人生《じんせい》を生《い》きぬくことは喜《よろこ》びであり、価値《かち》あるものと考《かんが》えているからである。

人生《じんせい》には喜《よろこ》びだけでなく、つらいことや悲《かな》しい出来事《できごと》もある。人《ひと》によっては、死《し》んでしまいたいと思《おも》うような一瞬《いっしゅん》があるかもしれない。それでもなお、多《おお》くの人《ひと》が「生《い》きたい」という強《つよ》い欲求《よっきゅう》を持《も》っている。

先日《せんじつ》読《よ》んだ本《ほん》にこんな例《れい》が載《の》っていた。その人《ひと》は女性《じょせい》の末期《まっき》がん患者《かんじゃ》で、余命《よめい》がほとんどなく、死《し》を自宅《じたく》で迎《むか》えるために、夫《おっと》と主治医《しゅじい》、看護師《かんごし》の四人《にん》で車《くるま》に乗《の》

り、ホスピスから家《いえ》に向《む》かったという。その時《とき》、患者《かんじゃ》は最期《さいご》の希望《きぼう》として、普段買《ふだんか》い物《もの》していた商店街《しょうてんがい》を見《み》たいと言《い》った。主治医《しゅじい》はそれを聞《き》いて、さぞ素敵《すてき》な通《とお》りなのだろうと想像《そうぞう》したが、行《い》ってみると、ごく普通《ふつう》のどこにでもあるような街並《まちな》みだったという。

このように私《わたし》たちは、自分《じぶん》の日常《にちじょう》をとかく当《あ》たり前《まえ》で「つまらない」と思《おも》いがちだが、それが予期《よき》せぬ事件《じけん》や事故《じこ》のために当《あ》たり前《まえ》でなくなった時《とき》、その価値《かち》が身《み》に染《し》みて分《わ》かるのだ。

私《わたし》たちはまた、目《め》の前《まえ》の出来事《できごと》に心《こころ》を捕《とら》えられていると、自分《じぶん》の人生《じんせい》を「苦《くる》しい」とか、「つまらない」と感《かん》じてしまうことがある。しかし、翻《ひるがえ》ってよく考《かんが》えてみると、「地球《ちきゅう》」という天体《てんたい》で生活《せいかつ》することは、本当《ほんとう》は大声《おおごえ》で叫《さけ》んでもいいくらい、恵《めぐ》みに満《み》ちたことなのだ。広《ひろ》い宇宙《うちゅう》の中《なか》で地球《ちきゅう》は、人間《にんげん》が安全《あんぜん》に生活《せいかつ》できる環境《かんきょう》が整《ととの》っている珍《めずら》しい場所《ばしょ》である。そこは、緑《みどり》の大地《だいち》と青《あお》い海《うみ》、様々《さまざま》な動物《どうぶつ》が互《たが》いにつながり、支《ささ》え合《あ》っている楽園《らくえん》と言《い》ってもいい。

どんな人《ひと》も色々《いろいろ》な形《かたち》で親《おや》の形質《けいしつ》を受《う》け継《つ》いでいる。容貌《ようぼう》が似《に》ているだけでなく、性《せい》格《かく》や能力《のうりょく》などもどこかに〝親《おや》の片鱗《へんりん》〟が感《かん》じられるものだ。それが三百万年《まんねん》絶《た》えることなく連綿《れんめん》と続《つづ》いた結果《けっか》、今《いま》の私《わたし》があるのである。

私《わたし》の後《あと》にも、こうして私《わたし》の形質《けいしつ》を受《う》け継《つ》いだ人《ひと》が続《つづ》く。一世代《せだい》だけでなく延々《えんえん》と続《つづ》くのだ。そう思《おも》えば、後続《こうぞく》する命《いのち》たちに愛《いと》しさを感《かん》じるとともに、彼《かれ》らにいったい何《なに》を残《のこ》してあげようか……などと希望《きぼう》が胸《むね》に満《み》ちてくる。そして、私《わたし》の存在《そんざい》もそのようにして、数限《かずかぎ》りない先祖《せんぞ》の、目《め》には見《み》えない大《おお》きな力《ちから》に支《ささ》えられ、生《い》かされていると分《わ》かるのだ。その偉大《いだい》なる命《いのち》の連続《れんぞく》に、私《わたし》は感謝《かんしゃ》せずにはいられない。

刹那《せつな》を生《い》きる

兼好法師《けんこうほうし》が著《あらわ》した『徒然草《つれづれぐさ》』の第《だい》百八段《だん》に、次《つぎ》のようにある――

刹那《せつな》覚《おぼ》えずといへども、これを運《はこ》びて止《や》まざれば、命《いのち》を終《を》ふる期《ご》、忽《たちま》ちに至《いた》る。されば、道人《だうにん》は、遠《とほ》く日月《にちぐわつ》を惜《を》しむべからず。ただ今《いま》の一念《いちねん》、空《むな》しく過《す》ぐる事《こと》を惜《を》しむべし。

この「刹那《せつな》」とは時間《じかん》を意味《いみ》し、辞書《じしょ》によると、指《ゆび》をパチンと弾《はじ》く間《あいだ》には六十五刹《せつ》那《な》があるというから、その短《みじか》さが想像《そうぞう》できるだろう。引用部分《いんようぶぶん》の意味《いみ》は、だいたいこうなる――
一瞬《いっしゅん》の時間《じかん》といえども、これを停《と》めることなく過《す》ごしてしまえば、たちまち死《し》がやってくる。だからこそ、仏道《ぶつどう》の修行者《しゅぎょうしゃ》は、遠《とお》い時間《じかん》を考《かんが》えてはいけない。今《いま》の一瞬一瞬《いっしゅんいっしゅん》を空《むな》しく過《す》ごさないようにしなければならない。

生長《せいちょう》の家《いえ》でも、今《いま》の時間《じかん》を生《い》かす大切《たいせつ》さはしばしば強調《きょうちょう》される。私《わたし》たちの人生《じんせい》には必《かなら》ず「終《おわ》り」が来《く》るが、多《おお》くの場合《ばあい》、私《わたし》たちには一瞬一瞬《いっしゅんいっしゅん》を元《げん》気《き》に生活《せいかつ》している実感《じっかん》があるから、それが「終《おわ》る」ということは、何《なに》か他人《たにん》ごとのように思《おも》われる。そんな日常《にちじょう》にあって、突然《とつぜん》身近《みぢか》な人《ひと》の死《し》を経験《けいけん》すると、にわかに「人《じん》生《せい》の終《おわ》り」が目《め》の前《まえ》に迫《せま》って感《かん》じられるものだ。私《わたし》も数年前《すうねんまえ》に義弟《ぎてい》の突然《とつぜん》の死《し》を経験《けいけん》して、それを実感《じっかん》した。

死《し》というものは全《まった》く予期《よき》せぬ時《とき》に、来《く》ることもある。義弟《ぎてい》の死《し》に遭遇《そうぐう》した時《とき》、永遠《えいえん》に続《つづ》くような気持《きもち》でいた私《わたし》の人生《じんせい》も、それほど長《なが》い時《じ》間《かん》が残《のこ》されているわけではないことを、知識《ちしき》としてではなく、現実《げんじつ》として意識《いしき》したのだった。それとともに漠然《ばくぜん》とした「死《し》の恐怖《きょうふ》」が私《わたし》の心《こころ》の中《なか》に起《お》こった。いつ死《し》ぬかもしれないこの世《よ》を生《い》きることは、なんと不《ふ》安定極《あんていきわ》まりないことだろうと感《かん》じたのだ。

　人間《にんげん》は皆同《みなおな》じ一《ひと》つの空間《くうかん》で生活《せいかつ》しているように見《み》えるが、実際《じっさい》はその人《ひと》の心《こころ》の持《も》ち方《かた》や関心《かんしん》の違《ちが》いにより、それぞれが〝異次元《いじげん》〟あるいは〝異空間《いくうかん》〟と呼《よ》べるような別《べつ》の場《ば》に生《い》きているものだ。

　義弟《ぎてい》の死《し》を知《し》った翌日《よくじつ》、私《わたし》は渋谷《しぶや》の雑踏《ざっとう》の中《なか》を歩《ある》いていた。つい二カ月前《げつまえ》、彼《かれ》の元気《げんき》な姿《すがた》を見《み》たばかりだったのに、今《いま》はもうこの世《よ》にいないことが不思議《ふしぎ》

で、一体《いったい》どこへ行《い》ってしまったのかと空中《くうちゅう》にありかを求《もと》めるような気持《きもち》で、ゆっくりと歩《ほ》を運《はこ》んでいた。周《まわ》りの景色《けしき》が何《なに》かよそよそしく感《かん》じられ、渋谷《しぶや》の雑踏《ざっとう》と私《わたし》の間《あいだ》には、見《み》えない幕《まく》が張《は》られているようだった。自分《じぶん》だけが他《た》の人《ひと》とは違《ちが》う〝殻《から》〟の中《なか》にこもっているような感覚《かんかく》だった。

弟《おとうと》の死《し》で衝撃《しょうげき》を受《う》けた私《わたし》だったが、やがて時間《じかん》の経過《けいか》とともに、「人間死《にんげんし》ぬときは死《し》ぬものだ。それがいつであろうと、今《いま》を懸命《けんめい》に生《い》きればいい」という、開《ひら》き直《なお》りのような思《おも》いに変《か》わっていった。

死《し》がいつかやってくることは誰《だれ》でも知《し》っていることだが、いつ来《く》るかは誰《だれ》にも分《わ》からないから、切実感《せつじつかん》がなく、毎日《まいにち》をなんとなく過《す》ごしてしまう。そして、自分《じぶん》の一《いっ》生《しょう》が永遠《えいえん》であるとの錯覚《さっかく》のもとに、「あれがしたい、これがしたい」という希望《きぼう》をもつ。その希望《きぼう》の実現《じつげん》には期限《きげん》をつけないことが多《おお》いので、締切日《しめきりび》のない原稿《げんこう》や、支《し》払《はらい》期限《きげん》のない借金《しゃっきん》のようなもので、「できればやりたい」「いつかできるだろう」と安易《あんい》に考《かんが》え、具体的《ぐたいてき》な計画《けいかく》を立《た》てたり真剣《しんけん》な努力《どりょく》をしない。自分《じぶん》にもそんなところがあったと反省《はんせい》した。こんなことでは、限《かぎ》られた人生《じんせい》を充分《じゅうぶん》に生《い》きることはできないと思《おも》った私《わたし》は、残《のこ》りの人生《じんせい》を、本当《ほんとう》に大切《たいせつ》だと思《おも》えることに集中《しゅうちゅう》して生《い》きようと考《かんが》えたのである。

では、その「大切《たいせつ》なこと」とは何《なん》だろう？――

「今《いま》の一瞬《いっしゅん》」を悔《く》いなく生《い》きるには、不平《ふへい》や不満《ふまん》、愚痴《ぐち》のたぐいは禁物《きんもつ》だ。そういう感情《かんじょう》は、「今《いま》」ではないもっと理想的《りそうてき》な時間《じかん》や状況《じょうきょう》を望《のぞ》む気持《きもち》から来《く》る。その「別《べつ》の時《とき》」に心《こころ》を集中《しゅうちゅう》させれば、「今《いま》」ではない架空《かくう》の時間《じかん》を生《い》きることになる。刹那《せつな》をムダに捨《す》てていることになる。そうではなく、「今《いま》の一瞬《いっしゅん》」に喜《よろこ》びや美《うつく》しさを見出《みいだ》し、感動《かんどう》する生《い》き方《かた》をする必要《ひつよう》がある。

このように、人生《じんせい》の明《あか》るい面《めん》に常《つね》に注目《ちゅうもく》し、喜《よろこ》びをもって生《い》きることができれば、肉体《にくたい》の死《し》がいつ訪《おとず》れようとも、悔《く》いのない人生《じんせい》を送《おく》れるはずだ。そう考《かんが》えた時《とき》、生《せい》長《ちょう》の家《いえ》の「日時計主義《ひどけいしゅぎ》＊1」の生活《せいかつ》が最《もっと》も理《り》に適《かな》っており、万人《ばんにん》にお勧《すす》めすることができる生《い》き方《かた》だと私《わたし》は思《おも》った。

＊1　日時計が太陽の輝く時刻のみを記録するように、人生において光明面のみを見る生き方。

簡単《かんたん》に言《い》えば、「刹那《せつな》」という短《みじか》い時間《じかん》をどんな思《おも》いで過《す》ごすかが、その人《ひと》の人生《じんせい》を決定《けってい》づけるのである。短《みじか》いからといって刹那《せつな》をぞんざいに扱《あつか》えば、『徒然草《つれづれぐさ》』の作《さく》者《しゃ》が言《い》うように、死《し》はすぐにやってくる。

刹那《せつな》の扱《あつか》いはむずかしいと思《おも》うかもしれない。けれども短《みじか》い時間《じかん》だからこそ、自分《じぶん》の力《ちから》でコントロールしやすいのだ。

「人生《じんせい》は心《こころ》で作《つく》られる」「認《みと》めたものが現《あらわ》れる」――この二《ふた》つの法則《ほうそく》を心《こころ》に刻《きざ》んで、「刹那《せつな》」というまっさらなページに、良《よ》いことを書《か》き込《こ》んでいこう。

その一瞬《いっしゅん》に、将来《しょうらい》の不安《ふあん》や悩《なや》み、愚痴《ぐち》を書《か》きこむのではなく、「ありがとう」の言《こと》葉《ば》や、自然界《しぜんかい》の美《うつく》しさを刻《きざ》み、家族《かぞく》の良《よ》さ、人生《じんせい》の素晴《すば》らしさを記録《きろく》しよう。そうすれば、死《し》ではなく、天国《てんごく》や楽園《らくえん》を自分《じぶん》で引《ひ》き寄《よ》せることができるに違《ちが》いない。「今《いま》を生《い》きる」ことこそ、人生《じんせい》の創造《そうぞう》である。

人格《じんかく》を磨《みが》くには

　同《おな》じ意味《いみ》のことを言《い》っても、人《ひと》に受《う》け入《い》れられる人《ひと》もいれば、拒否《きょひ》される人《ひと》もいる。同《おな》じ仕事《しごと》をしても、成功《せいこう》する人《ひと》もいれば、失敗《しっぱい》する人《ひと》もいる。その違《ちが》いはどこにあるのだろう。その人《ひと》の信念《しんねん》や行動《こうどう》、技量《ぎりょう》の違《ちが》いも影響《えいきょう》するが、その人全体《ひとぜんたい》から発《はっ》せられる雰囲気《ふんいき》――人格《じんかく》の力《ちから》が大《おお》きい。

　人《ひと》の「徳《とく》」と言《い》われるものや「人相《にんそう》」も、この「人格《じんかく》」と深《ふか》く関係《かんけい》している。これらのものは、一朝一夕《いっちょういっせき》につくられるものではなく、その人《ひと》の人生《じんせい》の経験《けいけん》を通《とお》して時《じ》間《かん》をかけて形成《けいせい》される。だから、そう簡単《かんたん》には変《か》えることはできないので、人《ひと》は往々《おうおう》にして外見《がいけん》を飾《かざ》って、「見栄《みば》え」によって人格《じんかく》を良《よ》く見《み》せようとすることが多《おお》い。

高価《こうか》な化粧品《けしょうひん》を使《つか》い、ブランド物《もの》の洋服《ようふく》を着《き》て、装飾品《そうしょくひん》や貴金属《ききんぞく》も高級品《こうきゅうひん》をそろえることで、自分自身《じぶんじしん》が〝高級《こうきゅう》〟になると錯覚《さっかく》する人《ひと》がいる。錯覚《さっかく》しないまでも、それらで身《み》を包《つつ》むことで、人《ひと》から良《よ》い印象《いんしょう》を持《も》たれたり、尊敬《そんけい》されると思《おも》う人《ひと》は少《すく》なくない。もちろん人《ひと》に不快《ふかい》を与《あた》えるような装《よそお》いは良《よ》くないし、美《うつく》しく身《み》の回《まわ》りを整《ととの》えることは社会的《しゃかいてき》には大切《たいせつ》なことだ。けれども、外見上《がいけんじょう》の一時《いちじ》しのぎで達成《たっせい》できることではないだろう。人間《にんげん》の心《こころ》は、それほど簡単《かんたん》には騙《だま》されない。外見《がいけん》のきらびやかさや豪《ごう》華《か》さを、物質的《ぶっしつてき》な富《とみ》の象徴《しょうちょう》として見《み》ることはあっても、人格《じんかく》の高貴《こうき》さや豊《ゆた》かさと結《むす》びつける人《ひと》は、案外少《あんがいすく》ない。人格《じんかく》の力《ちから》というものは、外《そと》から付《つ》け足《た》すことはできず、外《がい》見《けん》の豪華《ごうか》さとはほとんど無関係《むかんけい》だからだ。

人格《じんかく》は普段《ふだん》の生活《せいかつ》がどうであるかという、小《ちい》さな行《おこな》いの積《つ》み重《かさ》ねによって作《つく》られていく。人《ひと》に親切《しんせつ》をし、社会《しゃかい》のためになることをしようと心《こころ》がけ、実際《じっさい》にそれを行《おこな》い、また、すべてのものに感謝《かんしゃ》する生活《せいかつ》を続《つづ》けていると、やがて人《ひと》の雰囲気《ふんいき》に変化《へんか》を及《およ》ぼし、しだいに高貴《こうき》な人格《じんかく》が形成《けいせい》されていく。日々《ひび》の生活《せいかつ》をおろそかにしないことが基《き》本《ほん》である。

　このような生活法《せいかつほう》を、生長《せいちょう》の家《いえ》では「日時計主義《ひどけいしゅぎ》」と呼《よ》ぶ。日時計主義《ひどけいしゅぎ》は人《ひと》や物事《ものごと》の光明面《こうみょうめん》だけを見《み》る生活《せいかつ》だ。人《ひと》や様々《さまざま》な事柄《ことがら》には〝良《よ》い面《めん》〟と〝悪《わる》い面《めん》〟がある。そしてほとんどの人《ひと》の心《こころ》の傾向《けいこう》は、〝悪《わる》い面《めん》〟を心《こころ》で捉《とら》え、文句《もんく》や非難《ひなん》、否定的《ひていてき》な言葉《ことば》を言《い》いつのることが多《おお》い。もちろん、そうでない人《ひと》もいるが、この傾向《けいこう》は社会《しゃかい》に一般化《いっぱんか》していて、染《し》みついたクセのようになっている。この悪《わる》いクセを変《か》えるには、強《つよ》い意志《いし》で物事《ものごと》の明《あか》るい面《めん》に注目《ちゅうもく》し、良《よ》い面《めん》をほめたたえ、感謝《かんしゃ》する生活《せいかつ》を実行《じっこう》し、継続《けいぞく》していくことが大切《たいせつ》だ。

　私《わたし》たちの毎日《まいにち》の生活《せいかつ》では、何《なに》かが突然《とつぜん》変《か》わったり、奇跡《きせき》が起《お》こったりするようなことはほとんどない。だ

から、人生《じんせい》は単調《たんちょう》でつまらないと思《おも》うのが普通《ふつう》かもしれない。けれども、その事《こと》は裏《うら》を返《かえ》せば、現実《げんじつ》がどうあろうと、現在《げんざい》の自分《じぶん》がいかに未熟《みじゅく》であろうと、私《わたし》たちは皆《みな》、自《みずか》らの日々《ひび》の努力《どりょく》によって人生《じんせい》を変《か》えていくことができる人生《じんせい》の主人公《しゅじんこう》なのだ。そのことは大《おお》きな希望《きぼう》であると思《おも》う。私《わたし》たちの人生《じんせい》は目《め》に見《み》えない何者《なにもの》かや運命《うんめい》などというものによって、コントロールされるものではない。

人《ひと》や物事《ものごと》の良《よ》い面《めん》を見《み》る人《ひと》は、良《よ》い面《めん》を褒《ほ》められた人《ひと》が喜《よろこ》び、それを見《み》た自分《じぶん》もうれしくなるから、そういう生活《せいかつ》を続《つづ》けていれば、しだいに明《あか》るい雰囲気《ふんいき》の人《ひと》となり、その「明《あか》るさ」の魅力《みりょく》によって、人《ひと》が周囲《しゅうい》に集《あつ》まってくる。人間《にんげん》は、本質的《ほんしつてき》に「明《あか》るいこと」が好《す》きだから、明《あか》るさは明《あか》るさを呼《よ》び、さらに明《あか》るさの輪《わ》が広《ひろ》がっていく。

先日朝《せんじつあさ》のラジオ放送《ほうそう》で、「少年《しょうねん》の主張《しゅちょう》全国大会《ぜんこくたいかい》」で審査員特別賞《しんさいんとくべつしょう》を受賞《じゅしょう》した福島県《ふくしまけん》の中学《ちゅうがく》三年《ねん》の女生徒《じょせいと》のインタビューを聞《き》いた。彼女《かのじょ》の父《ちち》は、地震《じしん》と津波《つなみ》、さらには福島第《ふくしまだい》一原子力発電所《げんしりょくはつでんしょ》の事故《じこ》を受《う》けて、寝《ね》たきりの祖父《そふ》と生後《せいご》二カ月《げつ》の弟《おとうと》を含《ふく》む家族《かぞく》八人《にん》を連《つ》れて、何《なん》とか安全《あんぜん》な所《ところ》へ、と車《くるま》で逃《に》げたそうだ。どこか当《あ》てがあったわけでは

なかったが、新潟《にいがた》を目指《めざ》したという。新潟《にいがた》では消防署《しょうぼうしょ》に行《い》き事情《じじょう》を話《はな》すと、消防署《しょうぼうしょ》の人《ひと》は、

「大変《たいへん》でしたね、でももう大丈夫《だいじょうぶ》ですよ。私《わたし》たちも新潟《にいがた》中越《ちゅうえつ》地震《じしん》の時《とき》には、福島《ふくしま》の人《ひと》に助《たす》けられましたからね」

と言《い》って、避難所《ひなんじょ》を紹介《しょうかい》してくれたという。それだけでなく、寝《ね》たきりの祖父《そふ》のための病院《びょういん》も手配《てはい》してくれた。その病院《びょういん》へ着《つ》くと、今度《こんど》は看護師《かんごし》が、

「大丈夫《だいじょうぶ》ですよ。私《わたし》たちも新潟《にいがた》中越《ちゅうえつ》地震《じしん》の時《とき》には、福島《ふくしま》の人《ひと》に助《たす》けられました。今度《こんど》は私《わたし》たちがお役《やく》に立《た》つ番《ばん》です。安心《あんしん》してください」

と、ねぎらいと励《はげ》ましの言葉《ことば》をかけてくれたそうだ。それを聞《き》いた中学生《ちゅうがくせい》の彼女《かのじょ》は
「助《たす》け合《あ》いは次《つぎ》につながる」ことを実感《じっかん》し、「絶望《ぜつぼう》の中《なか》でも光《ひかり》を見《み》ることができた」と言《い》った。

『助《たす》け合《あ》いのバトン』と題《だい》したこの「主張《しゅちょう》」を聞《き》いて、私《わたし》は感動《かんどう》した。人生《じんせい》が〝負《ふ》の連鎖《れんさ》〟ではなく〝善《ぜん》の連鎖《れんさ》〟で回《まわ》り始《はじ》める時《とき》、この世《よ》の悩《なや》みは次第《しだい》に消《き》え、喜《よろこ》びに変《か》

わっていくことを知《し》った。そのためには、しかし、誰《だれ》かが最初《さいしょ》に「善《ぜん》」のボタンを押《お》さなくてはならない。日時計主義《ひどけいしゅぎ》はその最《もっと》も有効《ゆうこう》な方法《ほうほう》だと思《おも》う。この〝善《ぜん》の連鎖《れんさ》〟の中《なか》から、人《ひと》の内面《ないめん》は磨《みが》かれ、輝《かがや》き出《だ》すに違《ちが》いない。

柔軟《じゅうなん》な心《こころ》

それは、私《わたし》たちが中央自動車道《ちゅうおうじどうしゃどう》を西《にし》に向《む》かって走《はし》っている時《とき》だった。平日《へいじつ》の夕方《ゆうがた》五時半過《じはんす》ぎで、「今日《きょう》は車《くるま》の量《りょう》が少《すく》ないね」などと、ハンドルを握《にぎ》る夫《おっと》と言葉《ことば》を交《か》わしていた。

山梨県《やまなしけん》の大月《おおつき》を過《す》ぎて、富士山《ふじさん》がよく見《み》える初狩《はつかり》パーキングエリアを通過《つうか》し、あと数分《すうふん》で笹子《ささご》トンネルに入《はい》るという地点《ちてん》だった。突然《とつぜん》、前方《ぜんぽう》の路上《ろじょう》に黒《くろ》っぽい大《おお》きなゴミのようなものが五、六個散乱《こさんらん》しているのを見《み》て、夫《おっと》は車《くるま》のスピードを緩《ゆる》めた。最初《さいしょ》は、荷台《にだい》からの落下物《らっかぶつ》かと思《おも》ったが、タイヤの破片《はへん》らしい。と、すぐ前方《ぜんぽう》に横転《おうてん》したワゴン車《しゃ》が見《み》える。運転席《うんてんせき》が、こっちを向《む》いていた。

私《わたし》たちの右側車線《みぎがわしゃせん》に乗用車《じょうようしゃ》が二台《だい》、左側《ひだりがわ》には大型《おおがた》トラックが一台走《だいはし》っていて、次々《つぎつぎ》に路肩《ろかた》に寄《よ》って急停止《きゅうていし》した。横転《おうてん》した車《くるま》の横《よこ》には、人《ひと》が横《よこ》たわっている。

私《わたし》たちは事故《じこ》の瞬間《しゅんかん》を見《み》ていないが、ほんの寸前《すんぜん》に起《お》きたようだ。交通量《こうつうりょう》の少《すく》ない時《とき》だったので、巻《ま》き込《こ》まれた車《くるま》はない。タイヤのパンクによる単独事故《たんどくじこ》だと思《おも》った。高速道路《こうそくどうろ》で路上《ろじょう》に投《な》げ出《だ》された人《ひと》は、動《うご》かない。私《わたし》の心臓《しんぞう》は大《おお》きく鼓動《こどう》していた。これほど間近《まぢか》に事故現場《じこげんば》を見《み》たことはなかったからだ。事故車《じこしゃ》からは同乗《どうじょう》していた男性《だんせい》が走《はし》り出《だ》し、前方《ぜんぽう》のトラックからも人《ひと》が下《お》りてきた。夫《おっと》も、車《くるま》から出《で》て行《い》った。

私《わたし》はすぐに一一〇番通報《ひゃくとおばんつうほう》した。普通《ふつう》に話《はな》しているつもりの私《わたし》に、電話口《でんわぐち》の警察官《けいさつかん》はこう言《い》った。

「こちらから質問《しつもん》しますので、答《こた》えてください」

私《わたし》はだいぶ慌《あわ》てていたらしい。相手《あいて》の質問《しつもん》に答《こた》えながら、私《わたし》は事故《じこ》の起《お》きた場所《ばしょ》、状況《じょうきょう》などを伝《つた》え、第一通報者《だいつうほうしゃ》として名前《なまえ》を聞《き》かれた。

道路《どうろ》は比較的空《ひかくてきす》いていたとはいえ、通行《つうこう》が止《と》まれば、たちまち長《なが》い列《れつ》ができる。私《わたし》たちの後方《こうほう》の道路《どうろ》は、数分後《すうふんご》には数珠《じゅず》つなぎの車《くるま》で埋《う》まってしまった。その中《なか》を、パトカーや救急車《きゅうきゅうしゃ》はどうやって来《く》るのかと思《おも》った。車《くるま》にもどった夫《おっと》の話《はなし》によると、けが人《にん》は最初全《さいしょまった》く動《うご》かなかったので死《し》んでいるかと思《おも》ったらしいが、しばらくするとかすかに動《うご》きが見《み》えたらしい。でも、頭《あたま》から血《ち》が流《なが》れていたから動《うご》かすことは危険《きけん》だ。その場《ば》に集《あつ》まった人《ひと》たちは、なすすべがなかったという。そうこうするうち、後方《こうほう》に停《と》まっている車《くるま》から人《ひと》が何人《なんにん》も下《お》りてきて、現場《げんば》へ向《む》かった。そのうち二人《ふたり》は女性《じょせい》で、肩《かた》から下《さ》げたバッグから何《なに》か取《と》り出《だ》して、倒《たお》れている男性《だんせい》の手当《てあ》てを始《はじ》めた。看護師《かんごし》なのだろう。彼女《かのじょ》たちは懸命《けんめい》に応急処置《おうきゅうしょち》をしている様子《ようす》だった。

　事故現場《じこげんば》は悲惨《ひさん》ではあったが、人《ひと》の善意《ぜんい》が引《ひ》き出《だ》されて、誰《だれ》も指示《しじ》しないのに自然《しぜん》な協力《きょうりょく》と助《たす》け合《あ》いが生《う》まれていた。後続《こうぞく》の車《くるま》の人《ひと》たちも、誰一人《だれひとり》声《こえ》を上《あ》げることもなく、クラクションも鳴《な》らさず、ひたすら静《しず》かに救急車《きゅうきゅうしゃ》の到着《とうちゃく》と事故処理《じこしょり》が終《お》わるのを待《ま》っていた。

　ただ一《ひと》つの例外《れいがい》は、事故直後《じこちょくご》に、黒塗《くろぬ》りの車《くるま》一台《だい》が、ハンドルを複雑《ふくざつ》に切《き》りながら倒《たお》れている人《ひと》の横《よこ》を通《とお》りぬけて走《はし》り去《さ》ったことだ。こういう人《ひと》は、恐《おそ》らくどんな場《ば》にも少数《しょうすう》だがいるのだろう。

結局《けっきょく》パトカーが到着《とうちゃく》したのは、事故《じこ》から十分後《ぶんご》、救急車《きゅうきゅうしゃ》は三十分後《ぶんご》だった。その時点《じてん》でドクターヘリも上空《じょうくう》を旋回《せんかい》していたが、やがて姿《すがた》を消《け》した。けが人《にん》はすぐ救急車《きゅうきゅうしゃ》で搬送《はんそう》され、事故《じこ》から約《やく》一時間《じかん》たって中央道《ちゅうおうどう》の下《くだ》り線《せん》は動《うご》き始《はじ》めたのである。

事故処理《じこしょり》をしていた警察官《けいさつかん》に聞《き》いたところでは、けが人《にん》は重傷《じゅうしょう》ではあるが命《いのち》に別状《べつじょう》はなく、私《わたし》たちはホッと胸《むね》をなで下《お》ろして目的地《もくてきち》に向《む》かった。

道路《どうろ》での事故《じこ》は、残念《ざんねん》ながら珍《めずら》しいことではない。毎日《まいにち》どこかで交通事故《こうつうじこ》は起《お》きているが、テレビや新聞《しんぶん》

に報《ほう》じられるのは、ごく一部《いちぶ》だ。しかも、そんな事故《じこ》も、テロや戦争《せんそう》、大災害《だいさいがい》の報道《ほうどう》に比《くら》べれば、扱《あつか》われ方《かた》は小《ちい》さく、抽象的《ちゅうしょうてき》である。海外《かいがい》でのテロや災害《さいがい》より目立《めだ》たないから、どこか別《べつ》の世界《せかい》の出来事《できごと》のように感《かん》じることさえある。ところが、実際《じっさい》の事故現場《じこげんば》に遭遇《そうぐう》すると、衝撃《しょうげき》は大《おお》きい。この世界《せかい》では、〝悲劇《ひげき》〟が実際《じっさい》に起《お》きるという当《あ》たり前《まえ》の事実《じじつ》に、改《あらた》めて気《き》づく。そして、平安《へいあん》で安穏《あんのん》とした生活《せいかつ》の中《なか》でも、気《き》のゆるみがあると事故《じこ》は起《お》こる、と心《こころ》が警告《けいこく》する。

今回《こんかい》の事故《じこ》の原因《げんいん》は私《わたし》には不明《ふめい》だが、タイヤの老朽化《ろうきゅうか》が関係《かんけい》しているだろう。また、事故車《じこしゃ》の一人《ひとり》は無事《ぶじ》であり、もう一人《ひとり》が車外《しゃがい》に投《な》げ出《だ》されていたことから推測《すいそく》すると、たぶんシートベルトの着用《ちゃくよう》が明暗《めいあん》を分《わ》けたのだ。

世間《せけん》では一般《いっぱん》に〝悪《わる》い〟と思《おも》われることの中《なか》にも、私《わたし》たちに〝善《よ》いこと〟を教《おし》えてくれるものがある。

「今日会《きょうあ》った人《ひと》は、みんな善意《ぜんい》の人《ひと》だったね」

と、事故後《じこご》に夫《おっと》は言《い》った。

犠牲者《ぎせいしゃ》に駆《か》け寄《よ》った多《おお》くの人《ひと》たち、事故処理《じこしょり》を黙々《もくもく》として待《ま》った、さらに多《おお》くの人《ひと》たち。落《お》ち着《つ》いた処置《しょち》をした救急隊員《きゅうきゅうたいいん》。いったん出動《しゅつどう》して、また舞《ま》いもどっていったドクターヘリ。てきぱきと現場処理《げんばしょり》に当《あ》たった警察官《けいさつかん》や道路公団《どうろこうだん》の人《ひと》……。

どんな事柄《ことがら》の中《なか》にも、私《わたし》たちの人生《じんせい》を導《みちび》き、幸福《こうふく》にするための〝サイン〟が含《ふく》まれているのだと思《おも》った。幸福《こうふく》なときに有頂天《うちょうてん》にならず、不幸《ふこう》な事件《じけん》の前《まえ》でも心《こころ》を動揺《どうよう》させないためには、毎日移《まいにちうつ》り変《か》わる出来事《できごと》の連鎖《れんさ》の奥《おく》に、真《しん》・善《ぜん》・美《び》を見出《みいだ》す信仰《しんこう》と、心《こころ》の柔軟《じゅうなん》さが求《もと》められる、と私《わたし》は思《おも》った。

可能性《かのうせい》を広《ひろ》げる

人《ひと》には誰《だれ》でも、得意《とくい》なものと不得意《ふとくい》なものがある。不得意《ふとくい》なものの中《なか》でも、「できたらいいなぁ」という憧《あこが》れの気持《きもち》を含《ふく》みながら、自分《じぶん》では「不得意《ふとくい》だ」と思《おも》っているものもある。私《わたし》の場合《ばあい》、それは絵《え》を描《か》くことだった。

小学校《しょうがっこう》の図工《ずこう》の時間《じかん》では、絵《え》を描《か》くと上手《じょうず》なものが教室《きょうしつ》に貼《は》り出《だ》された。その際《さい》、毎回選《まいかいえら》ばれる人《ひと》もいたが、私《わたし》はほとんど選《えら》ばれず、記憶《きおく》ではほんの数回《すうかい》貼《は》り出《だ》されただけだった。友人《ゆうじん》と一緒《いっしょ》に屋外《おくがい》で写生《しゃせい》したときも、その友人《ゆうじん》の絵《え》が上手《じょうず》に思《おも》え、自分《じぶん》は下手《へた》だと感《かん》じていた。けれども絵《え》を見《み》ることは好《す》きで、油絵《あぶらえ》や日本画《にほんが》を眺《なが》めてはため息《いき》をつき、自分《じぶん》にはとても及《およ》ばないと諦《あきら》めていたが、水彩《すいさい》を使《つか》った軽《かる》いタッチの風《ふう》景画《けいが》などを見《み》ると、「あんな絵《え》が描《か》けたらどんなに楽《たの》しいだろう」と、憧《あこが》れの気持《きもち》を抱《いだ》いたものだ。でも長《なが》い間《あいだ》、水彩画《すいさいが》も自分《じぶん》には無理《むり》と決《き》めつけていた。

そんな気持《きもち》が、あるきっかけから変《か》わった。それは、絵手紙《えてがみ》の創始者《そうししゃ》である小池邦夫《こいけくにお》氏《し》を知《し》り、同氏《どうし》の「下手《へた》でいい、下手《へた》がいい」という言葉《ことば》に触《ふ》れたことだ。私《わたし》が勝手《かって》に決《き》めていた「上手《じょうず》な絵《え》」の基準《きじゅん》が、絵手紙《えてがみ》には当《あ》てはまらないことを知《し》った。色々《いろいろ》な人《ひと》が自分《じぶん》の見《み》たまま感《かん》じたままを、感動《かんどう》しながら描《か》いた絵《え》は皆《みな》、力《ちから》が溢《あふ》れていて、「良《よ》い悪《わる》い」「上手下手《じょうずへた》」の評価《ひょうか》を超《こ》えている。それぞれの絵《え》が、その作者《さくしゃ》の個性《こせい》の表現《ひょうげん》として、比《くら》べられない味《あじ》わいを持《も》っていることを知《し》った。

絵手紙《えてがみ》というものは、「絵《え》」である以前《いぜん》に「手紙《てがみ》」である。それは人《ひと》に見《み》せる絵《え》ではなく、相手《あいて》のことを思《おも》いやり、自分《じぶん》の気持《きもち》を伝《つた》えるためのものだから、自分《じぶん》よりも相手《あいて》のことを考《かんが》えて描《か》く。

そんな気持《きもち》で、私《わたし》が両親《りょうしん》にあてて絵手紙《えてがみ》を描《か》き始《はじ》めたのは、十年《ねん》以上《いじょう》も前《まえ》のことだ。それ以来《いらい》、機会《きかい》あるごとに絵手紙《えてがみ》を描《か》いている。絵《え》は決《けっ》して上達《じょうたつ》したとはいえない。が、「上手《じょうず》に描《か》こう」という気持《きもち》がなくなったから、描《か》くことに抵抗《ていこう》を感《かん》じない。絵手紙《えてがみ》はこちらから送《おく》るだけでなく、先方《せんぽう》からいただくこともある。中《なか》には、私《わたし》の絵手紙《えてがみ》への返礼《へんれい》として、「初《はじ》めて自分《じぶん》で描《か》きました」という説明《せつめい》を添《そ》えた、うれしい絵手紙《えてがみ》をいただくこともある。そういう絵《え》は、描《か》き手《て》の懸命《けんめい》で誠実《せいじつ》な気持《きもち》が表《あらわ》れていて、どんなものでもほのぼのと好感《こうかん》がもてる。その人《ひと》の手《て》のぬくもりが感《かん》じられるようだ。

「手間暇《てまひま》をかける」という言葉《ことば》があるが、心《こころ》を込《こ》めて丁寧《ていねい》にすることは、家庭《かてい》でも職場《しょくば》でも人《ひと》に喜《よろこ》びを与《あた》える。また、自分《じぶん》では不得意《ふとくい》だと感《かん》じていたことも、相《あい》手《て》のためだと思《おも》ってやると、案外《あんがい》できるということもある。心《こころ》が「自分《じぶん》」を超《こ》えることで、自己限定《じこげんてい》も破《やぶ》れ

るからだろう。

人間《にんげん》の可能性《かのうせい》は、このように「人《ひと》のためにやる」ことで広《ひろ》がるだけでなく、「好《す》きになる」ことでも広《ひろ》がる。私《わたし》の場合《ばあい》、それは料理《りょうり》だった。

今回《こんかい》、東京《とうきょう》から北杜市《ほくとし》に住居《じゅうきょ》を移《うつ》した際《さい》*1、引越《ひっこ》し荷物《にもつ》を整理《せいり》していて驚《おどろ》いたのは、料理本《りょうりぼん》の多《おお》さである。私《わたし》は昔《むかし》から書店《しょてん》に行《い》くと、必《かなら》ず料理本《りょうりぼん》のコーナーを見《み》る。そして、気《き》になった本《ほん》は買《か》うことが多《おお》かった。四十年《ねん》もそれを続《つづ》けたから、まとめてみると何十冊《なんさつ》にもなっていた。

しかし料理《りょうり》の良《よ》し悪《あ》しは、何《なん》といっても「食材《しょくざい》」が重要《じゅうよう》だ。東京《とうきょう》にいた頃《ころ》は、どんな食材《しょくざい》でも手軽《てがる》に手《て》に入《い》れることができた。そんな中《なか》で、なるべく無農薬《むのうやく》・有機栽培《ゆうきさいばい》の野菜《やさい》を中心《ちゅうしん》に、調味料《ちょうみりょう》も信頼《しんらい》できる良《よ》いものを使《つか》って料理《りょうり》をしていた。それは引越《ひっこ》しをして来《き》てからも変《か》わらない。が、田舎《いなか》での大《おお》きな違《ちが》いは、その土地《とち》の新鮮《しんせん》なものが手《て》に入《はい》ることだ。

東京《とうきょう》での地産地消《ちさんちしょう》はほとんど無理《むり》で、せいぜい関東近辺《かんとうきんぺん》のものになる。東京《とうきょう》には日《にっ》

*1　2013年10月、生長の家国際本部が山梨県北杜市の八ヶ岳南麓に、“森の中のオフィス”として移転したことによる移住。

本中《ぽんじゅう》の産品《さんぴん》が集《あつ》まるので、好《この》むと好《この》まざるとにかかわらず、それらの中《なか》から選《えら》ばざるを得《え》なかった。引越《ひっこ》し先《さき》の北杜市《ほくとし》の場合《ばあい》も、その状況《じょうきょう》は東京《とうきょう》とあまり変《か》わらない。大《おお》きなスーパーに行《い》けば、日本《にっぽん》のみならず世界《せかい》中《じゅう》のものが並《なら》んでいる。が、その中《なか》でも北杜市《ほくとし》、あるいは山梨県産《やまなしけんさん》の農産物《のうさんぶつ》を、私《わたし》は探《さが》す。冷涼《れいりょう》な気候《きこう》のこの地《ち》では、冬場《ふゆば》の野菜《やさい》の種類《しゅるい》は限《かぎ》られる。それでも、気《き》をつけて探《さが》せば地元産《じもとさん》の野菜《やさい》はある。地元《じもと》の産品《さんぴん》だけで、はたしてどれだけのものができるのか、その可《か》能性《のうせい》を追求《ついきゅう》して楽《たの》しんでいる。

もちろん海《うみ》のない山梨県《やまなしけん》だから、地元産《じもとさん》の魚《さかな》は淡水《たんすい》魚以外《ぎょいがい》にはない。野菜《やさい》に限《かぎ》って〝地元志向《じもとしこう》〟を追求《ついきゅう》すると、一〇〇パーセントとはいかないが、六〇～七〇

パーセントは地元産《じもとさん》の野菜《やさい》で料理《りょうり》ができている。しかも、産直市場《さんちょくいちば》などでは、スーパーの約半額《やくはんがく》で新鮮《しんせん》な野菜《やさい》が手《て》に入《はい》る。

大都会《だいとかい》・東京《とうきょう》を離《はな》れ、八ヶ岳《やつがたけ》の〝森《もり》の中《なか》〟で暮《く》らすことで、私《わたし》の可能性《かのうせい》は大《おお》きく広《ひろ》がった。そのおかげで生活《せいかつ》に新《あら》たな取《と》り決《き》めや習慣《しゅうかん》を作《つく》り、その先《さき》にさらに何《なに》が来《く》るかと、私《わたし》は好奇心《こうきしん》をもって待《ま》ち構《かま》えている。

人間《にんげん》には「無限《むげん》の可能性《かのうせい》」があるというが、それを引《ひ》き出《だ》すためには、自己限定《じこげんてい》を捨《す》て、人《ひと》のために何《なに》かをしようと思《おも》い立《た》ち、そして新《あたら》しい何《なに》かを好《す》きになること。この柔軟《じゅうなん》さが、人生《じんせい》をさらに豊《ゆた》かにしてくれるだろう。

言葉《ことば》で言《い》うこと

「行《い》ってらっしゃい。今日《きょう》も良《よ》い一日《いちにち》を……」

「お帰《かえ》りなさい。お元気《げんき》ですか?」

――在宅《ざいたく》の日《ひ》、私《わたし》は夫《おっと》をこんな言葉《ことば》で送《おく》り出《だ》し、そして迎《むか》える。祝福《しゅくふく》とねぎらい、その心情《しんじょう》を大切《たいせつ》にしている。


夫婦《ふうふ》というものは結婚当初《けっこんとうしょ》、協力《きょうりょく》して幸《しあわ》せな家庭《かてい》を築《きず》こうとの希望《きぼう》と理想《りそう》に燃《も》えている。「共《とも》に生活《せいかつ》できること」そのことが、ただうれしいものだ。だから互《たが》いを思《おも》いやり、新鮮《しんせん》な気持《きもち》で毎日《まいにち》を過《す》ごす。ところがやがて二人《ふたり》の生活《せいかつ》に馴《な》れてくると、新婚《しんこん》時代《じだい》の初々《ういうい》しい気持《きもち》が薄《うす》らぐとともに、新《あたら》しい課題《かだい》が目《め》に入《はい》ってくる。自由《じゆう》で気《き》ままな独《ひと》り身《み》の時代《じだい》にはなかった、様々《さまざま》な問題《もんだい》に直面《ちょくめん》するからだ。一緒《いっしょ》に暮《く》らしてみて、付《つ》き合《あ》っていたころには分《わ》からなかった相手《あいて》の性格《せいかく》も知《し》るようになる。

「こんな人《ひと》だとは思《おも》わなかった」

「テレビや映画《えいが》の趣味《しゅみ》が違《ちが》う」

「経済観念《けいざいかんねん》がない」

「食《た》べ物《もの》の味《あじ》つけ、好《この》みが一致《いっち》しない」等々《とうとう》だ。

他人同士《たにんどうし》が一緒《いっしょ》に暮《く》らすのだから、二人《ふたり》のあいだに様々《さまざま》な考《かんが》え方《かた》や、習慣《しゅうかん》の違《ちが》いがあるのは当然《とうぜん》である。ところが夫婦《ふうふ》は、特《とく》に恋愛《れんあい》を通《とお》して結婚《けっこん》する場合《ばあい》、〝自分《じぶん》の理想《りそう》〟を相手《あいて》に投影《とうえい》して結婚《けっこん》することが多《おお》い。相手《あいて》は自分《じぶん》の理想《りそう》の体現者《たいげんしゃ》だと思《おも》い込《こ》んだり、あるいは「理想通《りそうどお》りでなければいけない」と考《かんが》えがちだ。これは、しかし相手《あいて》を「縛《しば》る」ことになり、そこから家庭生活《かていせいかつ》の困難《こんなん》が起《お》こり、悲劇《ひげき》に至《いた》ることもある。

現在《げんざい》の離婚率《りこんりつ》は随分高《ずいぶんたか》い。そして、離婚《りこん》せずにいる夫婦《ふうふ》は仲《なか》が良《よ》いかというと、そうでもない場合《ばあい》も多《おお》い。互《たが》いに不満《ふまん》を抱《いだ》きながら、さらには相手《あいて》を排斥《はいせき》したり、心《こころ》で憎《にく》んでいても、経済条件《けいざいじょうけん》などを優先《ゆうせん》して夫婦《ふうふ》を続《つづ》けているカップルも沢山《たくさん》いるという。

私《わたし》は幸《さいわ》い離婚《りこん》など考《かんが》えることなく、夫《おっと》と三十五年間《ねんかん》暮《く》らしてきた。そして学《まな》んだことは、夫婦円満《ふうふえんまん》の秘訣《ひけつ》とは、相手《あいて》への思《おも》いやりと、自分《じぶん》の理想《りそう》を押《お》しつけない、ということだ。中《なか》でも大切《たいせつ》なのは、相手《あいて》に対《たい》するねぎらいや感謝《かんしゃ》の気持《きもち》をなるべく多《おお》く言葉《ことば》に表現《ひょうげん》することである。毎日一緒《まいにちいっしょ》にいるのだから、わざわざそんなことまで……と思《おも》うかもしれないが、「言葉《ことば》に出《だ》す」ことと「心《こころ》で想《おも》う」ことの間《あいだ》には、雲泥《うんでい》の差《さ》がある。心《こころ》でいくら想《おも》っていても、表現《ひょうげん》しなければそれは相手《あいて》に正確《せいかく》に伝《つた》わらない。また言葉《ことば》に出《だ》すことによって、自分《じぶん》の気持《きもち》も深《ふか》く確《たし》かなものとなっていく。

私《わたし》たちは普通《ふつう》、他人《たにん》から何《なに》かしてもらった時《とき》、丁寧《ていねい》に感謝《かんしゃ》の言葉《ことば》を述《の》べる。ところが、家族《かぞく》――特《とく》に夫婦《ふうふ》の間《あいだ》では、「してくれるのが当然《とうぜん》」と思《おも》って感謝《かんしゃ》するのを忘《わす》れがちだ。それは一種《いっしゅ》の傲慢《ごうまん》なのである。夫婦関係《ふうふかんけい》がどんなに険悪《けんあく》な場合《ばあい》でも、感謝《かんしゃ》と讃嘆《さんたん》の言葉《ことば》だけで、二人《ふたり》の心《こころ》の膠着状態《こうちゃくじょうたい》は春《はる》の日差《ひざ》しを浴《あ》びるように解《と》けていく。そのためにはやはり意識《いしき》して、言葉《ことば》を使《つか》うことが肝要《かんよう》だ。

では、どんな言葉《ことば》を使《つか》うべきか？　私《わたし》はそんな時《とき》、いつも〝結婚《けっこん》の原点《げんてん》〟に返《かえ》ることを心《こころ》がけている。誰《だれ》でも結婚《けっこん》するときには相手《あいて》の幸《しあわ》せを願《ねが》い、「この人《ひと》の幸《しあわ》せのために、彼《かれ》（彼女《かのじょ》）の理想《りそう》の実現《じつげん》のために生《い》きよう」と思《おも》ったはずだ。その時《とき》の気持《きもち》を思《おも》い出《だ》すのである。

それは結局《けっきょく》、「自分《じぶん》の人生《じんせい》は何《なん》のためにあるか」という、根源的《こんげんてき》な問《と》いに帰《かえ》っていく。人間《にんげん》の肉体生活《にくたいせいかつ》は永遠《えいえん》に続《つづ》くわけではない。その限《かぎ》りある人生《じんせい》の中《なか》で、自分《じぶん》の理《り》想《そう》や希望《きぼう》をすべてかなえようと思《おも》うと、随分《ずいぶん》ストレスの多《おお》い人生《じんせい》になってしまう。また、「こうでなくてはならない」という執着《しゅうちゃく》は、自分《じぶん》も縛《しば》り相手《あいて》も縛《しば》るから、苦《くる》しい人生《じんせい》を生《う》む。

ストレスが多《おお》いとされる現代社会《げんだいしゃかい》で、ヨガや瞑想《めいそう》、座禅《ざぜん》などの古《ふる》い精神統一法《せいしんとういつほう》が勧《すす》められ、一種《いっしゅ》のブームとなっているのは、これらが「ねばならない」という自分《じぶん》の執着心《しゅうちゃくしん》を放《はな》つ手助《てだす》けになるからだ。

人間《にんげん》の心《こころ》の奥底《おくそこ》には、自分《じぶん》と他人《たにん》とを差別《さべつ》しない美《うつく》しい心《こころ》がある。けれどもこれは、表面《ひょうめん》にドッと座《すわ》り続《つづ》ける自己中心的《じこちゅうしんてき》な心《こころ》に隠《かく》されて、なかなか見《み》えてこない。そんな時《とき》、高《たか》い山《やま》に登《のぼ》ったり、自然《しぜん》の景色《けしき》を目《め》にするなどして環境《かんきょう》を一変《いっぺん》させ、「高貴《こうき》さ」「壮大《そうだい》さ」に直面《ちょくめん》することが、自分《じぶん》の小《ちい》さなこだわりの心《こころ》——執着心《しゅうちゃくしん》を放《はな》つきっかけになることもある。

このように、自分《じぶん》の心《こころ》を客観的《きゃっかんてき》に見《み》る練習《れんしゅう》が、良《よ》い夫婦関係《ふうふかんけい》、ひいてはあらゆる人生《じんせい》の問題解決《もんだいかいけつ》につながるのである。瞑想《めいそう》などは一部《いちぶ》の宗教者《しゅうきょうしゃ》や特殊《とくしゅ》な人間《にんげん》がするものだというのは、古《ふる》い考《かんが》え方《かた》だ。現代《げんだい》では医療機関《いりょうきかん》においてストレス軽減《けいげん》や精神疾患《せいしんしっかん》の治療《ちりょう》に、瞑想《めいそう》が用《もち》いられるようになっている。多忙《たぼう》な生活《せいかつ》を送《おく》る現代人《げんだいじん》は、自分《じぶん》の回《まわ》りに起《お》こる出来事《できごと》に振《ふ》り回《まわ》されがちで、そのため周囲《しゅうい》の人《ひと》や物事《ものごと》にマイナスの感《かん》情《じょう》を持《も》つことが多《おお》い。それらの〝心《こころ》のゴミ〟を毎日《まいにち》きれいに掃除《そうじ》して、心《こころ》を軽《かる》くし、私《わたし》たちの本来《ほんらい》の心《こころ》、愛他《あいた》の心《こころ》を喚《よ》び起《お》こそう。瞑想《めいそう》をすれば集中力《しゅうちゅうりょく》もつく。その集《しゅう》中力《ちゅうりょく》で、大切《たいせつ》な人《ひと》、愛《あい》する家族《かぞく》の美点《びてん》を見出《みいだ》し、讃嘆《さんたん》の言葉《ことば》をかけよう。

そこに伴侶《はんりょ》がいるということは、人生《じんせい》が二倍《ばい》だけでなく、三倍《ばい》にも四倍《ばい》にも豊《ゆた》かになるということだ。それを常《つね》に意識《いしき》すれば、幸福《こうふく》な夫婦生活《ふうふせいかつ》が送《おく》れるに違《ちが》いない。

魂《たましい》の土台《どだい》を築《きず》く

三月《がつ》の春《はる》のお彼岸《ひがん》の最中《さいちゅう》、大阪《おおさか》の四天王寺《してんのうじ》を訪《おとず》れた。生長《せいちょう》の家講習会《いえこうしゅうかい》が大阪城《おおさかじょう》ホールで開催《かいさい》され、比較的近《ひかくてきちか》くにあるお寺《てら》ということで、終了後《しゅうりょうご》に立《た》ち寄《よ》ったのだ。四天王寺《してんのうじ》は、千四百年前《ねんまえ》の推古天皇《すいこてんのう》の時代《じだい》に、聖徳太子《しょうとくたいし》によって創建《そうけん》された日本《にっぽん》最古《さいこ》の官寺《かんじ》——つまり〝国立《こくりつ》の寺《てら》〟である。寺《てら》の敷地《しきち》は、甲子園球場《こうしえんきゅうじょう》の三倍《ばい》もある。大阪《おおさか》の街《まち》の真《ま》ん中《なか》にそんな大《おお》きな寺《てら》があるのに驚《おどろ》いた。

訪《おとず》れたのは日曜日《にちようび》の夕方《ゆうがた》。すでに屋台《やたい》や出店《でみせ》は片《かた》づけ始《はじ》めているところも多《おお》く、人《ひと》の波《なみ》が引《ひ》いた後《あと》だった。にもかかわらず、まだ賑《にぎ》わいを見《み》せていた。

出店《でみせ》の種類《しゅるい》は、たこ焼《や》きから古着《ふるぎ》、家庭日用雑貨《かていにちようざっか》、白蛇《はくじゃ》による悪霊《あくりょう》の除去《じょきょ》など、まさにナンデモアリの観《かん》を呈《てい》していたが、寺《てら》では彼岸会《ひがんえ》が営《いとな》まれていて、訪《おとず》れる人《ひと》の主《しゅ》たる目的《もくてき》は先祖供養《せんぞくよう》である。彼岸会《ひがんえ》の風習《ふうしゅう》は仏教《ぶっきょう》と関係《かんけい》するが、インドや中国《ちゅうごく》にはなく、日本《にっぽん》で聖徳太子《しょうとくたいし》の時代《じだい》に始《はじ》まったとされる。太陽《たいよう》が真東《まひがし》から昇《のぼ》り、真西《まにし》に沈《しず》む春《しゅん》分《ぶん》の日《ひ》は、日《ひ》の入《い》りを通《とお》して彼岸《ひがん》を思《おも》い、西方極楽浄土《さいほうごくらくじょうど》に生《う》まれ変《か》わることを願《ねが》う。また、この日《ひ》は古来《こらい》の神道《しんとう》の習俗《しゅうぞく》とも関係《かんけい》していて、農事《のうじ》の始《はじ》まりの神祭《しんさい》が各地《かくち》で行《おこな》われる。

このお彼岸《ひがん》やお盆《ぼん》に人々《ひとびと》がせっせと墓参《ぼさん》する姿《すがた》を見《み》ると、多《おお》くの人々《ひとびと》が肉体《にくたい》の死後《しご》も、魂《たましい》が生《い》き続《つづ》けることを信《しん》じているのが分《わ》かる。特《とく》に仏教《ぶっきょう》の影響《えいきょう》が強《つよ》い日本《にっぽん》では、多《おお》くの人《ひと》が死後《しご》一年《ねん》、三年《ねん》、七年《ねん》などを節目《ふしめ》として死者《ししゃ》の霊《れい》を供養《くよう》する。そこには亡《な》くなった人《ひと》の魂《たましい》が迷《まよ》わずに安《やす》らかに眠《ねむ》るようにとの願《ねが》いと共《とも》に、先祖《せんぞ》に対《たい》して感謝《かんしゃ》し、自分《じぶん》たちの生活《せいかつ》の安寧《あんねい》や護《まも》りを祈念《きねん》する想《おも》いが込《こ》められている。

このような先祖供養《せんぞくよう》のための墓参《ぼさん》は、魂《たましい》のつながりを確認《かくにん》するよい機会《きかい》であり、大《たい》切《せつ》にしたい行事《ぎょうじ》である。けれども時《とき》には、墓参《はかまい》りを重要視《じゅうようし》するあまり、それを怠《おこた》ると

「不幸《ふこう》が起《お》こる」とか「たたりがある」などと迷信的《めいしんてき》な考《かんが》えを持《も》つ人《ひと》もいる。「墓《はか》」という形《かたち》にとらわれると、不自由《ふじゆう》な生活《せいかつ》につながることもある。

墓《はか》とは、亡《な》くなった人《ひと》の〝お骨《こつ》〟を納《おさ》めた場所《ばしょ》だ。そこには実際《じっさい》、先祖《せんぞ》の骨《ほね》があるのだから、そこへお参《まい》りすることが供養《くよう》になるというのは、とても分《わ》かりやすい。しかし、よく考《かんが》えれば、肉体《にくたい》が滅《ほろ》んだ後《あと》の人間《にんげん》は、私《わたし》たちが生活《せいかつ》する現実世界《げんじつせかい》にはもういないのだから、「墓《はか》」という限定《げんてい》された空間《くうかん》に留《とど》まっているわけではないのである。

ただ、現実界《げんじつかい》で生《い》きる人間《にんげん》にとっては、「霊界《れいかい》」といっても具体的《ぐたいてき》にイメージすることが難《むずか》しい。「そこにいる」と言《い》われても、どこにいるのかよく分《わ》からない。そこで、供養《くよう》する自分《じぶん》の心《こころ》を一定《いってい》の方向《ほうこう》に集中《しゅうちゅう》させるために、「墓《はか》」をしつらえるのである。これを一種《いっしゅ》の〝アンテナ〟あるいは〝中継局《ちゅうけいきょく》〟として、現実界《げんじつかい》から霊界《れいかい》へと「感《かん》謝《しゃ》」や「守護《しゅご》の願《ねが》い」などを送《おく》るのである。

近代化以前《きんだいかいぜん》の時代《じだい》には、ほとんどの人《ひと》が自分《じぶん》の生《う》まれ育《そだ》った土地《とち》から、外《そと》に出《で》ることはなかった。だから、先祖《せんぞ》のお墓《はか》も近《ちか》くにあったのである。ところが現代人《げんだいじん》の生《せい》活《かつ》では移動《いどう》が頻繁《ひんぱん》であるだけでなく、遠距離《えんきょり》に及《およ》ぶこともめ珍《めずら》しくない。仕事《しごと》で外国《がいこく》へ行《い》ったり、国外《こくがい》への移《い》住《じゅう》も当《あ》たり前《まえ》に行《おこな》われる。そんな人《ひと》たちが、「先祖供《せんぞく》養《よう》は毎年《まいとし》、墓《はか》へ参《まい》らねばならない」ということになったら、相当不自由《そうとうふじゆう》である。

先祖供養《せんぞくよう》で重要《じゅうよう》なのは、供養《くよう》する者《もの》の心《こころ》をどこへ向《む》けるかである。墓前《ぼぜん》に立《た》っても「先祖《せんぞ》」とは別《べつ》のことに心《こころ》が向《む》いていれば、供養《くよう》にはならない。逆《ぎゃく》に言《い》えば、この〝心《こころ》の向《む》き〟さえしっかりと定《さだ》めれば、墓地《ぼち》に行《い》かなくても供養《くよう》はできるのである。地上《ちじょう》の一定《いってい》の空間《くうかん》に供養《くよう》の場所《ばしょ》を限定《げんてい》する考《かんが》えは、本末転倒《ほんまつてんとう》である。

私《わたし》たちはこの世《よ》に生《せい》を受《う》けて、親《おや》に面倒《めんどう》を見《み》てもらって成長《せいちょう》した。だから親《おや》に対《たい》して、限《かぎ》りない感謝《かんしゃ》の

気持《きもち》をもっている。先祖供養《せんぞくよう》の際《さい》は、その親《おや》の親《おや》、そのまた親《おや》にも思《おも》いを馳《は》せ、感謝《かんしゃ》の思《おも》いを延長《えんちょう》・拡大《かくだい》させるのである。

この世界《せかい》は、親和《しんわ》の法則《ほうそく》によって成《な》り立《た》っているので、家族同士《かぞくどうし》の心《こころ》は近《ちか》い関係《かんけい》にある。家族《かぞく》の肉体《にくたい》が滅《ほろ》んで霊界《れいかい》に移行《いこう》しても、心《こころ》の世界《せかい》では親和性《しんわせい》が強《つよ》い――（心《こころ》の距離《きょり》が近《ちか》い）家族《かぞく》の念《ねん》は、私《わたし》たちの生活《せいかつ》に良《よ》くも悪《わる》くも影響《えいきょう》を及《およ》ぼす。だから、まだ現実世界《げんじつせかい》に強《つよ》い執着《しゅうちゃく》をもつ先祖《せんぞ》がいると、こちら側《がわ》の人間《にんげん》にもその思《おも》いが影響《えいきょう》することがある。そういう霊《れい》に対《たい》しては、「人間《にんげん》は肉体《にくたい》でない」こと、また「物質《ぶっしつ》はない」ことを説《と》いた経文《きょうもん》を読《よ》めば、霊界《れいかい》では肉体《にくたい》は存在《そんざい》しないし、物質《ぶっしつ》もないのだから、現《げん》実界《じつかい》にいる人間《にんげん》よりも真理《しんり》を容易《ようい》に感得《かんとく》し、執着《しゅうちゃく》を去《さ》って悟《さと》りにいたり、子孫《しそん》である私《わたし》たちにも良《よ》い影響《えいきょう》を与《あた》えるのである。

私《わたし》の家《いえ》では毎朝《まいあさ》、神棚《かみだな》の前《まえ》でご先祖《せんぞ》に感謝《かんしゃ》の言葉《ことば》を宣《の》べ、加護《かご》を願《ねが》い、お経《きょう》を読《よ》むのが日課《にっか》となっている。このような先祖供養《せんぞくよう》なら、お墓《はか》が近《ちか》くになくてもできる。私《わたし》たちに命《いのち》をもたらし、魂《たましい》の教育《きょういく》の場《ば》を与《あた》えてくれた先祖《せんぞ》に感謝《かんしゃ》することにより、私《わたし》たちの生活《せいかつ》は土台《どだい》が安定《あんてい》し、安《やす》らかなものとなるだろう。

第2章 「幸福八分《こうふくはちぶ》」の結婚《けっこん》

〝赤《あか》い糸《いと》〟のメッセージ

私《わたし》がまだ二十三歳前後《さいぜんご》の頃《ころ》、友人《ゆうじん》が次々《つぎつぎ》に結婚《けっこん》していった。今《いま》から四十年近《ねんちか》く前《まえ》で、その年齢《ねんれい》が当時《とうじ》の〝適齢期《てきれいき》〟だった。しかし私《わたし》には「この人《ひと》」と思《おも》える人《ひと》がいなかったので、自分《じぶん》は結婚《けっこん》できないのかもしれないと思《おも》ったことがある。そんな中《なか》、夫《おっと》と初《はじ》めて会《あ》った時《とき》に、「この人《ひと》」と思《おも》ったかというと、そうではなかった。だから、個人《こじん》差《さ》もあると思《おも》うが、結婚《けっこん》に至《いた》る道筋《みちすじ》は単純《たんじゅん》ではなく、様々《さまざま》な要素《ようそ》が関係《かんけい》するだろう。

結婚《けっこん》を運命的《うんめいてき》に考《かんが》える人《ひと》がいる。初《はじ》めから〝赤《あか》い糸《いと》〟で結《むす》ばれていた二人《ふたり》が、いつの日《ひ》にか巡《めぐ》り合《あ》うというような考《かんが》え方《かた》である。結婚《けっこん》する二人《ふたり》は、何《なに》か〝神秘《しんぴ》の手《て》〟によって導《みちび》かれるというロマンチックで、無害《むがい》な考《かんが》えのように思《おも》える。

しかし、こういう見方《みかた》のまま結婚生活《けっこんせいかつ》に入《はい》る人《ひと》は、往々《おうおう》にして現実《げんじつ》を見《み》ようとしない。現実《げんじつ》の夫婦関係《ふうふかんけい》では、喧嘩《けんか》が絶《た》えなかったり、意見《いけん》の食《く》い違《ちが》いから離婚《りこん》にいたることもあるが、〝運命《うんめい》〟や〝神秘《しんぴ》の糸《いと》〟で結《むす》ばれていると考《かんが》えると、「破局《はきょく》」はあり得《え》ないから、それを避《さ》ける努力《どりょく》を怠《おこた》りがちなのだ。

実《じつ》は私《わたし》も結婚前《けっこんまえ》、この世《よ》にはただ一人《ひとり》の決《き》められた人《ひと》がいると思《おも》っていた。だから、現実《げんじつ》に起《お》こり得《う》る夫婦間《ふうふかん》の様々《さまざま》な問題《もんだい》は、自分《じぶん》とは関係《かんけい》がないと思《おも》っていた節《ふし》がある。自分《じぶん》の結婚《けっこん》に限《かぎ》って離婚《りこん》などあり得《え》ない。きっと幸《しあわ》せな結婚生活《けっこんせいかつ》が待《ま》っているし、結《けっ》婚《こん》さえすれば幸《しあわ》せになれると思《おも》っていた。「結婚《けっこん》」そのものを理想化《りそうか》していたのである。

結婚《けっこん》の夢《ゆめ》を追《お》うのは、人間《にんげん》の心《こころ》と環境《かんきょう》との関係《かんけい》をよく知《し》らない結果《けっか》である。また、人間《にんげん》は、自分《じぶん》の心《こころ》がわかっているようで、本当《ほんとう》はよくわかっていないという事実《じじつ》からも来《き》ている。心理学《しんりがく》でよく言《い》われるように、「自分《じぶん》の心《こころ》はこうだ」とハッキリわかるほど、人間《にんげん》の心《こころ》は単純《たんじゅん》にできていない。人間《にんげん》には、自分《じぶん》でわかる自分《じぶん》の心《こころ》（現在意《げんざいい》識《しき》）のほかに「潜在意識《せんざいいしき》」と言《い》われる、自分《じぶん》でもよくわからない心《こころ》があって、それが心《こころ》の大部分《だいぶぶん》を占《し》めている。結婚《けっこん》など、その人《ひと》の人生《じんせい》にとっての大事件《だいじけん》は、この潜在意識《せんざいいしき》に大《おお》きく影響《えいきょう》されるものだ。

自分《じぶん》の周《まわ》りに起《お》こる様々《さまざま》なことが、何《なに》か〝外《そと》からの力《ちから》〟によって決《き》められると感《かん》じるのは、潜在意識《せんざいいしき》の働《はたら》きである場合《ばあい》が多《おお》い。本当《ほんとう》は自分《じぶん》の潜在意識《せんざいいしき》が決《き》めているのに、その意識《いしき》は自分《じぶん》には分《わ》からないので、自分《じぶん》とは別《べつ》の〝運命《うんめい》〟に翻弄《ほんろう》されるように感《かん》じられるのだ。この潜在意識《せんざいいしき》がどう形《かたち》づくられるかは、まだ充分解明《じゅうぶんかいめい》されていない。が、その内容《ないよう》は、現在意識《げんざいいしき》の集積《しゅうせき》であるらしい。

すると結婚《けっこん》の相手《あいて》は、結局自分《けっきょくじぶん》の心《こころ》が決《き》めるとい

うことになる。だから、昔《むかし》から言《い》われている〝赤《あか》い糸《いと》〟の話《はなし》は、道徳的《どうとくてき》な喩《たと》え話《ばなし》と考《かんが》えると合理的《ごうりてき》だ。夫婦《ふうふ》になる二人《ふたり》は深《ふか》い因縁《いんねん》で結《むす》ばれたのだから、多少《たしょう》の困難《こんなん》や、互《たが》いに気《き》に入《い》らないことがあっても、簡単《かんたん》に離婚《りこん》など考《かんが》えず、努力《どりょく》しなさいというメッセージが込《こ》められているのだ。

夫婦関係《ふうふかんけい》について時々《ときどき》、夫《おっと》と妻《つま》の意識調査《いしきちょうさ》が行《おこな》われる。すると、日本《にっぽん》の夫婦《ふうふ》の場合《ばあい》、相手《あいて》に対《たい》する満足度《まんぞくど》に大《おお》きな隔《へだ》たりが出《で》ることが多《おお》い。妻《つま》の夫《おっと》への満足度《まんぞくど》は低《ひく》いが、夫《おっと》の方《ほう》は、妻《つま》に対《たい》してある程度満足《ていどまんぞく》しているという数字《すうじ》が出《で》るのである。これは、日本《にっぽん》の夫婦《ふうふ》に特徴的《とくちょうてき》で、アメリカでは同《おな》じような調査《ちょうさ》をしても、夫妻間《ふさいかん》の満足度《まんぞくど》にそれほど隔《へだ》たりが出《で》ないそうだ。そのことについては、穿《うが》った見方《みかた》もあり、離婚率《りこんりつ》の高《たか》いアメリカでは、不満《ふまん》に思《おも》っている妻《つま》はすでに離婚《りこん》しているから、統計《とうけい》の対象《たいしょう》にならないというものだ。これは一《ひと》つの例《れい》であるが、夫婦《ふうふ》がお互《たが》いの関係《かんけい》に満足《まんぞく》することは、なかなか難《むずか》しいということを示《しめ》している。

心《こころ》と環境《かんきょう》の密接《みっせつ》な関係《かんけい》への理解《りかい》が深《ふか》まるにつれ、私《わたし》は夫《おっと》に不必要《ふひつよう》な要求《ようきゅう》をしなくなった。夫《おっと》だけではなく、自分《じぶん》が置《お》かれている環境《かんきょう》についても同《おな》じである。何《なに》か難《むずか》しい問題《もんだい》に直面《ちょくめん》した時《とき》、「これは運命《うんめい》だ」と思《おも》うと、困難《こんなん》の原因《げんいん》を求《もと》める努力《どりょく》をしなくなる。けれども、自分《じぶん》の責任《せきにん》で選《えら》んだ結果《けっか》だと思《おも》えば、自分《じぶん》で困難《こんなん》を切《き》り抜《ぬ》け、事態《じたい》を善《よ》くしようとする意欲《いよく》も生《う》まれてくるものだ。

当然《とうぜん》と言《い》えば当然《とうぜん》だが、夫《おっと》と結婚《けっこん》したことも、今《いま》の環境《かんきょう》も、自分《じぶん》が選択《せんたく》したことだと認《みと》めるようになり、私《わたし》は背伸《せの》びしなくなった。ありのままの自分《じぶん》で、現実《げんじつ》をしっかり生《い》きていく決意《けつい》が出来《でき》たともいえる。そういう気持《きもち》になると、夫《おっと》と私《わたし》の望《のぞ》むことにあまり隔《へだ》たりがなくなり、不満《ふまん》に思《おも》うことがないのは不思議《ふしぎ》である。

それともう一《ひと》つ、幸《しあわ》せな結婚生活《けっこんせいかつ》のためには、夫《おっと》に何《なに》かを求《もと》めるのではなく、自分《じぶん》に何《なに》ができるかを考《かんが》えることが大切《たいせつ》だ。これは結婚生活《けっこんせいかつ》だけでなく、人生《じんせい》のあらゆる面《めん》で言《い》える。「環境《かんきょう》が悪《わる》い」「相手《あいて》が悪《わる》い」と考《かんが》えるのは簡単《かんたん》だ。しかし、自分《じぶん》では「相手《あいて》のため」と考《かんが》えてした行為《こうい》でも、自分本位《じぶんほんい》の「相手《あいて》のため」ということが、人間《にんげん》にはよくある。親《おや》の子供《こども》に対《たい》する愛情《あいじょう》にも〝執着《しゅうちゃく》の愛《あい》〟があるように、夫婦関係《ふうふかんけい》でも、自分《じぶん》の尺度《しゃくど》で相手《あいて》を縛《しば》っていることは珍《めずら》しくないのである。

結婚生活《けっこんせいかつ》の幸《しあわ》せは結局《けっきょく》、自分《じぶん》の立場《たちば》よりも、相手《あいて》のことを考《かんが》えるときに生《う》まれると言《い》えるだろう。

不思議《ふしぎ》なレッスン

ある時《とき》の生長《せいちょう》の家《いえ》の講習会《こうしゅうかい》で、娘《むすめ》さんの結婚《けっこん》が成就《じょうじゅ》したという体験談《たいけんだん》の発表《はっぴょう》があった。

その発表者《はっぴょうしゃ》A《エー》さんには三十代半《だいなか》ばの娘《むすめ》さんがいて、なかなか結婚《けっこん》しないのが悩《なや》みの種《たね》だった。そこで、生長《せいちょう》の家《いえ》の真理《しんり》を学《まな》ぶ誌友会《しゅうかい》に参加《さんか》したとき、その指導講師《しどうこうし》にA《エー》さんは悩《なや》みを相談《そうだん》した。すると講師《こうし》は、

「親《おや》は子供《こども》を結婚《けっこん》させるために、一所懸命《いっしょけんめい》にならなければいけません。親《おや》は懸命《けんめい》に娘《むすめ》の結婚相手《けっこんあいて》を探《さが》してあげるものですよ」

と言《い》われたそうだ。

生長《せいちょう》の家《いえ》の結婚《けっこん》についての考《かんが》え方《かた》がこうだというわけではないが、その時《とき》の講師《こうし》はそう言《い》ったという。

A《エー》さんは早速《さっそく》、娘《むすめ》さんの写真《しゃしん》を何枚《なんまい》も用意《ようい》して、次《つぎ》の誌友会《しゆうかい》の時《とき》に参加者《さんかしゃ》に配《くば》ったという。すると皆《みな》、興味深《きょうみぶか》そうに写真《しゃしん》を見《み》ていたが、その中《なか》の一人《ひとり》が、

「もしかしたら自分《じぶん》の息子《むすこ》にいいかも……」

と言《い》った。

その人《ひと》にはちょうど適齢期《てきれいき》の息子《むすこ》がいて、よい相手《あいて》はいないかと心《こころ》にかけていたそうだ。

こうして双方《そうほう》の親《おや》の思惑《おもわく》が一致《いっち》して、「とりあえずお見合《みあ》いをしましょう」ということになった。どちらも親《おや》が生長《せいちょう》の家《いえ》で、親同士《おやどうし》は互《たが》いのことがよく分《わ》かっている。そんな条件《じょうけん》も幸《さいわ》いし、見合《みあ》いから若《わか》い二人《ふたり》のつき合《あ》いが始《はじ》まり、話《はなし》はとんとん拍子《びょうし》に進《すす》んで、出会《であ》いから約《やく》八カ月《かげつ》でゴールインしたという。

なかなか結婚《けっこん》しない子供《こども》に悩《なや》んでいる親《おや》にとっては、うらやましい話《はなし》である。不《ふ》

思議《しぎ》なのは、この二人《ふたり》にはそれまでにも結婚話《けっこんばなし》がいろいろあり、写真《しゃしん》などが回《まわ》ってきたこともあるそうだが、心《こころ》が動《うご》かなかったことだ。

このような出会《であ》いと結婚《けっこん》の話《はなし》は、見合《みあ》い結婚《けっこん》が主流《しゅりゅう》だった昔《むかし》には、よくあったが、近頃《ちかごろ》は珍《めずら》しいケースだと思《おも》う。現代《げんだい》は男性《だんせい》も女性《じょせい》も自由《じゆう》を謳歌《おうか》しながら、適当《てきとう》な相手《あいて》に出会《であ》えない悩《なや》みも多《おお》く、晩婚化《ばんこんか》が顕著《けんちょ》である。

昨今《さっこん》の結婚困難者《けっこんこんなんしゃ》の増加《ぞうか》や晩婚化《ばんこんか》は、若者《わかもの》が人《ひと》とのつき合《あ》いを避《さ》けたり、自由《じゆう》を束縛《そくばく》されるのを嫌《きら》い、また相手《あいて》に過大《かだい》な期待《きたい》をすることが原因《げんいん》ではないかといわれている。確《たし》かにそういう要素《ようそ》もあるかもしれないが、私《わたし》は、人々《ひとびと》が都市《とし》に集中《しゅうちゅう》することで、人《ひと》と人《ひと》との

つながりがかえって希薄《きはく》になっていることにも関係《かんけい》していると思《おも》う。

大家族《だいかぞく》の中《なか》で生活《せいかつ》したり、近所《きんじょ》の人《ひと》と親《した》しい関係《かんけい》にあれば、年長者《ねんちょうしゃ》が若者《わかもの》を見《み》たら、「あの人《ひと》にどうだろう」というような配慮《はいりょ》が、自然《しぜん》に出《で》てくるのではないだろうか。そんな関係《かんけい》は時《とき》に煩《わずら》わしく、「おせっかい」と言《い》われるかもしれないが、反面《はんめん》では人間関係《にんげんかんけい》の豊《ゆた》かさを示《しめ》しているのである。私《わたし》が田舎《いなか》にいた頃《ころ》には、結婚《けっこん》の仲介《ちゅうかい》が好《す》きな人《ひと》がいて、自分《じぶん》の紹介《しょうかい》で何組《なんくみ》の夫婦《ふうふ》が誕生《たんじょう》したなどと自慢《じまん》にしていたと聞《き》いたことがある。もっとも最近《さいきん》は新聞《しんぶん》の広告面《こうこくめん》に、お見合《みあ》いのアレンジや、出会《であ》いを演出《えんしゅつ》するイベントなどが多《おお》く掲載《けいさい》されていることも多《おお》い。

人《ひと》の出会《であ》いというのは不思議《ふしぎ》で、「なぜこの二人《ふたり》が？」と思《おも》うことが時《とき》にある。結婚相手《けっこんあいて》となれば、なおさらだ。しかし、出会《であ》いがたとえ〝奇跡的《きせきてき》〟であったとしても、幸《しあわ》せな結婚生活《けっこんせいかつ》を築《きず》いていくことは簡単《かんたん》ではない。結婚前《けっこんまえ》の若《わか》い男女《だんじょ》は、一般的《いっぱんてき》に自分《じぶん》の良《よ》い所《ところ》ばかりを相手《あいて》に見《み》せている。が、実際《じっさい》に結婚生活《けっこんせいかつ》が始《はじ》まれば、ありのままの自分《じぶん》が必《かなら》ず出《で》てしまう。すると、「こんなはずではなかった」という驚《おどろ》きがお互《たが》いに生《う》まれる。これは、本当《ほんとう》の夫婦関係《ふうふかんけい》を築《きず》くための良《よ》い機会《きかい》なのだが、対処《たいしょ》を誤《あやま》ると、相手《あいて》の欠点《けってん》ばかりが目《め》について、良好《りょうこう》な夫婦関係《ふうふかんけい》が困難《こんなん》になる場合《ばあい》も多《おお》くある。

現実《げんじつ》の世界《せかい》では、原因《げんいん》と結果《けっか》の法則《ほうそく》が支配《しはい》する。また、親和《しんわ》の法則《ほうそく》がある。だから、自分《じぶん》にふさわしい人《ひと》、自分《じぶん》と類似《るいじ》した心《こころ》の傾向《けいこう》をもつ人《ひと》しか、周《まわ》りには集《あつ》まってこない。世界《せかい》は一見《いっけん》、人《ひと》の関与《かんよ》できない〝偶然《ぐうぜん》〟が支配《しはい》しているように見《み》えるが、本当《ほんとう》はそれぞれの人《ひと》が、自分独自《じぶんどくじ》の世界《せかい》を周囲《しゅうい》に表《あらわ》しているのである。

このことが良《よ》く理解《りかい》されると、「棚《たな》からぼた餅《もち》」式《しき》に、幸運《こううん》がどこかからやってくるというような、他人任《たにんまか》せで根拠《こんきょ》のない夢《ゆめ》を見《み》ることがなくなると思《おも》う。何事《なにごと》も自分《じぶん》の努力《どりょく》の結果《けっか》が環境《かんきょう》に現《あらわ》れる、と気《き》がつくからだ。

現代《げんだい》の離婚率《りこんりつ》は、二、三十年前《ねんまえ》と比《くら》べると随分高《ずいぶんたか》くなった。しかし離婚《りこん》というものは、精神的《せいしんてき》にも、経済的《けいざいてき》にも大《おお》きな犠牲《ぎせい》をともなう。そのため、互《たが》いにいがみ合《あ》いながらも結婚生活《けっこんせいかつ》を続《つづ》ける〝家庭内離婚《かていないりこん》〟も結構《けっこう》ある。しかし、この場合《ばあい》、間《あいだ》にはさまれた子供《こども》に精神的《せいしんてき》に大《おお》きな負担《ふたん》をかけ、子供《こども》の結婚観《けっこんかん》にも悪《わる》い影響《えいきょう》を与《あた》える。そんな子供《こども》の中《なか》には、結婚《けっこん》に希望《きぼう》が持《も》てず、結婚《けっこん》を望《のぞ》みながらも忌避《きひ》するような不安状態《ふあんじょうたい》に陥《おちい》り、生涯独身《しょうがいどくしん》で過《す》ごすケースもある。親《おや》の結婚生活《けっこんせいかつ》は、子供《こども》の将来《しょうらい》に多大《ただい》な影響《えいきょう》を及《およ》ぼすのだ。

人生《じんせい》は自分《じぶん》の〝心《こころ》の作品《さくひん》〟であるから、幸《しあわ》せな人生《じんせい》を歩《あゆ》むためには「環境《かんきょう》から逃《に》げない」ことが大切《たいせつ》だ。結婚《けっこん》を望《のぞ》む誰《だれ》もが仲《なか》の良《よ》い夫婦関係《ふうふかんけい》を期待《きたい》するが、その実現《じつげん》のためには、自分《じぶん》の夫《おっと》または妻《つま》となる人《ひと》が、自分《じぶん》にとって今《いま》、一番《いちばん》ふさわしい人《ひと》だと知《し》ることが重要《じゅうよう》である。夫婦《ふうふ》は性格《せいかく》が違《ちが》うことが多《おお》いが、それはお互《たが》いに相手《あいて》から影響《えいきょう》を受《う》け、自分《じぶん》の足《た》りない部分《ぶぶん》を成長《せいちょう》させ、過大《かだい》な部分《ぶぶん》を削《けず》り取《と》る絶好《ぜっこう》の機会《きかい》であるからだ。こうして結婚生活《けっこんせいかつ》は、夫婦《ふうふ》それぞれが〝人格《じんかく》の完成《かんせい》〟に向《む》かって手《て》を携《たずさ》えて進《すす》む道程《どうてい》だとわかれば、相手《あいて》を素直《すなお》に受《う》け入《い》れて互《たが》いに感謝《かんしゃ》することができるだろう。

この世界《せかい》は〝完成《かんせい》〟に向《む》かう練習《れんしゅう》の過程《かてい》だから、そんな努力《どりょく》を繰《く》り返《かえ》しても、どうしてもうまくいかず、離婚《りこん》に至《いた》る場合《ばあい》もある。しかしそんな時《とき》も、相手《あいて》は人生《じんせい》の貴重《きちょう》なレッスンのパートナーだったのだから、憎《にく》むのではなく、感謝《かんしゃ》の心《こころ》を保《たも》つのがいい。私《わたし》たちの人生《じんせい》に起《お》こる出来事《できごと》は、どんなものも自分《じぶん》の心《こころ》の〝鏡《かがみ》〟だから、必《かなら》ず貴《き》重《ちょう》なレッスンを含《ふく》んでいる。その経験《けいけん》をムダにするかどうかも、自分《じぶん》の心《こころ》が決《き》めるのである。

愛《あい》は美《うつく》しい？

親《おや》が自分《じぶん》の子《こ》に向《む》ける愛情《あいじょう》について、〝無我《むが》の愛《あい》〟と言《い》われることがよくある。特《とく》に母親《ははおや》の愛《あい》は、自分《じぶん》の幸福《こうふく》など顧《かえり》みず、家族《かぞく》のために、あるいは子《こ》どものために心《こころ》を尽《つ》くすと考《かんが》えられることが多《おお》い。そのような母親《ははおや》の愛《あい》は、子《こ》どもに安心感《あんしんかん》とともに勇《ゆう》気《き》や希望《きぼう》を与《あた》え、その子《こ》の成長過程《せいちょうかてい》において豊《ゆた》かな人間形成《にんげんけいせい》に役立《やくだ》つから、社会《しゃかい》に貢《こう》献《けん》する人《ひと》を生《う》む、などとも言《い》われる。

その一方《いっぽう》で、母親《ははおや》の愛《あい》から逃《のが》れることができない子《こ》どもがいる。母親《ははおや》に依存《いそん》して自《みずか》ら判断《はんだん》できなかったり、異性《いせい》に母親《ははおや》の代役《だいやく》を求《もと》めたりする。母親《ははおや》の方《ほう》でも、子《こ》どものあらゆることに干渉《かんしょう》し、自分《じぶん》がいなければ子《こ》どもはうまくやっていけないと考《かんが》えて、執着《しゅうちゃく》する場合《ばあい》もある。このように「愛《あい》」とひと言《こと》でいっても、その内容《ないよう》は様々《さまざま》だ。

だから、「人《ひと》を愛《あい》する」とは簡単《かんたん》なことではない。愛《あい》というものは、人間《にんげん》の執着心《しゅうちゃくしん》と深《ふか》くつながっているから、間違《まちが》いや悲劇《ひげき》の原因《げんいん》になることも多《おお》いのである。

先日《せんじつ》の衛星放送《えいせいほうそう》では、イギリスのＢＢＣ《ビービーシー》で、父親《ちちおや》を探《さが》す人《ひと》の話《はなし》を紹介《しょうかい》していた。母《はは》親《おや》が精子提供《せいしていきょう》などで出産《しゅっさん》すると、生《う》まれた子《こ》は自分《じぶん》の遺伝上《いでんじょう》の父親《ちちおや》が誰《だれ》かわからない場合《ばあい》が多《おお》い。その子《こ》がまだ幼《おさな》い時《とき》に、自分《じぶん》にはなぜ父親《ちちおや》がいないのか、あるいは自分《じぶん》が父親《ちちおや》になぜ似《に》ていないのかなどについて、親《おや》からどう説明《せつめい》されたかは個々《ここ》のケースで違《ちが》うだろう。父親《ちちおや》は自分《じぶん》が小《ちい》さいときに死《し》んだと聞《き》かされて、その〝父《ちち》の写真《しゃしん》〟を見《み》せられたかもしれない。そんな場合《ばあい》、その子《こ》の中《なか》には母親《ははおや》から聞《き》かされた父親《ちちおや》のイメージが形成《けいせい》されるから、父親《ちちおや》を探《さが》すことはないかもしれない。けれども、母親《ははおや》が嘘《うそ》をついている場合《ばあい》、それが嘘《うそ》であるとわかると、子《こ》どもの心《こころ》は大《おお》きく混乱《こんらん》するだろう。

それとは別《べつ》に、「父親《ちちおや》はいない」と聞《き》かされた子《こ》どもは、成長《せいちょう》するにつれ、どこかにいるはずの父親《ちちおや》を探《さが》したいという強《つよ》い欲求《よっきゅう》を持《も》つようになる。そんな欲求《よっきゅう》に応《こた》えるために、DNA《ディーエヌエー》の照会《しょうかい》によって親子《おやこ》を判定《はんてい》する機関《きかん》がイギリスにはあるらしい。同国《どうこく》ではそれまで、この種《しゅ》の照会《しょうかい》に使《つか》われるDNA《ディーエヌエー》の試験《しけん》キットが、一般向《いっぱんむ》けには許可《きょか》されていなかったが、このたび、薬局《やっきょく》で誰《だれ》でも買《か》えるようになったということだ。そのため、父親《ちちおや》を探《さが》す人々《ひとびと》は、そのキットを購入《こうにゅう》し、自分《じぶん》の口《くち》の内側《うちがわ》の粘膜《ねんまく》を綿棒《めんぼう》でこそぎ取《と》り、それを検査機関《けんさきかん》に送《おく》れば、親子《おやこ》の判定《はんてい》をしてもらえるようになった。もし父《ちち》親《おや》である人《ひと》も同《おな》じように自分《じぶん》の子《こ》どもを探《さが》していて、検査機関《けんさきかん》に自分《じぶん》のDNA《ディーエヌエー》サンプルを送《おく》っていれば、〝親子《おやこ》の対面《たいめん》〟が実現《じつげん》することになる。

この例《れい》などは、母親《ははおや》の〝執着《しゅうちゃく》の愛《あい》〟あるいは利己的《りこてき》な行動《こうどう》と言《い》えるかもしれない。「結婚《けっこん》」という正規《せいき》の手続《てつづ》きをせずに、「子《こ》どもがほしい」という自分勝手《じぶんかって》な理由《りゆう》だけで、父親《ちちおや》のいない子《こ》どもを産《う》むからである。その女性《じょせい》にとっては、それなりの理由《りゆう》があるかもしれないが、少《すこ》し想像力《そうぞうりょく》を働《はたら》かせれば、子《こ》どもが成長《せいちょう》したときに、自分《じぶん》の父《ちち》親《おや》が誰《だれ》かわからないことの不安《ふあん》、誰《だれ》が父親《ちちおや》かを知《し》りたいという強《つよ》い願《ねが》いを持《も》つことはわかるはずである。

父親《ちちおや》ぬきで子《こ》をもうける人《ひと》は、子《こ》どもは母親《ははおや》の愛《あい》情《じょう》だけで十分《じゅうぶん》幸《しあわ》せに成長《せいちょう》できると考《かんが》えているのかもしれない。そういう人《ひと》は、自分《じぶん》の父親《ちちおや》を憎《にく》んでいて、「父《ちち》がいなければ、自分《じぶん》はもっと幸《しあわ》せな人生《じんせい》を歩《あゆ》めた」と思《おも》っている場合《ばあい》がある。しかしそういう感情《かんじょう》は、実際《じっさい》に父親《ちちおや》を知《し》っている人《ひと》のものである。父親《ちちおや》を知《し》らない人《ひと》が自分《じぶん》の親《おや》を知《し》りたい気持《きもち》は、たとえどんなひどい親《おや》であれ、親《おや》を知《し》っている人《ひと》からは想像《そうぞう》もできないほど強固《きょうこ》なものであるようだ。

精子《せいし》を提供《ていきょう》する男性《だんせい》も、経済的代償《けいざいてきだいしょう》を求《もと》めての行為《こうい》である場合《ばあい》が多《おお》いという。若《わか》いときには自分《じぶん》の行為《こうい》の結果《けっか》を、あまり重要《じゅうよう》に考《かんが》えない場合《ばあい》もある。が、父親《ちちおや》を知《し》らない子《こ》どもがこの世《よ》に生《う》まれることを許《ゆる》したの

であるから、その結果《けっか》は生《しょう》じるのである。やがて年齢《ねんれい》を重《かさ》ねた時点《じてん》で、もしかしたら自分《じぶん》の子《こ》どもがどこかで生《い》きているかもしれないと思《おも》い、探《さが》すようになる。

これらの話《はなし》は、極端《きょくたん》な例《れい》ではある。しかし、人間《にんげん》は自分《じぶん》の利益《りえき》のために、人《ひと》の迷惑《めいわく》を顧《かえり》みない行為《こうい》をすることがあり、それを「愛《あい》」という言葉《ことば》で飾《かざ》る場合《ばあい》もあることを示《しめ》している。

一方《いっぽう》で、自分《じぶん》の利益《りえき》を顧《かえり》みず、あるいはたとえ自分《じぶん》に不利《ふり》であっても、子《こ》のため、人《ひと》のために何《なに》かをしようと思《おも》うのも人間《にんげん》である。そのような人《ひと》の無償《むしょう》の行為《こうい》を知《し》り、目《め》にすると、私《わたし》たちは我《われ》に返《かえ》り、自分《じぶん》の生活《せいかつ》を顧《かえり》みるものだ。

私《わたし》にとっては、やはり両親《りょうしん》がそんな〝無償《むしょう》の愛《あい》〟を象徴《しょうちょう》している。大切《たいせつ》に育《そだ》ててもらった、愛《あい》されて育《そだ》ったという安心感《あんしんかん》が私《わたし》にはある。今《いま》は二人《ふたり》とも年老《としお》いた。特《とく》に母《はは》は認知症《にんちしょう》を患《わずら》っている。この後《あと》に会《あ》っても、私《わたし》のことがわからない日《ひ》が来《く》るかもしれない。それでも記憶《きおく》の中《なか》の母《はは》は、いつも自分《じぶん》のことより、子《こ》どものことを優先《ゆうせん》してくれる人《ひと》だった。

そういう親《おや》の愛《あい》を経験《けいけん》してこそ、人《ひと》は他《た》の人《ひと》のために役立《やくだ》ちたいと願《ねが》うものだ。生殖医療《せいしょくいりょう》の進歩《しんぽ》によって、様々《さまざま》なことが可能《かのう》になったが、自分《じぶん》の行為《こうい》が子供《こども》に与《あた》える影響《えいきょう》について、余程真剣《よほどしんけん》に考《かんが》えなくてはならない。

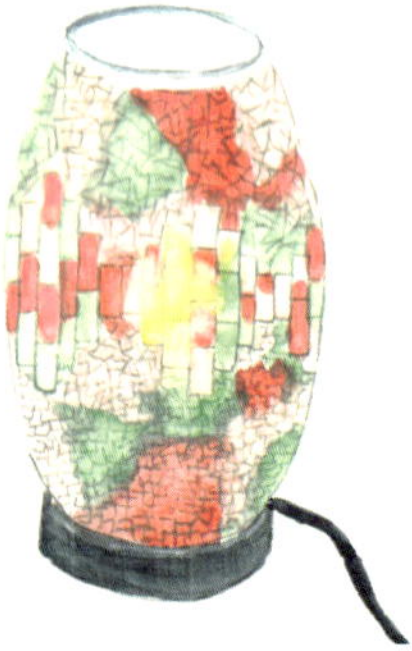

「幸福八分《こうふくはちぶ》」の結婚《けっこん》

「このたび結婚《けっこん》いたしました」
——知人《ちじん》の若《わか》い女性《じょせい》から、こんな知《し》らせをいただくことがある。すると「ああ、良《よ》かった」と安堵《あんど》し、祝福《しゅくふく》する気持《きもち》になる。理由《りゆう》は、近頃《ちかごろ》なかなか結婚《けっこん》しない若者《わかもの》が多《おお》いからだ。

結婚《けっこん》に踏《ふ》み切《き》れない理由《りゆう》は色々《いろいろ》あるだろう。まず、「この人《ひと》！」と思《おも》える相手《あいて》に巡《めぐ》り合《あ》えないことが挙《あ》げられる。そのほか、新《あたら》しい人間関係《にんげんかんけい》から生《う》まれる摩擦《まさつ》や責任《せきにん》を煩《わずら》わしく思《おも》い、避《さ》けたい気持《きもち》もあるかもしれない。加《くわ》えて、社会《しゃかい》の有《あ》り様《よう》の変化《へんか》も大《おお》きい。二十〜三十年前《ねんまえ》に比《くら》べて、生活《せいかつ》が便利《べんり》になり、一人暮《ひとりぐ》らしでもあまり不自由《ふじゆう》なく過《す》ごせるようになった。さらに現代《げんだい》の若《わか》い女性《じょせい》は、一世代前《ひとせだいまえ》の女性《じょせい》とは違《ちが》い、結婚《けっこん》を〝人生《じんせい》のゴール〟とは考《かんが》えていない。彼女《かのじょ》たちは、「自立《じりつ》した生活《せいかつ》が正《ただ》しい」という考《かんが》えで成長《せいちょう》してきたからだ。〝自立《じりつ》〟を妨《さまた》げる結婚《けっこん》には、躊躇《ちゅうちょ》するのである。

そんな女性《じょせい》たちも、もちろん結婚願望《けっこんがんぼう》はある。が、仕事《しごと》と結婚《けっこん》、自立《じりつ》と子育《こそだ》ての両立《りょうりつ》を求《もと》めても、日本《にっぽん》の社会制度《しゃかいせいど》はそれに十分応《じゅうぶんこた》えてはいない。こうして若者《わかもの》たちは、望《のぞ》んでいるはずの「結婚《けっこん》」に、様々《さまざま》な条件《じょうけん》を自《みずか》ら付《つ》け加《くわ》えてしまった結果《けっか》、結婚《けっこん》を遅《おく》らせ、結婚後《けっこんご》の女性《じょせい》は出産《しゅっさん》を渋《しぶ》るようになる。

「条件《じょうけん》が合《あ》えば結婚《けっこん》する」という考《かんが》え方《かた》は、裏《うら》を返《かえ》せば「条件《じょうけん》が合《あ》わなければ結婚《けっこん》をやめる」ということだ。そこでは、結婚《けっこん》と条件《じょうけん》を量《はか》りにかけている。けれども本当《ほんとう》は条件《じょうけん》を取《と》り払《はら》った時《とき》、理想《りそう》の相手《あいて》の存在《そんざい》に気《き》づくこともあれば、条件《じょうけん》を無視《むし》できる相手《あいて》に出会《であ》えることがある。結局自分《けっきょくじぶん》の心《こころ》を見《み》つめ、「無条件《むじょうけん》で愛《あい》する」とか「無《む》条件《じょうけん》で生《い》きる」という考《かんが》え方《かた》が、結婚《けっこん》には必要《ひつよう》だ。

そして結婚《けっこん》には「無条件《むじょうけん》で良《よ》い」と言《い》える面《めん》がいくつもある。私自身《わたしじしん》の結婚《けっこん》を振《ふ》り返《かえ》ってみても、独《ひと》りで頑張《がんば》って生《い》きてきた人生《じんせい》に、永続的《えいぞくてき》なパートナーが加《くわ》わることで、大《おお》きな安心感《あんしんかん》が得《え》られた。もちろん私《わたし》には、若《わか》い頃《ころ》から親《おや》や姉妹《しまい》、友人《ゆうじん》などが多《おお》くいて、決《けっ》して孤独《こどく》ではなかった。が、そういう人々《ひとびと》も〝人生《じんせい》の伴侶《はんりょ》〟ではない。そういう伴侶《はんりょ》の出現《しゅつげん》は、心《こころ》の安《やす》らぎだけでなく、生《い》きる希望《きぼう》も与《あた》えてくれる。

また、結婚《けっこん》は人生《じんせい》を拡大《かくだい》してくれる。「夫《おっと》」という他人《たにん》を受《う》け入《い》れることは、自分《じぶん》とは違《ちが》うものの見方《みかた》、考《かんが》え方《かた》、興味《きょうみ》の違《ちが》いなどを共有《きょうゆう》することである。これにより、自分《じぶん》の人生《じんせい》は確実《かくじつ》に拡《ひろ》がりを持《も》つ。このことは、しかし〝裏目《うらめ》〟に出《で》れば、夫婦間《ふうふかん》の摩擦《まさつ》の原因《げんいん》にもなる。相手《あいて》を受《う》け入《い》れず「こうでなければならない」と主張《しゅちょう》するばかりでは、二人《ふたり》の考《かんが》え方《かた》や価値観《かちかん》は当然違《とうぜんちが》うのだから、人生《じんせい》は拡大《かくだい》されず、分裂《ぶんれつ》したままでやがて離婚《りこん》に至《いた》るだろう。

私《わたし》は男女《だんじょ》の出会《であ》いは、偶然《ぐうぜん》のものではなく、お互《たが》いに相手《あいて》を引《ひ》き寄《よ》せた結果《けっか》だから、双方《そうほう》の人格向上《じんかくこうじょう》のために与《あた》え合《あ》いや譲《ゆず》り合《あ》いがあるのは当然《とうぜん》だと思《おも》っている。そして、最《もっと》も相応《ふさわ》しい相手《あいて》を見《み》つけた時《とき》に、結婚《けっこん》することが必要《ひつよう》だ。だから、夫婦《ふうふ》となる男女《だんじょ》は、今《いま》や七十億《おく》を超《こ》える人類《じんるい》の中《なか》から巡《めぐ》り合《あ》えた、ただ一人《ひとり》のかけがえのない存在《そんざい》なのだ。そうであれば、違《ちが》う個性《こせい》との親密《しんみつ》な心《こころ》の交流《こうりゅう》は、時《とき》に困難《こんなん》を伴《ともな》うことがあったとしても、楽《たの》しくやり甲斐《がい》のある人生最大《じんせいさいだい》の事業《じぎょう》であるはずだ。

結婚《けっこん》が、自動的《じどうてき》に幸福《こうふく》を引《ひ》き寄《よ》せるわけではない。むしろ、結婚後《けっこんご》の人生《じんせい》こそ本当《ほんとう》の意味《いみ》での〝勉強《べんきょう》〟の始《はじ》まりである。上滑《うわすべ》りの期待感《きたいかん》や幸福感《こうふくかん》から目《め》を覚《さ》まし、地《ち》に足《あし》をつけた生活《せいかつ》が求《もと》められる。

「あなたを必《かなら》ず幸《しあわ》せにします」

――映画《えいが》やドラマで、男性《だんせい》が女性《じょせい》にプロポーズするときの常套文句《じょうとうもんく》だが、近頃《ちかごろ》はこれが逆転《ぎゃくてん》して、女性《じょせい》から男性《だんせい》に言《い》うケースもあるらしい。結婚《けっこん》に際《さい》して誰《だれ》もがそのような希望《きぼう》を持《も》つが、実際《じっさい》の結婚生活《けっこんせいかつ》でそうなるとは限《かぎ》らない。

先日《せんじつ》ある婦人雑誌《ふじんざっし》の読者投稿欄《どくしゃとうこうらん》に、こんな話《はなし》が出《で》ていた。

その人《ひと》が結婚《けっこん》するとき、友人知人《ゆうじんちじん》が色紙《しきし》に寄《よ》せ書《が》きをしてくれた。その中《なか》に叔母《おば》に当《あ》たる人《ひと》の言葉《ことば》もあり「苦労《くろう》が八分《はちぶ》、がんばって」と書《か》いてあった。苦労知《くろうし》らずで育《そだ》ったその人《ひと》は、どうして叔母《おば》はこんなことを書《か》くのだろうと思《おも》った。やがて三人《にん》の子供《こども》に恵《めぐ》まれ幸《しあわ》せな中《なか》にも、八分《はちぶ》、九分《きゅうぶ》と思《おも》えるような苦労《くろう》があり、叔母《おば》の言葉《ことば》は本当《ほんとう》だったと、長《なが》い結婚生活《けっこんせいかつ》を振《ふ》り返《かえ》って今思《いまおも》う。自分《じぶん》もまたこの言葉《ことば》を子供《こども》に結婚《けっこん》へのはなむけとして送《おく》りたいというのである。

人生《じんせい》に苦労《くろう》はつきものだから、それをしっかり受《う》け止《と》めて耐《た》え忍《しの》ぶようにとの助言《じょげん》だろう。しかし私《わたし》は、自分《じぶん》の人生《じんせい》を「幸福九分《こうふくきゅうぶ》、苦労一分《くろういちぶ》」くらいに思《おも》っていたから、この数字《すうじ》には驚《おどろ》いた。夫《おっと》に同《おな》じことを聞《き》いたら、「八対《たい》二くらいかな」と言《い》った。私《わたし》より控《ひか》えめ、あるいは辛《から》めの採点《さいてん》である。

「幸福九分《こうふくきゅうぶ》」などと言《い》う私《わたし》は、極楽《ごくらく》トンボと思《おも》われる

かもしれない。しかし、人《ひと》の幸不幸《こうふこう》の感《かん》じ方《かた》は、とても主観的《しゅかんてき》である。私《わたし》と同《おな》じ人生《じんせい》を他《た》の人《ひと》が生《い》きたら、「五分五分《ごぶごぶ》」あるいは投稿《とうこう》の女性《じょせい》のように、「二分八分《にぶはちぶ》」と思《おも》うかもしれない。人《ひと》から〝大変《たいへん》な人生《じんせい》〟と思《おも》われるものでも、当人《とうにん》はさほどでなく、むしろ積極的《せっきょくてき》、前向《まえむ》きな人生《じんせい》を生《い》きている場合《ばあい》も少《すく》なくない。「幸福《こうふく》」や「苦労《くろう》」を測《はか》る客観的基準《きゃっかんてききじゅん》などないのである。だから、自分《じぶん》の人生《じんせい》に「苦労《くろう》が多《おお》い」と認《みと》めた途端《とたん》に、その人《ひと》の人生《じんせい》は不幸《ふこう》になる。人生《じんせい》は自分《じぶん》が思《おも》った通《とお》り、信《しん》じた通《とお》りに展開《てんかい》するのである。

結婚《けっこん》は二人《ふたり》で歩《あゆ》む人生《じんせい》だが、その広《ひろ》がりは単《たん》に二倍《ばい》ではなく、数倍《すうばい》にもなる可能性《かのうせい》を秘《ひ》めている。若《わか》い時代《じだい》の様々《さまざま》な条件《じょうけん》を取《と》り払《はら》い、心《こころ》の耳《みみ》をすまして相手《あいて》に素直《すなお》に向《む》き合《あ》う努力《どりょく》を重《かさ》ねていけば、幸福八分《こうふくはちぶ》、九分《きゅうぶ》の人生《じんせい》は、きっと手《て》の届《とど》くところにある。

子供《こども》を信《しん》じる

ある休日《きゅうじつ》の午後《ごご》、私《わたし》は東京《とうきょう》の地下鉄《ちかてつ》に乗《の》っていた。車内《しゃない》は比較的《ひかくてき》空《す》いていたので、座席《ざせき》にゆったりと腰《こし》かけて本《ほん》を読《よ》んでいた。二駅《ふたえき》ぐらい過《す》ぎた頃《ころ》、三歳《さい》ぐらいの男《おとこ》の子《こ》とその両親《りょうしん》が乗《の》ってきた。その頃《ころ》にはもう席《せき》は埋《う》まっていたから、彼《かれ》らはドアの近《ちか》くに立《た》った。親子《おやこ》の位置《いち》は私《わたし》の席《せき》のすぐ横《よこ》だったが、元気《げんき》いっぱいの子《こ》に席《せき》を譲《ゆず》る必《ひつ》要《よう》はないと思《おも》い、私《わたし》は読書《どくしょ》を続《つづ》けた。

私《わたし》の子供《こども》がまだ小学校《しょうがっこう》に入《はい》るか入《はい》らない頃《ころ》、夫《おっと》の両親《りょうしん》と一緒《いっしょ》に羽田《はねだ》から飛行機《ひこうき》に乗《の》ったことがある。空港《くうこう》ターミナルから駐機場《ちゅうきじょう》までバスだったが、その時《とき》、私《わたし》は空《あ》いている席《せき》に子供《こども》を座《すわ》らせようとした。すると父《ちち》は「お母《かあ》さんが座《すわ》りなさい。子供《こども》は立《た》っていたらいい」と言《い》った。

「幼《おさな》い子供《こども》はエネルギーがいっぱいあって元気《げんき》なのだから、立《た》っているのが良《よ》い。日《に》本《ぽん》ではとかく子供《こども》を甘《あま》やかせて座《すわ》らせることが多《おお》いが、そんな育《そだ》て方《かた》をすると、大《おお》きくなってお年寄《としよ》りが電車《でんしゃ》に乗《の》って来《き》ても席《せき》を譲《ゆず》ろうとしない、悪《わる》い習慣《しゅうかん》がつく」

これが父《ちち》の教《おし》えだった。以来《いらい》、私《わたし》はそれを守《まも》ってきた。だから、小《ちい》さい子供《こども》がいても席《せき》は譲《ゆず》らないのである。そのうち、車内《しゃない》が大分空《だいぶす》いてきた。ふと眼《め》を上《あ》げた私《わたし》は、その子《こ》の母親《ははおや》がもう一人《ひとり》赤《あか》ちゃんを抱《だ》いているのに気《き》がついた。コートですっぽり覆《おお》われているので、見《み》えなかったのだ。私《わたし》はすぐに席《せき》を立《た》って、

「ごめんなさい、気《き》がつかなくて。どうぞ」

と席《せき》を譲《ゆず》った。

母親《ははおや》は最初遠慮《さいしょえんりょ》したが、何回《なんかい》か勧《すす》めると座《すわ》ってくれた。赤《あか》ちゃんを抱《だ》いているお母《かあ》さんを立《た》たせて、悪《わる》いことをしたと思《おも》った。ところが少《すこ》したつと、母親《ははおや》の懐《ふところ》の中《なか》の赤《あか》ちゃんは、じっとしているのがいやらしく、手《て》を伸《の》ばして私《わたし》に触《さわ》ろうとしたり、

「アー」とか「ウー」とか言《い》って体《からだ》を動《うご》かし、おくるみの中《なか》から出《で》ようとするのだった。私《わたし》は、赤《あか》ちゃんに触《さわ》られるのは一向《いっこう》にかまわなかったが、母親《ははおや》の方《ほう》が「すみません」と気《き》を遣《つか》っていた。

一駅過《ひとえきす》ぎた頃《ころ》、彼女《かのじょ》は、

「ありがとうございました。席《せき》も空《す》いてきましたので……」

と言《い》って席《せき》を立《た》ち、ドアの近《ちか》くに行《い》った。赤《あか》ちゃんはお母《かあ》さんが立《た》ってゆらゆらしている方《ほう》が、居心地《いごこち》がいいようだった。

私《わたし》にとって、子育《こそだ》ての時代《じだい》はとっくに過《す》ぎてしまったが、幼《おさな》い子供《こども》を連《つ》れた母親《ははおや》を見《み》ると、その頃《ころ》の記憶《きおく》が蘇《よみがえ》ってくる。自分《じぶん》のことはさておいて、子供《こども》のためにあれこれ心《こころ》を遣《つか》い、体《からだ》に無理《むり》してでも子育《こそだ》てをするのが母親《ははおや》というものだ。その渦中《かちゅう》にいる間《あいだ》は無我夢中《むがむちゅう》で、時《とき》には失敗《しっぱい》したり、心配《しんぱい》をしたり、自分《じぶん》の自由時間《じゆうじかん》がないことでストレスを感《かん》じることもあった。それでも、幼《おさな》い命《いのち》を育《はぐく》まなければならないという切《せっ》実《じつ》な責任感《せきにんかん》は、自分《じぶん》の生《い》き甲斐《がい》に繋《つな》がり、その子《こ》らが成長《せいちょう》していく姿《すがた》は希望《きぼう》の源泉《げんせん》だった。

子供《こども》とともに喜《よろこ》び、悩《なや》み、時《とき》に苦《くる》しむ――それらの経験《けいけん》が、人生《じんせい》を歩《ある》き始《はじ》めたばかりの私《わたし》に、人間《にんげん》としての〝幅《はば》〟や〝度量《どりょう》〟を与《あた》えてくれた、と今《いま》は振《ふ》り返《かえ》ることができる。その一方《いっぽう》で今《いま》、成長《せいちょう》した三人《にん》の子供《こども》を見《み》て、それぞれが個性《こせい》をもって自分《じぶん》ならではの人生《じんせい》を歩《あゆ》んでいる姿《すがた》を頼《たの》もしく思《おも》い、人間《にんげん》の内《うち》なる可能性《かのうせい》の大《おお》きさを感《かん》じずにはおれない。

いわゆる〝子育《こそだ》て〟の時期《じき》が過《す》ぎても、親《おや》と子《こ》の関《かん》係《けい》はさらに長《なが》く続《つづ》く。そこで大切《たいせつ》なのが、成人後《せいじんご》の子《こ》供《ども》との関係《かんけい》をどうとらえ、彼《かれ》らとどう関《かか》わっていくかということだろう。親《おや》は往々《おうおう》にして子供《こども》を自分《じぶん》の〝所《しょ》有物《ゆうぶつ》〟や〝延長《えんちょう》〟のように考《かんが》える。そして、親《おや》の理想《りそう》

どおりに育《そだ》ち、親《おや》が願《ねが》う職業《しょくぎょう》についてほしいとさえ思《おも》う。結婚相手《けっこんあいて》にしても、親《おや》の勝《かっ》手《て》な思《おも》いや好《この》みを押《お》しつけたりする。これらはすべて、子供《こども》を自分《じぶん》の〝型《かた》〟にはめようとする、親《おや》の執着心《しゅうちゃくしん》の表《あらわ》れである。

親子《おやこ》の関係《かんけい》で最《もっと》も難《むずか》しく、また困難《こんなん》な問題《もんだい》の原因《げんいん》になるのが、親《おや》の執着心《しゅうちゃくしん》である。元来人《がんらいひと》は自由《じゆう》を好《この》むから、人《ひと》に何《なに》か自分《じぶん》のことを決《き》められれば反発《はんぱつ》するし、だいいち親子《おやこ》であっても人格《じんかく》は違《ちが》うから、親《おや》の思《おも》いどおりにはならない。

親《おや》は普通《ふつう》、自分《じぶん》の子《こ》への思《おも》いは、その幸《しあわ》せを願《ねが》えばこそなどと思《おも》うのだが、その気《き》持《もち》をよくよく見《み》つめると、結局《けっきょく》のところ子供《こども》の気持《きもち》ではなく、自分《じぶん》の希望《きぼう》や好《この》みを押《お》しつけている面《めん》が案外多《あんがいおお》いものだ。

わが家《や》の場合《ばあい》、夫《おっと》は成人《せいじん》した子供《こども》に対《たい》しては完全《かんぜん》に彼《かれ》らの自由《じゆう》を尊重《そんちょう》する姿勢《しせい》をとった。その考《かんが》えは正《ただ》しいと思《おも》ったから、私《わたし》もその方針《ほうしん》に従《したが》った。ところが私《わたし》の心《こころ》の奥《おく》には、どうしても子供《こども》に対《たい》する希望《きぼう》が出《で》てくる。子供《こども》がみな糸《いと》の切《き》れた凧《たこ》のように、自由《じゆう》にどこかに飛《と》んでいくことに、一抹《いちまつ》の寂《さび》しさを感《かん》じたのだ。それが執着《しゅうちゃく》であるということは頭《あたま》で分《わ》かっていても、なかなか断《た》ちがたい思《おも》いだった。そんな思《おも》いが少《すこ》しでもあると、子供《こども》の行動《こうどう》に余計《よけい》な口出《くちだ》しをしたり、子供《こども》の将来《しょうらい》が心配《しんぱい》になる。それが心《こころ》の負担《ふたん》でもあった。そこで、『日時計日記《ひどけいにっき》』*1をつけ始《はじ》めた時《とき》、「子供《こども》の天分《てんぶん》にかなった相応《ふさわ》しい道《みち》を……」と書《か》き続《つづ》けることにした。コトバの力《ちから》は強力《きょうりょく》に働《はたら》き、今《いま》では〝おまかせ〟の心境《しんきょう》で、子供《こども》に祝福《しゅくふく》を送《おく》っている自分《じぶん》に気《き》づく。

まだ、親《おや》の執着心《しゅうちゃくしん》が出《で》ることもあるが、常《つね》に子供《こども》に宿《やど》る神性《しんせい》を信《しん》じて、引《ひ》き出《だ》す母《はは》でありたいと思《おも》う。

＊1　その日の明るい出来事や喜びなどを記す日記帳。（谷口純子監修・生長の家刊）

適齢期《てきれいき》はいつ？

「あなたが結婚《けっこん》した時《とき》が、あなたの適齢期《てきれいき》」――こんな言葉《ことば》を聞《き》いたことがある。社会人《しゃかいじん》になり自立《じりつ》して生活《せいかつ》できるようになった男女《だんじょ》は、独《ひと》りではなく、適当《てきとう》な相手《あいて》を見《み》つけて結婚《けっこん》することが、個人的《こじんてき》にも社会的《しゃかいてき》にも好《この》ましい。これが世間《せけん》での常識的《じょうしきてき》な考《かんが》えで、「結婚適齢期《けっこんてきれいき》」という言葉《ことば》は、それを反映《はんえい》している。

けれども現実《げんじつ》は、そのような常識的《じょうしきてき》な考《かんが》えとはかなり隔《へだ》たっているようだ。結婚年《けっこんねん》齢《れい》は男女《だんじょ》とも高《たか》くなりつづけ、非婚率《ひこんりつ》も年々増加《ねんねんぞうか》している。先日《せんじつ》のラジオでは、ある調査《ちょうさ》の結果《けっか》として、三十代《だい》の独身男性《どくしんだんせい》のほとんどは結婚《けっこん》を望《のぞ》んでいるが、実際《じっさい》には交《こう》際相手《さいあいて》のいない場合《ばあい》が七割前後《わりぜんご》もあるといっていた。これでは、男性《だんせい》が相手《あいて》を見《み》つけて結婚《けっこん》に至《いた》るには、かなりハードルが高《たか》い。

かつては親《おや》や親戚《しんせき》、職場《しょくば》の上司《じょうし》、近所《きんじょ》の人《ひと》などが、若者《わかもの》の結婚《けっこん》に積極的《せっきょくてき》に関《かか》わっていた。若《わか》い独身男女《どくしんだんじょ》を、周囲《しゅうい》が結《むす》びつけてあげようとする習慣《しゅうかん》があったのだ。その習慣《しゅうかん》は、しかし個人主義《こじんしゅぎ》の発達《はったつ》と、それに伴《ともな》うコミュニティーの崩壊《ほうかい》、生活習慣《せいかつしゅうかん》の変化《へんか》などによって、ずいぶん後退《こうたい》してしまった。また、私《わたし》が若《わか》い頃《ころ》までは、〝独身《どくしん》の人間《にんげん》〟は社会的《しゃかいてき》にも一人前《いちにんまえ》と見《み》なされなかった。ところが現在《げんざい》は、多《おお》くの若者《わかもの》が都会《とかい》で暮《く》らし、何《なん》でも簡単《かんたん》に手《て》に入《はい》る利便《りべん》さのおかげで、独《ひと》り身《み》で生《い》きていくことに負《お》い目《め》や不便《ふべん》さを感《かん》じることが少《すく》ない。今《いま》の独身生活《どくしんせいかつ》は、孤独感《こどくかん》や精神的《せいしんてき》な不安定《ふあんてい》さはあっても、物質的《ぶっしつてき》にはだいぶ楽《らく》になったのである。すると、一体何《いったいなに》が目的《もくてき》で結婚《けっこん》するのかが、よく分《わ》からなくなっているのではないか。

私《わたし》は、この「何《なん》のための結婚《けっこん》か」を自分《じぶん》でしっかり考《かんが》え、正《ただ》しい答《こた》えを出《だ》すことが、今《いま》に限《かぎ》らず、昔《むかし》から大変重要《たいへんじゅうよう》なことだったと思《おも》う。

私《わたし》が結婚《けっこん》に際《さい》して最《もっと》も悩《なや》んだのも、この答《こた》えを得《え》るためだった。夫《おっと》と巡《めぐ》り合《あ》った時《とき》、私《わたし》は二十三歳《さい》だった。現在《げんざい》の基準《きじゅん》から考《かんが》えれば、たぶん〝早《はや》い〟時期《じき》である。しかし、今《いま》から四十年前《ねんまえ》には、女性《じょせい》の多《おお》くが二十三から二十四歳《さい》ごろには結婚《けっこん》し、早《はや》い人《ひと》は子供《こども》もいた。そんな中《なか》で二十三歳《さい》で出会《であ》い、二十七歳《さい》で結婚《けっこん》した。当時《とうじ》は、周囲《しゅうい》が気《き》をもむほど〝遅《おそ》い結婚《けっこん》〟だったと言《い》える。

出会《であ》いから結婚《けっこん》まで時間《じかん》がかかった理由《りゆう》は、相手《あいて》の男性《だんせい》の海外留学《かいがいりゅうがく》だった。出《で》会《あ》ってから交際《こうさい》するまで一年《ねん》かかり、留学《りゅうがく》は三年間《ねんかん》だったので、結婚《けっこん》したのは、彼《かれ》が大学院《だいがくいん》を卒業《そつぎょう》して無事《ぶじ》就職《しゅうしょく》した後《あと》だった。当《とう》の私《わたし》はその間《あいだ》、結婚《けっこん》を焦《あせ》る気持《きもち》はあったものの、彼《かれ》がその相手《あいて》であるかどうかを大《おお》いに悩《なや》んだ。今振《いまふ》り返《かえ》ると、その約《やく》四年《ねん》の月日《つきひ》は大切《たいせつ》な準備期間《じゅんびきかん》で、二人《ふたり》の将来《しょうらい》に不可欠《ふかけつ》な時間《じかん》だったと確信《かくしん》をもって言《い》える。

人《ひと》と人《ひと》が出会《であ》って心惹《こころひ》かれる理由《りゆう》には、理性的《りせいてき》に説明《せつめい》できないことが多《おお》い。が、その一方《いっぽう》で、感情《かんじょう》の高《たか》まりだけでは結婚《けっこん》できない場合《ばあい》もある。特《とく》に恋《こい》に燃《も》えた男女《だんじょ》は、相手《あいて》に対《たい》する勝手《かって》な思《おも》い込《こ》みや、自分《じぶん》の理想《りそう》の投影《とうえい》によって、互《たが》いに〝幻想《げんそう》〟の中《なか》にいることもあるからである。

私《わたし》の相手《あいて》は、海外留学後《かいがいりゅうがくご》は新聞記者《しんぶんきしゃ》となったが、その先《さき》は宗教家《しゅうきょうか》となるかもしれない人《ひと》だった。私《わたし》たちは同《おな》じ信仰《しんこう》をもっていたが、彼《かれ》は創始者《そうししゃ》の家系《かけい》に属《ぞく》し、私《わたし》は一信者《いちしんじゃ》の立場《たちば》だ。心理的《しんりてき》にも社会的《しゃかいてき》にも上下関係《じょうげかんけい》があり、それが彼《かれ》との結婚《けっこん》の〝壁《かべ》〟だと私《わたし》には感《かん》じられた。それを取《と》り払《はら》わなくては、望《のぞ》ましい結婚生活《けっこんせいかつ》は送《おく》れないと思《おも》った。また私自身《わたしじしん》も、結婚後《けっこんご》にどんな立場《たちば》になるかが予測《よそく》できず、覚悟《かくご》ができなかった。出会《であ》いから結婚《けっこん》までの四年間《ねんかん》は、だから私《わたし》は彼《かれ》の考《かんが》え方《かた》や人《ひと》となりをよく理解《りかい》し、彼《かれ》との将来《しょうらい》の生活《せいかつ》が、私《わたし》にとって無理《むり》や〝背伸《せの》

び〃を強《し》いるものでないかどうかなどを考《かんが》え、確認《かくにん》する時間《じかん》となった。

この時間《じかん》があったおかげで、私《わたし》たちの結婚生活《けっこんせいかつ》は順調《じゅんちょう》にスタートし、これまで離婚《りこん》の危機《きき》などなく過《す》ごすことができた、と私《わたし》は思《おも》う。だから私《わたし》たちの結婚《けっこん》の〃最適齢《さいてきれい》期《き》〃は、二人《ふたり》が結婚《けっこん》したその時《とき》だと思《おも》っている。

私《わたし》たちは世《よ》の常識《じょうしき》にとらわれがちで、人《ひと》と比《くら》べて足《た》りないものを見《み》つけると、とかく焦《あせ》りを感《かん》じることが多《おお》い。しかし、人間《にんげん》は皆《みな》、それぞれ個性《こせい》が違《ちが》い、歩《あゆ》んできた人《じん》生《せい》も千差万別《せんさばんべつ》だ。だから、自分《じぶん》の人生《じんせい》は人《ひと》と比《くら》べられない独自《どくじ》のものだという、強《つよ》い気持《きもち》が大切《たいせつ》だ。そういう自信《じしん》に満《み》ちた個性的《こせいてき》な人間《にんげん》は、異性《いせい》から見《み》ても魅力的《みりょくてき》である。また、明《あか》るい言葉《ことば》や親切《しんせつ》な行《おこな》い、温《あたた》かい心《こころ》を持《も》つことによって、人間《にんげん》の魅力《みりょく》は増《ま》す。人生《じんせい》の光明面《こうみょうめん》を見《み》、ポジティブな考《かんが》え方《かた》をする。それもただ表面的《ひょうめんてき》な技術《ぎじゅつ》としてではなく、強《つよ》い信念《しんねん》とし、心《こころ》の習慣《しゅうかん》とする。

また、表面《ひょうめん》の心《こころ》では結婚《けっこん》を望《のぞ》んでいても、深層《しんそう》の心《こころ》で様々《さまざま》な条件《じょうけん》や障害《しょうがい》をつくっている場合《ばあい》もある。親《おや》から離《はな》れて自立《じりつ》することを恐《おそ》れたり、居心地《いごこち》のいい環境《かんきょう》を変《か》えたくないとの思《おも》いが潜《ひそ》んでいるかもしれない。

とにかく、自分《じぶん》の心《こころ》をよく見《み》つめ、そんな〝自作《じさく》の障害《しょうがい》〟があれば払《はら》いのけ、自信《じしん》に満《み》ちた曇《くも》りのない心《こころ》を磨《みが》くことで、あなたの魅力《みりょく》は倍増《ばいぞう》する。その時《とき》、あなたは結《けっ》婚《こん》の〝適齢期《てきれいき》〟を迎《むか》えたと言《い》えるだろう。

愛《あい》は時《とき》に厳《きび》しく

人《ひと》は皆《みな》、〝無限《むげん》の可能性《かのうせい》〟を秘《ひ》めた偉大《いだい》な存在《そんざい》だと考《かんが》えるのが、生長《せいちょう》の家《いえ》の人間観《にんげんかん》である。

オリンピックで活躍《かつやく》する選手《せんしゅ》などは、この〝無限《むげん》の可能性《かのうせい》〟の実現《じつげん》に向《む》かって厳《きび》しい練習《れんしゅう》を重《かさ》ね、古《ふる》い〝限界《げんかい》〟であった自己記録《じこきろく》を更新《こうしん》していく。一般的《いっぱんてき》には、それらの人々《ひとびと》には、もともと特別《とくべつ》な資質《ししつ》があり、それに加《くわ》えて環境《かんきょう》に恵《めぐ》まれたおかげで初《はじ》めて他人《たにん》にはマネできない記録《きろく》を生《う》み出《だ》した、と受《う》け取《と》られがちである。けれども、生《せい》長《ちょう》の家《いえ》では「すべての人《ひと》」に無限《むげん》の可能性《かのうせい》があると説《と》くのである。ただ、現実《げんじつ》には、どんどん可能性《かのうせい》を開花《かいか》させていく人《ひと》がいる一方《いっぽう》で、現状《げんじょう》に甘《あま》んじてあまり進歩《しんぽ》しない人《ひと》がいて、そちらの数《かず》の方《ほう》が多《おお》い。そんな様子《ようす》を見《み》ると、〝無限《むげん》の可能性《かのうせい》〟を開《ひら》かせるためには、ある程度《ていど》の条件《じょうけん》が必要《ひつよう》だということがわかる。

その条件《じょうけん》の第一《だい》は、まず本人《ほんにん》が自分《じぶん》の可能性《かのうせい》を認《みと》め自信《じしん》をもつことである。現状《げんじょう》が自分《じぶん》のすべてだと考《かんが》えずに、努力《どりょく》によって現状《げんじょう》はいくらでも変《か》えられ、自分《じぶん》は必《かなら》ず進歩《しんぽ》する、と信《しん》じることだ。そうすれば意欲《いよく》がもりもりと湧《わ》き、自分《じぶん》の目標《もくひょう》に一所懸命《いっしょけんめい》に集中《しゅうちゅう》できる。それに加《くわ》えて、周《まわ》りの人々《ひとびと》の応援《おうえん》も大《おお》きな条件《じょうけん》となる。特《とく》に本人《ほんにん》の親《おや》が、その人《ひと》をどう見《み》るかは重要《じゅうよう》だ。スポーツの世界《せかい》で素晴《すば》らしい結果《けっか》を出《だ》している人《ひと》の多《おお》くは、幼《おさな》い時《とき》から親《おや》の指導《しどう》を受《う》けたり、親《おや》の勧《すす》めで練習《れんしゅう》に通《かよ》ってきた。また音楽家《おんがくか》などは、二歳《さい》や三歳《さい》の頃《ころ》から練習《れんしゅう》を続《つづ》けたという話《はなし》もよく聞《き》く。

バイオリニストの千住真理子《せんじゅまりこ》さんは、その典型的《てんけいてき》な例《れい》といえる。母親《ははおや》の千住文子《せんじゅふみこ》さんの著書《ちょしょ》『千住家《せんじゅけ》の教育白書《きょういくはくしょ》』（新潮文庫《しんちょうぶんこ》）には、千住《せんじゅ》三兄妹《きょうだい》がどのように育《そだ》ったかが詳《くわ》しく記《しる》されている。長男《ちょうなん》の博《ひろし》さんは日本画家《にほんがか》、二男《じなん》の明《あきら》さんは作曲家《さっきょくか》であり、真理子《まりこ》さんと同様《どうよう》、芸術家《げいじゅつか》として活躍《かつやく》している。文子《ふみこ》さんの夫《おっと》、鎮雄《しずお》さんは教育者《きょういくしゃ》であり、このご夫婦《ふうふ》の教育方針《きょういくほうしん》は、子供《こども》が興味《きょうみ》のあることを徹底的《てっていてき》にやらせるというものだった。そこから、子供《こども》の可能性《かのうせい》はどんどん開《ひら》いていったのだ。

ご夫婦《ふうふ》は当初《とうしょ》、三人《にん》の子《こ》が幼《おさな》いころから、ピアノに次《つ》いでバイオリンを習《なら》わせた。が、それぞれの個性《こせい》や興味《きょうみ》の対象《たいしょう》は違《ちが》っていて、博《ひろし》さんは絵《え》に、明《あきら》さんは音楽《おんがく》に、真《ま》理子《りこ》さんはバイオリンに興味《きょうみ》を示《しめ》したという。しかし、千住家《せんじゅけ》は〝芸術系《げいじゅつけい》〟ではなかった。父親《ちちおや》は経済性工学《けいざいせいこうがく》の学者《がくしゃ》であり、母《はは》、文子《ふみこ》さんの父親《ちちおや》も医化学者《いかがくしゃ》だったから、むしろ〝学者系《がくしゃけい》〟である。だから文子《ふみこ》さんは、自分《じぶん》の息子《むすこ》にも学問《がくもん》の道《みち》を勧《すす》めなくてはいけないとの思《おも》いがあった。ところが二男《じなん》の明《あきら》さんは、小学生《しょうがくせい》の頃《ころ》には「コックになりたい」と言《い》いだし、文子《ふみこ》さんを驚《おどろ》かせた。

ところが、相談《そうだん》された鎮雄《しずお》さんは、

「コックだっていいじゃないか。誰《だれ》も真似《まね》できない、自分《じぶん》にしかできない料理《りょうり》を作《つく》るコックになったら立派《りっぱ》なものだ。一番好《いちばんす》きなことをやらせるのが、一番伸《いちばんの》びるのだよ」

と言《い》って、親《おや》の希望《きぼう》を押《お》し付《つ》けることを戒《いまし》めたのである。

鎮雄《しずお》さんのこの考《かんが》えは徹底《てってい》していて、「自分《じぶん》のやりたい事《こと》だったら何《なに》をしても良《よ》いが、やるとなったら命《いのち》がけでやれ、一流《いちりゅう》を目指《めざ》せ」というものだった。これは確《たし》かに正論《せいろん》であるが、その「命《いのち》がけ」を徹底《てってい》するのは簡単《かんたん》でないから、多《おお》くの人《ひと》は悩《なや》むのである。やりたいことに脇目《わきめ》も振《ふ》らず集中《しゅうちゅう》することは、可能性《かのうせい》を開花《かいか》させる大切《たいせつ》な条件《じょうけん》だが、これにもやはり親《おや》の支援《しえん》が必《ひつ》要《よう》である。

長男《ちょうなん》の博《ひろし》さんが高校生《こうこうせい》の時《とき》、進路《しんろ》で悩《なや》んだことがある。大学《だいがく》の付属高校《ふぞくこうこう》だったので、そのまま進《すす》めばすんなりと大学《だいがく》に入学《にゅうがく》できた。文子《ふみこ》さんは、息子《むすこ》はその

通《とお》りに大学《だいがく》に進《すす》み、やがて学者《がくしゃ》になるのだと思《おも》っていた。ところが博《ひろし》さんは、日本画《にほんが》家《か》になりたいと希望《きぼう》し、そのために困難《こんなん》な外部受験《がいぶじゅけん》をすると言《い》い出《だ》した。小学校《しょうがっこう》から受験《じゅけん》した経験《けいけん》がない息子《むすこ》には、そんなことは無理《むり》だと思《おも》い、文子《ふみこ》さんは猛反対《もうはんたい》した。そして、夫《おっと》の鎮雄《しずお》さんもきっと反対《はんたい》すると思《おも》っていた。ところが鎮雄《しずお》さんは、息子《むすこ》が安易《あんい》な道《みち》を選《えら》ばず、厳《きび》しい道《みち》を選択《せんたく》したことを高《たか》く評価《ひょうか》したうえ、

「受験《じゅけん》するのは、芸大《げいだい》一校《こう》のみ。滑《すべ》り止《ど》めなんか考《かんが》えるなよ」

と厳《きび》しく言《い》ったのだった。

日本画家《にほんがか》として生《い》きていこうとするなら、それぐらいの難関《なんかん》を突破《とっぱ》しなければならず、それによって初《はじ》めて一人前《いちにんまえ》の画家《がか》として評価《ひょうか》される道《みち》が開《ひら》けるという考《かんが》えだ。

「安易《あんい》な道《みち》を選《えら》ぶな」というのが千住家《せんじゅけ》のモットーで、その背景《はいけい》には、子供《こども》への絶大《ぜつだい》な信頼《しんらい》があった。鎮雄《しずお》さんは、息子《むすこ》に厳《きび》しく言《い》った後《あと》、文子《ふみこ》さんには、

「僕《ぼく》はあの子《こ》ならきっとやれると信《しん》じているよ」

と言《い》ったという。

この父親《ちちおや》の深《ふか》い信頼感《しんらいかん》は、きっと子供《こども》にも伝《つた》わったに違《ちが》いない。それがあったからこそ、三人《にん》の子供《こども》たちは勇気《ゆうき》をもって厳《きび》しい訓練《くんれん》に挑《いど》み、努力《どりょく》を続《つづ》けることができたのだと思《おも》う。

子供《こども》に内在《ないざい》する可能性《かのうせい》を引《ひ》き出《だ》すためには、親《おや》も生半可《なまはんか》な覚悟《かくご》ではいけない。温《あたた》かい励《はげ》ましの言葉《ことば》はもちろん重要《じゅうよう》だが、ここ一番《いちばん》という場面《ばめん》では、妥協《だきょう》を許《ゆる》さない厳《きび》しさ、そして子供《こども》への絶大《ぜつだい》な信頼《しんらい》の表明《ひょうめい》が必要《ひつよう》だ。その時《とき》、子供《こども》の中《なか》には全力投球《ぜんりょくとうきゅう》する力《ちから》が湧《わ》いてくる。千住家《せんじゅけ》の例《れい》から親《おや》の生《い》きる姿勢《しせい》が、子供《こども》の成長《せいちょう》にどれだけ大《おお》きな影響《えいきょう》を及《およ》ぼすものであるかを教《おし》えられた。

第3章
エネルギーの夢《ゆめ》

〝新《あたら》しい文明《ぶんめい》〟がある

二〇一一年《ねん》三月《がつ》十一日《にち》、マグニチュード九・〇という未曾有《みぞう》の大地震《おおじしん》が東北地方沖《とうほくちほうおき》の太平洋上《たいへいようじょう》で起《お》こり、「東日本大震災《ひがしにほんだいしんさい》」と呼《よ》ばれる大災害《だいさいがい》となった。地震《じしん》に加《くわ》え、大《おお》津波《つなみ》と原子力発電所《げんしりょくはつでんしょ》の放射能漏《ほうしゃのうも》れという三重《さんじゅう》の被害《ひがい》が発生《はっせい》した。

東京《とうきょう》では、この地震《じしん》や津波《つなみ》の被害《ひがい》はほとんどなかったが、事故《じこ》の起《お》こった福島第一《ふくしまだいいち》原子力発電所《げんしりょくはつでんしょ》から電力《でんりょく》が送《おく》られていたから、計画停電《けいかくていでん》が実施《じっし》され、街《まち》の営《いとな》みは様変《さまが》わりした。休日《きゅうじつ》もなく夜遅《よるおそ》くまで営業《えいぎょう》していたデパートは突然《とつぜん》、照明《しょうめい》を落《お》とし、夕方《ゆうがた》六時《じ》から六時半《じはん》には閉店《へいてん》となった。電車《でんしゃ》は大幅《おおはば》に運行本数《うんこうほんすう》を抑《おさ》え、大通《おおどお》りのショーウインドーの照明《しょうめい》も落《お》とされた。当然《とうぜん》、人通《ひとどお》りも少《すく》なくなった。こんな街《まち》の静《しず》けさは、三万人《まんにん》にも及《およ》ぼうとしている死者《ししゃ》・行方不明者《ゆくえふめいしゃ》の魂《たましい》を慰《なぐさ》め、夥《おびただ》しい数《かず》の被災者《ひさいしゃ》に心《こころ》を寄《よ》せている人々《ひとびと》の気持《きもち》に相応《ふさわ》しいものに思《おも》えた。

やがて震災《しんさい》から二週間《しゅうかん》が過《す》ぎ、日一日《ひいちにち》と惨状《さんじょう》が明《あき》らかになる一方《いっぽう》で、被災地周辺《ひさいちしゅうへん》でも人々《ひとびと》の暮《く》らしが動《うご》き始《はじ》めた。原子力発電所《げんしりょくはつでんしょ》の影響《えいきょう》から免《まぬが》れられない東京《とうきょう》の街《まち》ではあるが、この原稿《げんこう》を書《か》いている三月末《がつまつ》の時点《じてん》では、以前《いぜん》と変《か》わらぬ活気《かっき》が戻《もど》ってきている。それは一見良《いっけんよ》いことのようだが、私自身《わたしじしん》も含《ふく》め、人々《ひとびと》が災害《さいがい》から目《め》を逸《そ》らして、これまで通《どお》りの生活《せいかつ》にもどると考《かんが》えたとき、私《わたし》はそうあってはならないと強《つよ》く思《おも》った。

作家《さっか》で医師《いし》でもある加賀乙彦《かがおとひこ》さんが、三月《がつ》二十九日《にち》の『朝日新聞《あさひしんぶん》』に「大震災《だいしんさい》　老《ろう》人《じん》のつぶやき」という題《だい》で書《か》いていた。

八十一歳《さい》の加賀《かが》さんは心臓《しんぞう》が悪《わる》く、同年《どうねん》の一月《がつ》に手術《しゅじゅつ》をして、ペースメーカーをつけたという。加賀《かが》さんは、一九九五年《ねん》の兵庫県南部地震《ひょうごけんなんぶじしん》の時《とき》には六十五歳《さい》だったが、ボランティアの医師《いし》として、各地《かくち》の避難所《ひなんしょ》を巡《めぐ》ったそうだ。そんな加賀《かが》さんでも、今《こん》回《かい》の地震《じしん》の災害《さいがい》の大《おお》きさには呆然《ぼうぜん》とするばかりだという。

加賀《かが》さんに言《い》わせると、この大災害《だいさいがい》と比較《ひかく》できるものは、戦争中《せんそうちゅう》の都市爆撃《としばくげき》の被害《ひがい》とその残酷《ざんこく》さ、また、原子爆弾《げんしばくだん》による広島《ひろしま》、長崎《ながさき》の破壊《はかい》と苦《くる》しみだという。都市《とし》の破《は》壊《かい》の惨状《さんじょう》、膨大《ぼうだい》な数《かず》の死者《ししゃ》。食《た》べるものもなく、飲《の》む水《みず》もなく、火傷《やけど》で死《し》んでいく人々《ひとびと》を見《み》ながら、人々《ひとびと》は逃《に》げ回《まわ》る……あの地獄《じごく》のような苦痛《くつう》が、今回《こんかい》の被害《ひがい》に比較《ひかく》できるものだという。

しかし、その一方《いっぽう》で、破壊《はかい》された原発《げんぱつ》の敷地内《しきちない》で、危険《きけん》な放射線《ほうしゃせん》の中《なか》で機能復旧《きのうふっきゅう》に尽力《じんりょく》し、また、海岸《かいがん》や港町《みなとまち》で救命活動《きゅうめいかつどう》にはげむ献身的《けんしんてき》な人々《ひとびと》の姿《すがた》には感動《かんどう》を覚《おぼ》え、ボランティアとして被害者《ひがいしゃ》のために働《はたら》く人々《ひとびと》の熱意《ねつい》にも感心《かんしん》したという。それは戦争《せんそう》中《ちゅう》の軍国主義者《ぐんこくしゅぎしゃ》の横暴《おうぼう》とはまるで違《ちが》っているから、日本《にっぽん》の未来《みらい》には明《あか》るい希望《きぼう》がある、と思《おも》ったそうだ。

そして最後《さいご》に、「日本《にっぽん》には再建《さいけん》という大《おお》きな希望《きぼう》が残《のこ》されている」と書《か》いている。

大災害《だいさいがい》で人々《ひとびと》が苦境《くきょう》に立《た》ち、別離《べつり》や喪失《そうしつ》の悲《かな》しみに立《た》ちすくんでいるというのに、加賀《かが》さんは「大《おお》きな希望《きぼう》」という。が考《かんが》えてみると、その言葉《ことば》は逆説的《ぎゃくせつてき》ではあるが、真理《しんり》だった。

戦後《せんご》生《う》まれの私《わたし》は、この国《くに》の実情《じつじょう》をわからない中《なか》で、「戦後《せんご》の復興《ふっこう》」という大人《おとな》たちの希望《きぼう》を背《せ》に受《う》けて育《そだ》った、と今《いま》になって思《おも》う。私《わたし》の背後《はいご》には、「日本《にっぽん》再建《さいけん》」の熱《あつ》き思《おも》いを胸《むね》に、懸命《けんめい》に生《い》きてきた大人《おとな》たちの願《ねが》いがあった。その努力《どりょく》が実《みの》って、やがて日本《にっぽん》は世《せ》界《かい》が目《め》を見張《みは》るほどの〝奇跡《きせき》の復興《ふっこう》〟を遂《と》げた。戦争《せんそう》による徹底的《てっていてき》な破壊《はかい》の跡《あと》から見事《みごと》によみがえった日本《にっぽん》は、世界《せかい》に注目《ちゅうもく》され、アジアの人々《ひとびと》を「ルック、イースト」と言《い》わしめた。

日本《にっぽん》は物質的《ぶっしつてき》には大成功《だいせいこう》を遂《と》げて、〝豊《ゆた》か〟になった。けれども日本《にっぽん》の山河《さんが》は荒《あ》れ果《は》て、美《うつく》しかった田舎《いなか》は、過疎《かそ》と高齢化《こうれいか》の波《なみ》に押《お》し流《なが》されている。先人《せんじん》が汗《あせ》

して耕《たがや》した日本《にっぽん》の水田《すいでん》は、三分《ぶん》の一程《ほど》が休耕田《きゅうこうでん》として放置《ほうち》されたままだ。

今回《こんかい》の大震災《だいしんさい》は、物質的豊《ぶっしつてきゆた》かさを第《だい》一にしてきたこれまでのやり方《かた》を、見直《みなお》す大《おお》きなきっかけを日本人《にっぽんじん》に与《あた》えてくれた、と私《わたし》は思《おも》う。そういう意味《いみ》では、加賀《かが》さんが言《い》う「再建《さいけん》」は、大《おお》いなる希望《きぼう》である。向《む》かう方向《ほうこう》は、化石燃料《かせきねんりょう》に頼《たよ》らず、原子力《げんしりょく》にも頼《たよ》らない文明《ぶんめい》を築《きず》き上《あ》げることである。地球温暖化《ちきゅうおんだんか》を止《と》め、生物多様性《せいぶつたようせい》を回復《かいふく》するためには、人類全体《じんるいぜんたい》が、〝新《あたら》しい文明《ぶんめい》〟の方向《ほうこう》に踏《ふ》み出《だ》さなくてはならない。今回《こんかい》の日本《にっぽん》の被災《ひさい》がその契機《けいき》となれば、人類《じんるい》の未来《みらい》にとってそれは大《おお》いなる朗報《ろうほう》である。

原子力《げんしりょく》の利用《りよう》は、今回《こんかい》のような不測《ふそく》の事故《じこ》や、核兵器《かくへいき》の拡散《かくさん》、廃棄物処理《はいきぶつしょり》の難《むずか》しさなど、未来《みらい》の人類《じんるい》に大《おお》きな負《ふ》の遺産《いさん》を残《のこ》す。謙虚《けんきょ》に考《かんが》えれば、そんなものが許《ゆる》されていいはずがないのだが、目先《めさき》の〝快適《かいてき》さ〟や〝豊《ゆた》かさ〟に目《め》がくらまされてきた私《わたし》たちだった。

この震災《しんさい》から学《まな》び、未来《みらい》に向《む》かって確《たし》かな一歩《いっぽ》を進《すす》めたい。それは、自然《しぜん》の豊《ゆた》かな恵《めぐ》みに感謝《かんしゃ》し、自然《しぜん》のエネルギーを使《つか》い、山河《さんが》を豊《ゆた》かにはぐくみ、人々《ひとびと》が孤立《こりつ》することなく、助《たす》け合《あ》う世界《せかい》である。

こんな世界《せかい》は〝夢《ゆめ》〟なのだろうか。確《たし》かに簡単《かんたん》に実現《じつげん》する世界《せかい》ではないが、夢《ゆめ》のように儚《はかな》いとは思《おも》わない。技術《ぎじゅつ》は開発《かいはつ》されつつあり、人々《ひとびと》の意識《いしき》も目覚《めざ》めてきた。〝古《ふる》い生《い》き方《かた》〟は捨《す》てがたいかもしれないが、少《すこ》しの勇気《ゆうき》と信念《しんねん》と努力《どりょく》があればできる。それを引《ひ》き出《だ》す手助《てだす》けのために、私《わたし》は〝新《あたら》しい文明《ぶんめい》〟の構築《こうちく》に向《む》かって歩《あゆ》んでいきたいと思《おも》う。

エネルギーの夢《ゆめ》

『ミツバチの羽音《はおと》と地球《ちきゅう》の回転《かいてん》』という映画《えいが》を見《み》た。タイトルからは自然《しぜん》の広大《こうだい》な営《いとな》みを連想《れんそう》するが、内容《ないよう》は原子力発電所《げんしりょくはつでんしょ》の反対運動《はんたいうんどう》を捉《とら》えたドキュメンタリーである。山口県《やまぐちけん》の瀬《せ》戸内海《とないかい》の入《い》り口《ぐち》にある祝島《いわいしま》が舞台《ぶたい》だ。この島《しま》の対岸《たいがん》にある上関町《かみのせきちょう》長島《ながしま》の田《た》ノ浦《うら》に、中国電力《ちゅうごくでんりょく》の上関原子力発電所《かみのせきげんしりょくはつでんしょ》を作《つく》る計画《けいかく》が持《も》ち上《あ》がったのは一九八二年《ねん》のことである。祝島《いわいしま》は半農半漁《はんのうはんぎょ》の島《しま》で、住民《じゅうみん》の多《おお》くは漁業《ぎょぎょう》を生活《せいかつ》の糧《かて》としている。原《げん》子力発電所《しりょくはつでんしょ》ができたら漁場《ぎょじょう》は大《おお》きな影響《えいきょう》を受《う》け、また安全《あんぜん》な海産物《かいさんぶつ》は採《と》れなくなる。島民《とうみん》の大半《たいはん》は発電所建設計画《はつでんしょけんせつけいかく》に対《たい》して反対運動《はんたいうんどう》に立《た》ち上《あ》がった。が、賛成派《さんせいは》もいたのだ。

この島《しま》も過疎化《かそか》と高齢化《こうれいか》が急速《きゅうそく》に進《すす》んでいて、戦後《せんご》五千人《にん》だった島《しま》の人口《じんこう》は五百人《にん》に減《へ》っていた。そのため、原子力発電所《げんしりょくはつでんしょ》が建設《けんせつ》されれば、祝島《いわいしま》を含《ふく》む上関町《かみのせきちょう》には巨額《きょがく》の補助金《ほじょきん》が落《お》ち、また関連施設《かんれんしせつ》への雇用創出《こようそうしゅつ》などが望《のぞ》め、人《ひと》が戻《もど》ってくる可能性《かのうせい》もある。そう考《かんが》えた人《ひと》も多《おお》かった。こうして、目《め》の前《まえ》に差《さ》し出《だ》された〝甘《あま》い誘惑《ゆうわく》〟と、厳《きび》しい社会的現実《しゃかいてきげんじつ》の前《まえ》に上関町《かみのせきちょう》の人々《ひとびと》の心《こころ》は揺《ゆ》れたが、祝島《いわいしま》の島民《とうみん》は自分《じぶん》たちの生活《せいかつ》を守《まも》るために当初《とうしょ》から反対運動《はんたいうんどう》を続《つづ》けている。先祖《せんぞ》から受《う》け継《つ》いだ文化《ぶんか》を継承《けいしょう》し、生態系《せいたいけい》を傷《きず》つけない生活《せいかつ》をし続《つづ》けることを選《えら》んだのだ。

私《わたし》がこの映画《えいが》を見《み》たのは、東日本大震災後《ひがしにほんだいしんさいご》のことである。前《まえ》から見《み》たいと思《おも》っていたが、機会《きかい》を逸《いっ》していた。福島第一原子力発電所《ふくしまだいいちげんしりょくはつでんしょ》で事故《じこ》が起《お》き、関東地方《かんとうちほう》も現実《げんじつ》に放射能《ほうしゃのう》の危険《きけん》にさらされている時《とき》だったので、この映画《えいが》が訴《うった》えていることに、心《こころ》から共感《きょうかん》を覚《おぼ》えた。

この上関原子力発電所《かみのせきげんしりょくはつでんしょ》の場合《ばあい》、上関町《かみのせきちょう》議会《ぎかい》で建設《けんせつ》が賛成多数《さんせいたすう》で決《き》まり、山口県知《やまぐちけんち》事《じ》も承認《しょうにん》した。映画《えいが》では、電力会社《でんりょくがいしゃ》が建設工事《けんせつこうじ》に着手《ちゃくしゅ》しようとして、海《うみ》にブイを打《う》つ作業《さぎょう》を始《はじ》めるところがある。それに対《たい》し住民《じゅうみん》たちは漁船《ぎょせん》などを繰《く》り出《だ》して、実力行使《じつりょくこうし》で妨害《ぼうがい》する。すると、電力会社社員《でんりょくがいしゃしゃいん》はマイクを持《も》って「原子力発電所《げんしりょくはつでんしょ》は、絶対《ぜったい》に安全《あんぜん》です」と断言《だんげん》し、「現状《げんじょう》の生活《せいかつ》であなたたちの未来《みらい》に希望《きぼう》がありますか?」と問《と》いかける。その声《こえ》を聞《き》く私《わたし》は、福島《ふくしま》で実際《じっさい》に重大事故《じゅうだいじこ》が起《お》きている最中《さいちゅう》にあったから、電力会社側《でんりょくかいしゃがわ》の言葉《ことば》の空々《そらぞら》しさに腹《はら》が立《た》つのを止《と》められなかった。

人口《じんこう》五百人《にん》の祝島《いわいしま》で、原発反対《げんぱつはんたい》の運動《うんどう》をしているのは、多《おお》くが高齢者《こうれいしゃ》でとりわけ女性《じょせい》の力《ちから》が大《おお》きい。それらの人々《ひとびと》は、補助金《ほじょきん》による目先《めさき》の経済的利益《けいざいてきりえき》よりも、自然《しぜん》の恩恵《おんけい》に密着《みっちゃく》した生活《せいかつ》と、未来《みらい》に健全《けんぜん》な環境《かんきょう》を残《のこ》したいという強《つよ》い願《ねが》いによって、国《くに》や電力会社《でんりょくがいしゃ》に立《た》

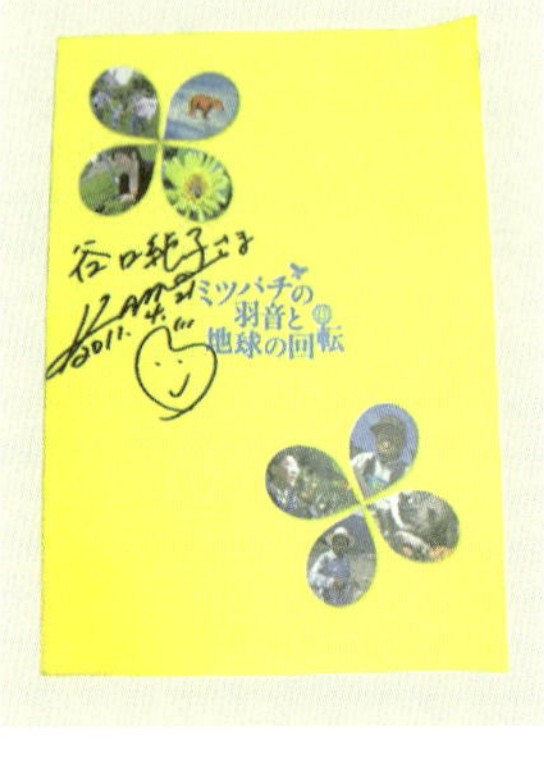

ち向《む》かった。その持続《じぞく》する力《ちから》の背後《はいご》には、島民同士《とうみんどうし》の強《つよ》い絆《きずな》があったと思《おも》う。

戦後《せんご》の日本《にっぽん》は、戦争《せんそう》で全《すべ》てをなくし、〝無《む》〟から立《た》ち上《あ》がらなくてはならなかった。自然資源《しぜんしげん》がないという中《なか》で、原子力《げんしりょく》は〝夢《ゆめ》のエネルギー〟ともてはやされ、その利用《りよう》は国策《こくさく》として進《すす》められた。「国《くに》の再建《さいけん》」を決意《けつい》した国民《こくみん》の活力《かつりょく》と相《あい》まって、日本経済《にっぽんけいざい》は目覚《めざ》ましい発展《はってん》を遂《と》げたのである。その過程《かてい》で、人々《ひとびと》は地方《ちほう》から都会《とかい》へと吸《す》い上《あ》げられ、都市《とし》は繁栄《はんえい》したが地方《ちほう》は過疎化《かそか》し、農漁業《のうぎょぎょう》の後継者不足《こうけいしゃぶそく》と衰退《すいたい》がはじまった。一方《いっぽう》、経済発展《けいざいはってん》を続《つづ》ける都会《とかい》では、より豊《ゆた》かで快適《かいてき》な生活《せいかつ》を求《もと》める人々《ひとびと》の欲望《よくぼう》に応《こた》えて、電力需要《でんりょくじゅよう》はウナギ上《のぼ》りに上《あ》がった。

過疎《かそ》と経済停滞《けいざいていたい》に悩《なや》む地方《ちほう》にとって、原子力発電所《げんしりょくはつでんしょ》の建設《けんせつ》による巨額《きょがく》の補助金《ほじょきん》と、雇用《こよう》の創出《そうしゅつ》による人口増加《じんこうぞうか》の夢《ゆめ》は、拒《こば》みがたく、多《おお》くの地方自治体《ちほうじちたい》は、原発《げんぱつ》による〝明《あか》るい未来《みらい》〟の到来《とうらい》を信《しん》じたのだろう。こうして、日本《にっぽん》の海岸線《かいがんせん》には次々《つぎつぎ》に五十四基《き》もの原子力発電所《げんしりょくはつでんしょ》が作《つく》られた。この数《かず》は、発電容量《はつでんようりょう》とともに世界《せかい》三位《い》である。旧《きゅう》ソ連《れん》のチェルノブイリや米《べい》・スリーマイル島《とう》での事故《じこ》があっても、多《おお》くの日本人《にっぽんじん》は、政府《せいふ》の〝お墨付《すみつ》き〟と日本《にっぽん》の技術《ぎじゅつ》を信頼《しんらい》して、あまり問題《もんだい》にしてこなかった。

さらに、地球温暖化問題《ちきゅうおんだんかもんだい》が原発建設《げんぱつけんせつ》に有利《ゆうり》に働《はたら》いた。化石燃料《かせきねんりょう》によらない原子力発《げんしりょくはつ》電《でん》は、二酸化炭素《にさんかたんそ》を出《だ》さない〝次世代《じせだい》エネルギー〟と思《おも》われていた。

その〝夢《ゆめ》のエネルギー〟の安全神話《あんぜんしんわ》が、東日本大震災《ひがしにほんだいしんさい》で砕《くだ》かれてしまった。今《いま》、世《せ》界中《かいじゅう》で、原子力利用《げんしりょくりよう》の是非《ぜひ》について、人類《じんるい》の将来《しょうらい》の生《い》き方《かた》を含《ふく》めて、人々《ひとびと》は真剣《しんけん》に考《かんが》えるようになっている。

私《わたし》は、これまでも原子力発電《げんしりょくはつでん》には反対《はんたい》の意見《いけん》をもっていた。そして今回《こんかい》の大震災《だいしんさい》による事故《じこ》を受《う》けて、エネルギー問題《もんだい》にもっと真剣《しんけん》に取《と》り組《く》む必要《ひつよう》を感《かん》じている。まず、自分自身《じぶんじしん》の生活《せいかつ》を詳《くわ》しく点検《てんけん》し、エネルギーの使《つか》いすぎを改《あらた》めるなど、原子力《げんしりょく》エネルギーを不要《ふよう》とするような、責任《せきにん》ある生活《せいかつ》を実現《じつげん》していかなければと思《おも》う。原発《げんぱつ》の現《げん》状《じょう》は、国策《こくさく》として増設《ぞうせつ》を進《すす》めてきた国《くに》に責任《せきにん》があるのはもちろんだが、その恩恵《おんけい》に浴《よく》してきたのは、私《わたし》たち一人一人《ひとりひとり》であるからだ。

現在日本《げんざいにっぽん》で使《つか》われるエネルギーの約《やく》三〇パーセントが、原子力《げんしりょく》から来《く》る。まずはこの総量《そうりょう》を減《へ》らす努力《どりょく》が必要《ひつよう》だ。けれども、化石燃料《かせきねんりょう》を使《つか》う火力発電《かりょくはつでん》を増《ふ》やすことは、温暖化抑制《おんだんかよくせい》の要請《ようせい》に逆行《ぎゃっこう》する。だから、再生可能《さいせいかのう》の自然《しぜん》エネルギーをもっと積極的《せっきょくてき》に取《と》り入《い》れなくてはならない。

原子力発電《げんしりょくはつでん》は、放射線《ほうしゃせん》だけでなく、使用済《しようず》み核燃料《かくねんりょう》の処理《しょり》など未来《みらい》の人類《じんるい》に〝負《ふ》の遺産《いさん》〟を残《のこ》すことになる。この現実《げんじつ》をしっかり見《み》つめ、できるところから確実《かくじつ》に、自然《しぜん》エネルギーへの転換《てんかん》を進《すす》めていきたいと思《おも》う。今回《こんかい》の震災《しんさい》でも、太陽光発電装置《たいようこうはつでんそうち》を設置《せっち》していた家庭《かてい》では、停電時《ていでんじ》にも電気《でんき》が使《つか》え大変《たいへん》ありがたかったと聞《き》いた。

私《わたし》たち一人一人《ひとりひとり》が、エネルギーを使《つか》いすぎていないか自分《じぶん》の生活《せいかつ》を見直《みなお》し、さらに省《しょう》エネを進《すす》めよう。太陽光発電装置《たいようこうはつでんそうち》を設置《せっち》しよう。高価《こうか》に思《おも》われるかも知《し》れないが、新車《しんしゃ》を買《か》うのとあまり変《か》わらず、エネルギーを生《う》み出《だ》し続《つづ》ける。ガソリン車《しゃ》から電気自動車《でんきじどうしゃ》に乗《の》り替《か》えよう。より多《おお》くの人々《ひとびと》がそう決意《けつい》したとき、未来《みらい》は明《あか》るく開《ひら》けてくるに違《ちが》いない。

季節《きせつ》は必《かなら》ず巡《めぐ》る

二〇一一年《ねん》の梅雨入《つゆい》りは早《はや》く、東京《とうきょう》では五月《がつ》二十七日《にち》だった。平年《へいねん》に比《くら》べると十二日早《にちはや》く、梅雨入《つゆい》りが遅《おく》れた前年《ぜんねん》より、十七日《にち》も早《はや》かった。私《わたし》にとっては、だから残念《ざんねん》な五月《がつ》だった。

人《ひと》によって感《かん》じ方《かた》は様々《さまざま》だろうが、私《わたし》は五月《がつ》という月《つき》が、一年中《いちねんじゅう》で一番《いちばん》気持《きも》ちが良《よ》い。よく晴《は》れた朝《あさ》、物干《ものほ》し台《だい》に上《のぼ》るとさわやかな風《かぜ》が全身《ぜんしん》を包《つつ》む。その空気《くうき》の匂《にお》いをかぐだけで、幸《しあわ》せな気持《きもち》になる。そんな時《とき》、自分《じぶん》の周《まわ》りに不可能《ふかのう》なことは何《なに》もない。心配《しんぱい》することも何《なに》もない……そんな気持《きもち》になるのである。何故《なぜ》か、と理由《りゆう》を聞《き》かれても、うまく説明《せつめい》できないが、たぶん五官《ごかん》を包《つつ》む五月《がつ》の心地良《ここちよ》さが、私《わたし》の気分《きぶん》を一段《いちだん》、引《ひ》き上《あ》げてくれるのだろう。そんな五月《がつ》の日々《ひび》が短《みじか》いというのが、何《なん》とも残念《ざんねん》だった。

日本《にっぽん》の梅雨《つゆ》は、厳《きび》しい蒸《む》し暑《あつ》さが来《く》る前《まえ》の、じめじめしたうっとうしい季節《きせつ》、ということになっている。けれども実際《じっさい》には、毎日雨《まいにちあめ》が続《つづ》くわけではなく、合間《あいま》にさわやかに晴《は》れることもあれば、肌寒《はだざむ》さを感《かん》じる日《ひ》もある。この季節《きせつ》には、私《わたし》の好《す》きな花《はな》も咲《さ》く。水《みず》を好《この》むアジサイは、涼《すず》やかな花《はな》をたっぷりとつけるし、白《しろ》い清楚《せいそ》なたたずまいのクチナシは、高貴《こうき》な香《かお》りを放《はな》つ。だから私《わたし》は、梅雨《つゆ》の季節《きせつ》が嫌《きら》いなのではない。五月《がつ》を少《すこ》し欲張《よくば》るのである。

梅雨《つゆ》は、一般的《いっぱんてき》な気象用語《きしょうようご》では「雨期《うき》」ということになるのだろう。けれど私《わたし》の感《かん》覚《かく》では、梅雨《つゆ》はやはり「梅雨《つゆ》」なのだ。理屈《りくつ》に合《あ》わないことを言《い》っているようだが、「雨期《うき》」という言葉《ことば》は、空《そら》から一滴《てき》の水《みず》も落《お》ちない「乾期《かんき》」と対照的《たいしょうてき》な、長雨《ながあめ》の期間《きかん》を意味《いみ》するような気《き》がするからだ。

私《わたし》がまだ、幼《おさな》い三人《にん》の子育《こそだ》てをしていたころ、動物写真家《どうぶつしゃしんか》の岩合光昭《いわごうみつあき》さんの妻《つま》である岩合日出子《いわごうひでこ》さんが、アフリカでの体験《たいけん》を描《えが》いた『アフリカポレポレ』（朝日新聞社《あさひしんぶんしゃ》刊《かん》）という本《ほん》を読《よ》んだ。これは、岩合《いわごう》さん夫婦《ふうふ》が、幼《よう》稚園《ちえん》の年齢《ねんれい》の娘《むすめ》を連《つ》れてのアフリカ生活《せいかつ》を描《えが》いたものだ。夫《おっと》は、タンザニアのセレンゲティ国立公園《こくりつこうえん》でヌーの写真《しゃしん》を撮《と》るために、来《く》る日《ひ》も来《く》る日《ひ》もランドクルーザーで出《で》かけていく。アフリカでは、食料《しょくりょう》の調達《ちょうたつ》も台《だい》所《どころ》設備《せつび》もままならない。そんな中《なか》、日出子《ひでこ》さんは三人《にん》の食欲《しょくよく》を満《み》たすために、日々《ひび》奮闘《ふんとう》し、娘《むすめ》のためには幼稚園《ようちえん》の先生役《せんせいやく》も果《は》たさねばならない。全《まった》く〝支《ささ》える人《ひと》〟に徹《てっ》した生活《せいかつ》だ。その姿《すがた》は、当時《とうじ》の私《わたし》と共通点《きょうつうてん》があった。その上《うえ》、日本《にっぽん》とは全《まった》く違《ちが》ったアフリカでの日《にち》常《じょう》の暮《く》らしぶりが私《わたし》の興味《きょうみ》をそそり、数回《すうかい》読《よ》んだ。この本《ほん》の中《なか》に、雨期《うき》と乾期《かんき》の差《さ》に翻弄《ほんろう》され、水《みず》の確保《かくほ》に気《き》をもむ日出子《ひでこ》さんの様子《ようす》が何度《なんど》も出《で》てくる。乾期《かんき》に

は水《みず》はほとんどないから、雨水《あまみず》も少《すこ》し汚《よご》れた水《みず》も大変貴重《たいへんきちょう》であり、工夫《くふう》して使《つか》わねばならない。一方《いっぽう》で雨期《うき》には、屋外《おくがい》のカマドが水浸《みずびた》しになって使《つか》えない。

日本《にっぽん》の気候《きこう》には、そんな激《はげ》しさはない。だから、雨期《うき》というと『アフリカポレポレ』で知《し》った極端《きょくたん》なものを連想《れんそう》し、梅雨《つゆ》とは違《ちが》う感《かん》じがするのである。

日本《にっぽん》の気候《きこう》に激《はげ》しさはないと言《い》ったが、それは日本《にっぽん》の自然《しぜん》が厳《きび》しくないという意味《いみ》ではない。

二〇一一年《ねん》の三月《がつ》十一日《にち》に起《お》こった大地震《おおじしん》と津波《つなみ》は、世界中《せかいじゅう》の人々《ひとびと》を驚愕《きょうがく》させるほどの自然災害《しぜんさいがい》だった。そして、この種《しゅ》の自然災害《しぜんさいがい》は、地震《じしん》や津波《つなみ》のみならず、火山《かざん》の爆発《ばくはつ》、台風《たいふう》の襲来《しゅうらい》の形《かたち》で古代《こだい》から日本列島《にっぽんれっとう》を訪《おとず》れていた。しかしその一方《いっぽう》で、この国《くに》に巡《めぐ》る季節《きせつ》は緩《ゆる》やかで穏《おだ》やかだ。だから、過酷《かこく》な自然災害《しぜんさいがい》に見舞《みま》われることがあっても、私《わたし》たち日本人《にっぽんじん》は、その経験《けいけん》の印象《いんしょう》よりも、日々《ひび》の季節《きせつ》の穏《おだ》やかさを心《こころ》に深《ふか》く刻《きざ》み、それが日本人《にっぽんじん》の気質《きしつ》を形《かたち》づくってきたのではないかと、私《わたし》は思《おも》う。

今回《こんかい》の大災害《だいさいがい》で家《いえ》を流《なが》され、家族《かぞく》を失《うしな》った人々《ひとびと》が、それでも悲《かな》しみを内《うち》に秘《ひ》めて、静《しず》かに忍耐強《にんたいづよ》く救援《きゅうえん》を待《ま》ち続《つづ》けたり、自分《じぶん》より厳《きび》しい状況《じょうきょう》にある人《ひと》のことを思《おも》いやる姿《すがた》が、世界中《せかいじゅう》の人々《ひとびと》に感動《かんどう》を与《あた》えた。待《ま》つこと、耐《た》えることは、現代社会《げんだいしゃかい》から姿《すがた》を消《け》してしまったように見《み》えたが、被災地《ひさいち》の各所《かくしょ》で、避難者《ひなんしゃ》の生活《せいかつ》のいたるところで見出《みいだ》された。

自分《じぶん》が不利《ふり》な立場《たちば》に置《お》かれれば、声《こえ》を大《だい》にして異議《いぎ》を唱《とな》え、時《とき》には力《ちから》を行使《こうし》して闘《たたか》わねばならない。黙《だま》って耐《た》えているのは古《ふる》い時代《じだい》の愚行《ぐこう》だから、暴動《ぼうどう》でも革命《かくめい》でも起《お》こすつもりで〝人権《じんけん》〟を主張《しゅちょう》する。それらは、メディアなどを通《とお》して私《わたし》たちの目《め》に映《うつ》る現代社会《げんだいしゃかい》の一面《いちめん》だ。けれども、それだけではどうすることもできないことが、時《とき》に私《わたし》たちの現実《げんじつ》を襲《おそ》うことがある。

自然災害《しぜんさいがい》は、どこにも怒《いか》りをぶつけることのできない不条理《ふじょうり》な出来事《できごと》の一《ひと》つである。普通《ふつう》の人々《ひとびと》にとっては、戦争《せんそう》や疫病《えきびょう》や飢饉《ききん》も、その部類《ぶるい》に感《かん》じられる。そんな時《とき》、人《ひと》は往々《おうおう》にして暴力《ぼうりょく》に訴《うった》えたり、泣《な》き叫《さけ》んだりする。その気持《きもち》は理解《りかい》できるし、そんな場面《ばめん》が多《おお》く伝《つた》えられる中《なか》で、東北地方《とうほくちほう》の日本人《にっぽんじん》はじっと耐《た》えて待《ま》ち、笑顔《えがお》を見《み》せていた。その姿《すがた》が、世界中《せかいじゅう》の人々《ひとびと》を感動《かんどう》させたのであれば、そこには世界《せかい》に通用《つうよう》する価値《かち》があるのだと私《わたし》は思《おも》った。

自己主張《じこしゅちょう》に価値《かち》を置《お》く西洋社会《せいようしゃかい》では、自分《じぶん》の意見《いけん》をはっきり言《い》わない日本人《にっぽんじん》は、何《なに》を考《かんが》えているのかわからないと言《い》われ、不審《ふしん》がられることがある。だから、時《とき》と場合《ばあい》によって、自《みずか》らを主張《しゅちょう》しなくてはならない。けれども、今回《こんかい》のような自然災害《しぜんさいがい》に遭遇《そうぐう》した日本人《にっぽんじん》の姿《すがた》は、人間《にんげん》が極限《きょくげん》に立《た》たされた時《とき》の〝あるべき姿《すがた》〟の一《ひと》つを示《しめ》していたのではないか。

その姿《すがた》は〝人《ひと》を信《しん》じる心《こころ》〟から来《き》ているのだろう。また、時《とき》に厳《きび》しくとも、穏《おだ》やかに巡《めぐ》る季節《きせつ》に親《した》しんできた〝生活《せいかつ》の記憶《きおく》〟にもよるのだろう。時《とき》に窮屈《きゅうくつ》であったとしても、人々《ひとびと》がお互《たが》いに支《ささ》え合《あ》ってきた社会《しゃかい》。厳冬《げんとう》の後《あと》には、必《かなら》ず春《はる》が到来《とうらい》する――その確信《かくしん》が東北《とうほく》の復興《ふっこう》、日本《にっぽん》の再生《さいせい》を引《ひ》き寄《よ》せることを、私《わたし》は疑《うたが》っていない。

江戸《えど》のエコに学《まな》ぶ

最近《さいきん》、江戸時代《えどじだい》が一種《いっしゅ》のブームになっているらしく、江戸《えど》に関《かん》する本《ほん》が色々《いろいろ》出《で》ている。その中《なか》でも、特《とく》に注目《ちゅうもく》されているのが、江戸《えど》の町《まち》の資源《しげん》リサイクルについてである。

東日本大震災《ひがしにほんだいしんさい》の発生《はっせい》とその後《ご》の福島第一原子力発電所《ふくしまだいいちげんしりょくはつでんしょ》の事故《じこ》で、今後《こんご》のエネルギーをどうするかという問題《もんだい》は、日本人《にっぽんじん》だけでなく、世界《せかい》の人々《ひとびと》の関心事《かんしんじ》になっている。これからの時代《じだい》、危険《きけん》をともなう原子力《げんしりょく》にも、温暖化《おんだんか》を促進《そくしん》する化石燃料《かせきねんりょう》にも頼《たよ》らない生活《せいかつ》を、いかにして実現《じつげん》するかが、喫緊《きっきん》の課題《かだい》である。そのことと今《いま》から二百年《ねん》以上《いじょう》も前《まえ》の江戸時代《えどじだい》が、どう関係《かんけい》するのだろう。江戸《えど》の町《まち》は、当時《とうじ》としては世界《せかい》でも最大級《さいだいきゅう》の人口《じんこう》を擁《よう》する都市《とし》だった。が、そこでは、限《かぎ》られた資源《しげん》の中《なか》で徹底《てってい》したリサイクルが行《おこな》われ、持続可能《じぞくかのう》な社会《しゃかい》が実現《じつげん》していたというのが、現代人《げんだいじん》の関心《かんしん》の焦点《しょうてん》のようだ。

私《わたし》にとって「江戸《えど》」と言《い》えば、小説《しょうせつ》や時代劇《じだいげき》などでその暮《く》らしぶりの一端《いったん》は知《し》っていたし、自分《じぶん》たちの先祖《せんぞ》の話《はなし》であるから興味《きょうみ》を持《も》っていた。そんな時《とき》、江戸《えど》の暮《く》らしとそれに関《かん》する本《ほん》の特集《とくしゅう》が、新聞《しんぶん》に数《すう》ページにわたって掲載《けいさい》された。

そんな中《なか》の一冊《さつ》『江戸《えど》に学《まな》ぶエコ生活術《せいかつじゅつ》』（アズビー・ブラウン著《ちょ》、阪急《はんきゅう》コミュニケーションズ刊《かん》）には、私《わたし》の知《し》らない江戸時代《えどじだい》の人々《ひとびと》の知恵《ちえ》溢《あふ》れる暮《く》らしが満載《まんさい》されていて、大変興味深《たいへんきょうみぶか》く読《よ》んだ。著者《ちょしゃ》は、日本建築《にほんけんちく》を専門《せんもん》とするアメリカ人研究者《じんけんきゅうしゃ》で、最初《さいしょ》はこの本《ほん》を英語《えいご》で出版《しゅっぱん》した。江戸時代《えどじだい》の建築《けんちく》や人々《ひとびと》の暮《く》らしが、地球温暖化《ちきゅうおんだんか》と資源《しげん》枯渇《こかつ》の現実《げんじつ》に直面《ちょくめん》する現代人《げんだいじん》にとって、大《おお》いに役立《やくだ》つと考《かんが》え、英語圏《えいごけん》の人《ひと》に読《よ》んでもらいたいと思《おも》ったそうだ。ところがその後《ご》、現代日本《げんだいにっぽん》には江戸《えど》に関《かん》する情報《じょうほう》は溢《あふ》れていても、それを今《いま》の暮《く》らしと結《むす》びつけて紹介《しょうかい》するものがほとんどないことから、日本《にほん》語《ご》への翻訳《ほんやく》が決《き》まったという。

江戸時代《えどじだい》は、西暦《せいれき》で一六〇三年《ねん》から始《はじ》まるが、江戸初期《えどしょき》の日本《にっぽん》の人口《じんこう》は千二百万人《まんにん》ぐらいだった。にもかかわらず、人口増加《じんこうぞうか》に伴《ともな》う建築資材《けんちくしざい》の不足《ふそく》から、多《おお》くの山《やま》が皆《かい》伐状態《ばつじょうたい》で丸裸《まるはだか》となり、土壌侵食《どじょうしんしょく》や河川流域《かせんりゅういき》の破壊《はかい》が起《お》きていた。また農業生産《のうぎょうせいさん》が需要《じゅよう》に追《お》いつかず、加《くわ》えて農民《のうみん》は武士階級《ぶしかいきゅう》を支《ささ》えるために、年貢《ねんぐ》を納《おさ》めなくてはならなかった。

日本《にっぽん》は国土《こくど》の七割近《わりちか》くが森林《しんりん》で、豊《ゆた》かな森林資源《しんりんしげん》が得《え》られる大《おお》きな利点《りてん》がある。一方《いっぽう》で、限《かぎ》られた耕作地《こうさくち》しか得《え》られないというマイナスも大《おお》きかった。江戸《えど》の初期《しょき》には、日本《にっぽん》はすでに環境《かんきょう》破壊《はかい》と資源枯渇《しげんこかつ》に直面《ちょくめん》していたのである。

ところがそれから約《やく》二百年後《ねんご》の江戸後期《えどこうき》には、人口《じんこう》は二・五倍《ばい》の三千万人《まんにん》に膨《ふく》れ上《あ》がった。それにもかかわらず、環境《かんきょう》破壊《はかい》は止《と》まり、農地《のうち》は改良《かいりょう》されて生産性《せいさんせい》が増《ま》し、あらゆる領域《りょういき》で資源保護《しげんほご》の努力《どりょく》がなされたことで、「鎖国《さこく》」で海外《かいがい》から大量《たいりょう》の物資《ぶっし》は入《はい》らなかったのに、人々《ひとびと》はそれなりに養《やしな》われていた。

そんな状況《じょうきょう》が、いったいどんな暮《く》らし方《かた》から可能《かのう》になったのか——私《わたし》はワクワクしながら、本《ほん》のページを繰《く》っていった。結論《けつろん》から先《さき》に言《い》えば、あらゆるものがリサイクルされ、実質的《じっしつてき》に捨《す》てるものが何《なに》もない暮《く》らしが、それを可能《かのう》にしたというのだ。森林《しんりん》も、伐採《ばっさい》と植林《しょくりん》のバランスが保《たも》たれることで、豊《ゆた》かな木材資源《もくざいしげん》の供給源《きょうきゅうげん》となっていたという。

当時《とうじ》の日本全体《にっぽんぜんたい》が自然《しぜん》のバランスを保《たも》つことに心《こころ》を遣《つか》い、自然《しぜん》から得《え》るだけでなく、自然《しぜん》を育《そだ》て、暮《く》らしの中《なか》では「使《つか》い捨《す》て」を考《かんが》えずに、あらゆるものが修理可能《しゅうりかのう》な構造《こうぞう》と仕組《しく》みになっていたからだという。

例《たと》えば、江戸《えど》の町民《ちょうみん》は、着物《きもの》を新《あたら》しく買《か》うことがほとんどなかった。着物《きもの》が古《ふる》くなると、それを持《も》って古着屋《ふるぎや》に行《い》く。持参《じさん》した古着《ふるぎ》にいくばくかのお金《かね》を添《そ》えて、別《べつ》の古着《ふるぎ》と替《か》えるのだ。古着屋《ふるぎや》は持《も》ち込《こ》まれた古着《ふるぎ》を、洗《あら》い張《ば》りなどして仕立《した》て直《なお》し、蘇《よみがえ》らせる。そのため、古着屋《ふるぎや》には新品《しんぴん》ではないが、手入《てい》れの行《い》き届《とど》いた着物《きもの》が並《なら》んでいるのだった。もちろん自分《じぶん》で洗《あら》って染《そ》め直《なお》し、仕立《した》て直《なお》すこともした。そんなことを繰《く》り返《かえ》して、とうとう着物《きもの》としての用《よう》を足《た》せなくなると、着物地《きものじ》はほどかれて、袋物《ふくろもの》や前掛《まえか》け、おむつ、雑巾《ぞうきん》、そして最後《さいご》には燃料《ねんりょう》として、カマドなどで燃《も》やされるのだった。またカマドの灰《はい》や人間《にんげん》の排泄物《はいせつぶつ》も農《のう》作物《さくぶつ》の肥料《ひりょう》として売買《ばいばい》された。家庭《かてい》の道具類《どうぐるい》、家具《かぐ》、鍋《なべ》・釜《かま》なども壊《こわ》れたら修理《しゅうり》したうえで使《つか》われた。

何故《なぜ》ここまで徹底《てってい》してリサイクルされたかというと、鎖国下《さこくか》では、全《すべ》ての資源《しげん》を自国内《じこくない》で賄《まかな》わなくてはならないからだ。この本《ほん》の著者《ちょしゃ》によると、「国《くに》」を「船《ふね》」に譬《たと》えると、鎖国《さこく》はちょうど給油《きゅうゆ》や食糧補給《しょくりょうほきゅう》のために港《みなと》に立《た》ち寄《よ》れない状態《じょうたい》だという。だから、必要《ひつよう》なものはすべてを船《ふね》の上《うえ》で作《つく》り、育《そだ》て、それらを永続的《えいぞくてき》に使《つか》い回《まわ》さなければならないのだ。

この〝船《ふね》〟が数《すう》百年《ねん》後《ご》の「宇宙船地球号《うちゅうせんちきゅうごう》」だと考《かんが》えれば、江戸《えど》には現代人《げんだいじん》が手本《てほん》とすべき生《い》き方《かた》がある。この発想《はっそう》には、目《め》を開《ひら》かされる思《おも》いだった。が、考《かんが》え直《なお》してみると、私《わたし》が子供《こども》のころの暮《く》らしも、江戸《えど》とそれほど変《か》わらなかったのではないか。

私《わたし》の故郷《こきょう》は三重県《みえけん》の伊勢《いせ》であるが、農家《のうか》では人糞《じんぷん》を畑《はたけ》の肥料《ひりょう》に使《つか》っていた記憶《きおく》がある。また、鍋《なべ》の底《そこ》に穴《あな》が開《あ》けば、巡回《じゅんかい》してくる鋳掛屋《いかけや》に直《なお》してもらっていた。毛糸《けいと》のセーターは、子《こ》どもが成長《せいちょう》してサイズが合《あ》わなくなると、編《あ》み直《なお》したり、マフラーや手袋《てぶくろ》に作《つく》り直《なお》した。現在《げんざい》のように、ものが古《ふる》くなったから、壊《こわ》れたからといってすぐに新品《しんぴん》を買《か》うことはなく、なるべく修理《しゅうり》して使《つか》うのが当《あ》たり前《まえ》――それが、ほんの数《すう》十年前《ねんまえ》までの日本《にっぽん》だった。

そんな暮《く》らしが、いつごろから〝使《つか》い捨《す》て〟の生活《せいかつ》に変《か》わったのか。たぶん、経済《けいざい》成長礼賛《せいちょうらいさん》のおかげだ。現在《げんざい》の地球《ちきゅう》は、そこに棲《す》む生物同士《せいぶつどうし》が協力《きょうりょく》して、地球上《ちきゅうじょう》で全《すべ》てを賄《まかな》っていかなくてはならない。そんな実感《じっかん》はないかもしれないが、現実《げんじつ》に森《もり》はなくなり、資源《しげん》は減《へ》り、人口《じんこう》は増《ふ》え続《つづ》けている。使《つか》い捨《す》てをするような余裕《よゆう》はないのである。

ものをいつくしみ、大切《たいせつ》に使《つか》う生活《せいかつ》をぜひ取《と》り戻《もど》したい。それは、自分《じぶん》たちがこの地球《ちきゅう》で生《い》きていくために必要《ひつよう》な文化《ぶんか》なのだ。

自《みずか》ら考《かんが》え、声《こえ》を上《あ》げよう

「原発《げんぱつ》いらない！」

「再稼働反対《さいかどうはんたい》！」

――「海《うみ》の日《ひ》」の原宿《はらじゅく》の町《まち》に、力強《ちからづよ》く、明確《めいかく》な意思《いし》をもった声《こえ》が響《ひび》き渡《わた》った。その日《ひ》、わが家《や》の上空《じょうくう》では、朝《あさ》からヘリコプターの音《おと》がしきりに聞《き》こえていた。様々《さまざま》な立《たち》場《ば》の人《ひと》が「反原発《はんげんぱつ》」という一《ひと》つの意思《いし》の下《もと》に代々木公園《よよぎこうえん》に集《あつ》まり、大規模《だいきぼ》な抗議《こうぎ》集《しゅう》会《かい》とデモ行進《こうしん》があったのだ。主催者側発表《しゅさいしゃがわはっぴょう》では、十数万人《すうまんにん》の大群衆《だいぐんしゅう》だったらしい。


二〇一一年《ねん》三月《がつ》十一日《にち》の福島第《ふくしまだい》一原子力発電所《げんしりょくはつでんしょ》の爆発事故《ばくはつじこ》から、一年数《ねんすう》カ月《げつ》が過《す》ぎていた。発電所《はつでんしょ》から三〇キロ以内《いない》の住人《じゅうにん》は取《と》るものもとりあえず避難《ひなん》を余儀《よぎ》なくされた。現在《げんざい》でも避難生活《ひなんせいかつ》は続《つづ》いていて、家《いえ》へ帰《かえ》りたくても帰《かえ》れない、厳《きび》しくつらい状況《じょうきょう》に置《お》かれている人《ひと》も多《おお》い。長年慣《ながねんな》れ親《した》しみ、人生《じんせい》のあらゆる思《おも》い出《で》が詰《つ》まった故郷《こきょう》を後《あと》にしなければならなかったのだ。故郷《こきょう》がなくなったわけではない。現《げん》にそこにあるのに、目《め》に見《み》えない放射線《ほうしゃせん》が人《ひと》を近《ちか》づけさせないのだ。

あの事故《じこ》の時《とき》、東京《とうきょう》も危《あぶ》ないかもしれないと言《い》われた。政府機能《せいふきのう》はどうなるのか？幼《おさな》い子供《こども》や妊婦《にんぷ》はどうすればいいのか？　情報《じょうほう》が錯綜《さくそう》し、不安《ふあん》な思《おも》いを抱《いだ》きながらも、得《え》られる情報《じょうほう》が限《かぎ》られた中《なか》で、人々《ひとびと》は自分《じぶん》の判断《はんだん》で行動《こうどう》するしかなかった。幼《おさな》い子供《こども》のいる母親《ははおや》や妊婦《にんぷ》の内《うち》、状況《じょうきょう》が許《ゆる》される人《ひと》は自《みずか》ら新幹線《しんかんせん》に乗《の》って西《にし》の方角《ほうがく》に避難《ひなん》した。私《わたし》の友人《ゆうじん》にも、生《う》まれて数《すう》カ月《げつ》の孫《まご》のいる人《ひと》がいた。その子《こ》の母親《ははおや》は関西《かんさい》の親《しん》せきの家《いえ》に子供《こども》を連《つ》れて避難《ひなん》した。その時《とき》はまた、私《わたし》たちは頻繁《ひんぱん》に起《お》こる余震《よしん》のたびに地震《じしん》の恐怖《きょうふ》がよみがえり、テレビに映《うつ》る原子力発電所《げんしりょくはつでんしょ》の状況《じょうきょう》をかたずをのんで見守《みまも》った。

その後《ご》、原子力利用《げんしりょくりよう》をめぐる国《くに》の方針《ほうしん》はいまだにはっきりせず、業界団体《ぎょうかいだんたい》の力《ちから》に負《ま》けて少《すこ》しずつ元《もと》に戻《もど》ってしまいそうに見《み》える。あのとき大半《たいはん》の国民《こくみん》は、原子力発電所《げんしりょくはつでんしょ》の本当《ほんとう》の怖《こわ》さを知《し》り、原子力《げんしりょく》に頼《たよ》らない国《くに》づくりを願《ねが》ったのではなかったか。

「のど元《もと》過《す》ぎれば熱《あつ》さ忘《わす》れる」とよく言《い》われるように、時《とき》がたてば、過去《かこ》の大切《たいせつ》な教《きょう》訓《くん》を人間《にんげん》は忘《わす》れやすい。が、自分《じぶん》や子孫《しそん》の命《いのち》にかかわることを、目先《めさき》の経済優先《けいざいゆうせん》で忘《わす》れ去《さ》っていいはずがない。

私《わたし》の高校時代《こうこうじだい》、日本中《にっぽんじゅう》の大学《だいがく》では学園紛争《がくえんふんそう》が起《お》こり、社会《しゃかい》は騒然《そうぜん》としていた。一九六〇年代《ねんだい》から七〇年代前半《ねんだいぜんはん》にかけて、ベトナム戦争《せんそう》とそれを支援《しえん》する日米安保体《にちべいあんぽたい》制《せい》に反対《はんたい》して、日本《にっぽん》だけでなく、欧米社会《おうべいしゃかい》でも若者《わかもの》たちが荒《あ》れていた。冷戦《れいせん》の最中《さいちゅう》にあった世界《せかい》は、右《みぎ》と左《ひだり》に分裂《ぶんれつ》していた。その頃《ころ》のデモは、ヘルメットやゲバ棒《ぼう》、催涙《さいるい》ガスと放水《ほうすい》の応酬《おうしゅう》により、死者《ししゃ》やけが人《にん》が出《で》、逮捕者《たいほしゃ》も多《おお》かった。

日本《にっぽん》では、その後《ご》、若者《わかもの》たちは経済成長路線《けいざいせいちょうろせん》に吸《す》い込《こ》まれた。学生時代《がくせいじだい》の活動家《かつどうか》は、多《おお》くの場合《ばあい》卒業後《そつぎょうご》すんなりと〝企業戦士《きぎょうせんし》〟となって、日本経済《にっぽんけいざい》の成長《せいちょう》に涙《なみだ》ぐましいほど貢献《こうけん》した。あの時代《じだい》から半世紀近《はんせいきちか》く、日本社会《にっぽんしゃかい》では大規模《だいきぼ》なデモは行《おこな》われなかった。

二〇一一年《ねん》の東日本大震災《ひがしにほんだいしんさい》は、そんな〝経済優先主義《けいざいゆうせんしゅぎ》〟を歩《あゆ》む日本社会《にっぽんしゃかい》に冷水《れいすい》を浴《あ》びせたのではなかったか。一人一人《ひとりひとり》が自分《じぶん》たちの生《い》き方《かた》を問《と》い直《なお》し、その後《ご》の生活《せいかつ》のありようを真剣《しんけん》に考《かんが》えていたに違《ちが》いない。私《わたし》自身《じしん》がそうだった。テレビ画面上《がめんじょう》に繰《く》り広《ひろ》げられる惨《さん》状《じょう》を目《め》にして考《かんが》えたことは、現実世界《げんじつせかい》の儚《はかな》さと人間《にんげん》の無力《むりょく》さ、そして命《いのち》があることの何《なに》ものにも代《か》えがたい有《あ》り難《がた》さだった。

ほとんどの日本人《にっぽんじん》は、原子力《げんしりょく》エネルギーに依存《いそん》する自分《じぶん》の生活《せいかつ》を顧《かえり》みて、「生活《せいかつ》を変《か》えよう」と思《おも》ったに違《ちが》いない。けれども現実生活《げんじつせいかつ》がある程度回復《ていどかいふく》すると、震災以前《しんさいいぜん》と変《か》わらない方向《ほうこう》に流《なが》されてしまう。よほど意志《いし》が固《かた》くないと、「皆《みな》がそうしているから……」と

いう付和雷同《ふわらいどう》の誘惑《ゆうわく》に負《ま》けてしまいそうだ。

そんな中《なか》で二〇一二年《ねん》の三月《がつ》、「このままではいけない」という危機感《ききかん》から立《た》ち上《あ》がった人《ひと》たちがいた。毎週金曜日《まいしゅうきんようび》の夕方《ゆうがた》、首相官邸前《しゅしょうかんていまえ》で「原発反対《げんぱつはんたい》」の抗議行動《こうぎこうどう》を始《はじ》めたのだ。最初《さいしょ》は三百人《にん》足《た》らずの人数《にんずう》だったという。

この抗議行動《こうぎこうどう》は、五十年前《ねんまえ》のような激《はげ》しいものではなく、「政府《せいふ》のやり方《かた》に反対《はんたい》する人間《にんげん》がここにこれだけいる」ことを示《しめ》す静《しず》かな抗議行動《こうぎこうどう》だ。そのため、最初《さいしょ》はマスコミも全《まった》く報道《ほうどう》しなかった。しかし、これまでのデモと違《ちが》ったのは、参加者《さんかしゃ》がツイッターなどのソーシャルネットワークを駆使《くし》して、現地《げんち》の模様《もよう》や政府《せいふ》のやり方《かた》への批判《ひはん》をリアルタイムで配信《はいしん》し、〝抗議者《こうぎしゃ》〟の存在《そんざい》を社会《しゃかい》に迅速《じんそく》に拡散《かくさん》したことだった。

私《わたし》のところにも、六月頃《がつごろ》から毎週抗議行動《まいしゅうこうぎこうどう》への参加《さんか》を促《うなが》すメールが届《とど》くようになった。送《おく》られていく情報《じょうほう》には、私《わたし》が全《まった》く知《し》らない内容《ないよう》のものもあり、目《め》を開《ひら》かされることも多《おお》かった。週《しゅう》を追《お》うごとにデモの参加者《さんかしゃ》は増《ふ》え続《つづ》け、一万人《まんにん》を超《こ》えた頃《ころ》には、マスコミも無視《むし》できなくなった。七月末《がつまつ》にはＮＨＫ《エヌエイチケー》も『クローズアップ現代《げんだい》』で取《と》り上《あ》げたほどだ。

「国民以上《こくみんいじょう》の政府《せいふ》は求《もと》められない」とは昔《むかし》から言《い》われることだ。番組《ばんぐみ》の中《なか》で、今回《こんかい》のデモに参加《さんか》していた〝団塊《だんかい》の世代《せだい》〟と思《おも》われる男性《だんせい》は、こう話《はな》していた。

「私《わたし》たちの世代《せだい》に責任《せきにん》があると思《おも》います。原子力《げんしりょく》の安全神話《あんぜんしんわ》を信《しん》じて、良《よ》く検証《けんしょう》もせず政府《せいふ》に任《まか》せ、気《き》がついたら日本《にっぽん》には五十四基《き》もの原子力発電所《げんしりょくはつでんしょ》がありました。この結果《けっか》の責任《せきにん》を、後《あと》の世代《せだい》に求《もと》めることはできません。ですから私《わたし》はこのデモに参加《さんか》しています」

正《ただ》しさが実現《じつげん》する社会《しゃかい》にするためには、人任《ひとまか》せにせず自分《じぶん》で考《かんが》え、行動《こうどう》することが必要《ひつよう》だ。誰《だれ》もがデモに参加《さんか》することはできないが、地元《じもと》の議会《ぎかい》や国会《こっかい》に代表者《だいひょうしゃ》を送《おく》り出《だ》すときなど、目先《めさき》の利益《りえき》を優先《ゆうせん》せず、正《ただ》しいと思《おも》う選択《せんたく》をすることが求《もと》められている。

人《ひと》とつながる価値《かち》

東日本大震災《ひがしにほんだいしんさい》以来《いらい》、「絆《きずな》」や「つながり」という言葉《ことば》がよく聞《き》かれるようになった。一個《いっこ》の人間《にんげん》の力《ちから》ではどうすることもできないような大災害《だいさいがい》を経験《けいけん》して、物質的繁栄《ぶっしつてきはんえい》がすべてと考《かんが》えがちだった日本人《にっぽんじん》は、目《め》を開《ひら》かされたということなのだろう。

自然《しぜん》の力《ちから》の猛威《もうい》に気《き》づき傷《きず》ついた人間《にんげん》にとって、本当《ほんとう》に頼《たよ》りになるのは人間同士《にんげんどうし》の助《たす》け合《あ》いだから、日《ひ》ごろの情報交換《じょうほうこうかん》やお互《たが》いの心《こころ》の交流《こうりゅう》が大切《たいせつ》だということを改《あらた》めて実感《じっかん》したのだ。高度経済成長《こうどけいざいせいちょう》の道《みち》をひたすら歩《あゆ》んできた日本人《にっぽんじん》の多《おお》くは、人《ひと》との交《こう》流《りゅう》をあまり重要《じゅうよう》と考《かんが》えないようになっていた。なるべくなら煩《わずら》わしい人間関係《にんげんかんけい》から逃《のが》れ、自由《じゆう》に暮《く》らすことが素晴《すば》らしいと思《おも》ってきたのだろう。

私《わたし》の暮《く》らしていた東京《とうきょう》・原宿《はらじゅく》は、その傾向《けいこう》がもっとも顕著《けんちょ》な場所《ばしょ》の一《ひと》つかもしれない。それでも、昔《むかし》は町内会《ちょうないかい》のつながりがあったようで、回覧板《かいらんばん》もまわってきていた。けれどもその後《ご》は、月《つき》に一度《ど》ほど地域《ちいき》のお知《し》らせの紙《かみ》がポストに入《はい》るだけになった。子供《こども》がまだ小《ちい》さかった二十年前《ねんまえ》にあった近所《きんじょ》の八百屋《やおや》さん、雑貨屋《ざっかや》さん、パン屋《や》さん、酒屋《さかや》さん、クリーニング屋《や》さんなどは姿《すがた》を消《け》して、ファッション関係《かんけい》の店《みせ》や飲《いん》食店《しょくてん》の入《はい》ったビルが立《た》ち並《なら》ぶ。地元《じもと》の人々《ひとびと》は、そんなビルの上階《じょうかい》などに住《す》んでいるのかもしれないが、顔《かお》を合《あ》わすこともほとんどないから、つながりがない。原宿《はらじゅく》の町《まち》を訪《おとず》れる人《ひと》は数多《かずおお》いが、そこに暮《く》らしていた私《わたし》は、都会《とかい》のビルの林《はやし》の中《なか》に孤立《こりつ》して住《す》んでいた。以前私《いぜんわたし》は、都会《とかい》の暮《く》らしはそんなものだと思《おも》い、特《とく》にそれを不満《ふまん》に感《かん》じていなかった。

そんな私《わたし》は、二〇一三年《ねん》の十月《がつ》に山梨県《やまなしけん》の北杜市《ほくとし》へ引《ひ》っ越《こ》した。その準備《じゅんび》や諸手続《しょてつづ》きのため、北杜市《ほくとし》の市役所《しやくしょ》や郵便局《ゆうびんきょく》、銀行《ぎんこう》などを訪《おとず》れると、都会《とかい》にはない感覚《かんかく》がそこにはあった。「自然《しぜん》が豊《ゆた》か」という話《はなし》ではない。社会《しゃかい》の中《なか》の自分《じぶん》が、都会《とかい》では〝無名《むめい》の人《ひと》〟であるのに、田舎《いなか》では〝人《ひと》の目《め》〟を意識《いしき》しなくてはいけないということだ。人口《じんこう》が少《すく》ないからだ。

東京《とうきょう》では、近《ちか》くの銀行《ぎんこう》や郵便局《ゆうびんきょく》でも、私《わたし》は「大勢《おおぜい》の中《なか》の一人《ひとり》」に過《す》ぎない。近所《きんじょ》の郵便局《ゆうびんきょく》は、局員《きょくいん》が十人前後《にんぜんご》の小《ちい》さい所《ところ》で、よく行《い》くので顔見知《かおみし》りの局員《きょくいん》も多《おお》い。それでも利用者《りようしゃ》が多数《たすう》いるので、私《わたし》はやはり「大勢《おおぜい》の中《なか》の一人《ひとり》」である。ところが、北杜《ほくと》市《し》の地元《じもと》の郵便局《ゆうびんきょく》は、事務所《じむしょ》の大《おお》きさは原宿《はらじゅく》と同程度《どうていど》でも、局員《きょくいん》が二〜三人《にん》しかおらず、客《きゃく》もそれと同程度《どうていど》なのだ。客同士《きゃくどうし》は立《た》ち話《ばなし》をし、客《きゃく》と局員《きょくいん》は親《した》しげである。それは、一種《いっしゅ》のカルチャーショックだった。

私《わたし》は三重県《みえけん》の伊勢《いせ》の生《う》まれで、十八歳《さい》までそこで過《す》ごした。だから、田舎《いなか》の人間関係《にんげんかんけい》を知《し》らないわけではない。町《まち》で人《ひと》と会《あ》えば、ほとんどが顔見知《かおみし》りだから、自然《しぜん》に挨拶《あいさつ》を交《か》わした。でも、東京暮《とうきょうぐ》らしが四十年以上《ねんいじょう》になると、人間関係《にんげんかんけい》の希薄《きはく》さに慣《な》れ、人《ひと》と会《あ》っても挨拶《あいさつ》しないことを、何《なに》も不思議《ふしぎ》に思《おも》わなくなっていた。

都会暮《とかいぐ》らしでは、毎日沢山《まいにちたくさん》の人《ひと》と会《あ》う。が、ほとんどの人《ひと》は〝赤《あか》の他人《たにん》〟で、偶然《ぐうぜん》に顔見知《かおみし》りの人《ひと》と会《あ》って「あら、こんにちは」などと言葉《ことば》を交《か》わすことがあれば、それは大変珍《たいへんめずら》しく、驚《おどろ》くべきことなのだ。もちろん、例外的《れいがいてき》な地域《ちいき》もある。東《とう》京《きょう》の下町《したまち》などでは、昔《むかし》ながらの近所付《きんじょづ》き合《あ》いがあり、濃《こ》い人間関係《にんげんかんけい》が続《つづ》いている。

　しかし田舎《いなか》は、都会《とかい》に比《くら》べて人《ひと》の数《かず》が圧倒的《あっとうてき》に少《すく》ないから、一人一人《ひとりひとり》が際立《きわだ》って見《み》える。加《くわ》えて、生活環《せいかつかん》境《きょう》の不便《ふべん》さが、社会《しゃかい》の中《なか》での人一人《ひとひとり》の重要性《じゅうようせい》を高《たか》めている。都会《とかい》では生活環境《せいかつかんきょう》が整備《せいび》されているために、人《ひと》の助《たす》けを借《か》りずに生《い》きられる範囲《はんい》が広《ひろ》いということだ。

　電車《でんしゃ》やバスは数分置《すうふんお》きにあらゆる方面《ほうめん》に運行《うんこう》し、生《せい》活用品《かつようひん》はデパートやスーパー、コンビニなどで、何時《いつ》でも手《て》に入《はい》る。タクシーはひと晩中走《ばんじゅうはし》り回《まわ》り、救急《きゅうきゅう》

車《しゃ》も「到着《とうちゃく》に時間《じかん》がかかる」と言《い》われても、田舎《いなか》より早《はや》く来《く》る。

田舎《いなか》ではそうはいかないから、お互《たが》いに情報交換《じょうほうこうかん》し、助《たす》け合《あ》うことが必要《ひつよう》になる。電車《でんしゃ》やバスに一本《ぽん》乗《の》り遅《おく》れたら、一、二時間《じかん》待《ま》たなくてはいけない。そんな時《とき》、助《たす》けになるのは、家族《かぞく》や親《した》しい近所《きんじょ》の人《ひと》たちである。しかし、よく考《かんが》えてみれば、孤立《こりつ》した大勢《おおぜい》の人々《ひとびと》の中《なか》にいるよりは、人《ひと》と人《ひと》との親《した》しいつながりがあるのが、人間社会《にんげんしゃかい》の当《あ》たり前《まえ》の暮《く》らしではないか。

だから、先《さき》の大震災《だいしんさい》で首都圏《しゅとけん》の交通機関《こうつうきかん》が麻痺《まひ》し、自宅《じたく》に向《む》かって延々《えんえん》と歩《ある》くことになったとき、人々《ひとびと》は気《き》づいたのだ。「当《あ》たり前《まえ》」と思《おも》っていた人間関係《にんげんかんけい》の薄《うす》い生活《せいかつ》がいかに脆《もろ》く、危《あや》ういかということを……。危機《きき》や災難時《さいなんじ》に必要《ひつよう》なのは、列車《れっしゃ》やバス、タクシーやケータイ、コンビニやスーパーではなく、人間同士《にんげんどうし》の助《たす》け合《あ》いであるということを……。

もう一《ひと》つ分《わ》かったことは、自分《じぶん》たちの暮《く》らしを支《ささ》えるエネルギーが、「福島《ふくしま》」という遠方《えんぽう》の地《ち》のリスクの上《うえ》に得《え》られていたことだ。リスクはゼロでなく実際《じっさい》、大勢《おおぜい》の人々《ひとびと》の故郷《こきょう》と生活《せいかつ》の場《ば》が失《うしな》われたし、回復《かいふく》はいつになるか分《わ》からない。

便利《べんり》や効率優先《こうりつゆうせん》の、自己中心的自分《じこちゅうしんてきじぶん》ではなく、人々《ひとびと》とつながっている自分《じぶん》。人《ひと》に手《て》を差《さ》し伸《の》べることのできる自分《じぶん》。そこに人生《じんせい》の価値《かち》があり、喜《よろこ》びがあり、心《こころ》の安《やす》らぎがあることを意識《いしき》して暮《く》らしていきたい。

自然《しぜん》は与《あた》える

二〇一三年《ねん》の十月《がつ》、私《わたし》たち夫婦《ふうふ》は山梨県《やまなしけん》の北杜市《ほくとし》に引《ひ》っ越《こ》した。生長《せいちょう》の家《いえ》の本部事《ほんぶじ》務所《むしょ》が、八ヶ岳南麓《やつがたけなんろく》に移転《いてん》したためで、かねてから予定《よてい》していたことだ。

宗教運動《しゅうきょううんどう》の中心拠点《ちゅうしんきょてん》を、東京《とうきょう》・原宿《はらじゅく》から〝森《もり》の中《なか》〟に移転《いてん》するという「森《もり》の中《なか》のオフィス構想《こうそう》」が提唱《ていしょう》されたのは、十数年前《すうねんまえ》だ。当初《とうしょ》、ほとんどの関係者《かんけいしゃ》にとっては、つかみどころのないアイディアであったと思《おも》う。

原宿《はらじゅく》が〝終《つい》の棲家《すみか》〟だと思《おも》っていた私《わたし》にとっても、同《おな》じだった。結婚後《けっこんご》、長男《ちょうなん》の小学校入学《しょうがっこうにゅうがく》を機《き》に原宿《はらじゅく》に住《す》むようになってから、二十七年《ねん》が経《た》っていた。人生《じんせい》は時《とき》に思《おも》いがけない方向《ほうこう》に、急旋回《きゅうせんかい》する。それまで「こうなるだろう」と予測《よそく》していた日《にち》常生活《じょうせいかつ》が、予想外《よそうがい》の出来事《できごと》がきっかけとなって、まったく変《か》わってしまうのである。

生長《せいちょう》の家《いえ》の本部移転《ほんぶいてん》は、地球温暖化《ちきゅうおんだんか》による気候変動《きこうへんどう》と資源《しげん》の枯渇《こかつ》、世界《せかい》の富《とみ》の偏在《へんざい》などの深刻《しんこく》な事態《じたい》に危機感《ききかん》を抱《いだ》き、経済優先《けいざいゆうせん》のこれまでの生《い》き方《かた》に変化《へんか》を迫《せま》るものだ。教団本部《きょうだんほんぶ》の遠方《えんぽう》への移転《いてん》は企業《きぎょう》の本社移転《ほんしゃいてん》に匹敵《ひってき》する変化《へんか》だから、誰《だれ》か一人《ひとり》の決断《けつだん》で行《おこな》われるわけではない。最初《さいしょ》は一人《ひとり》のアイディアであっても、それに賛同《さんどう》する多《おお》くの人々《ひとびと》が知恵《ちえ》を出《だ》し合《あ》い構想《こうそう》を煮詰《につ》め、必要《ひつよう》な資金《しきん》や資源《しげん》を整《ととの》えてから、初《はじ》めて可能《かのう》となる。多《おお》くの人々《ひとびと》の「コトバの力《ちから》」――すなわち心《こころ》で思《おも》い、言葉《ことば》に出《だ》し、目的《もくてき》に向《む》かって行動《こうどう》したことによって、この構想《こうそう》は実現《じつげん》した。

本部事務所《ほんぶじむしょ》とともに職員《しょくいん》と家族《かぞく》も引《ひ》っ越《こ》しをした。そして、一カ月少《げつすこ》したち、秋《あき》の紅葉《こうよう》も深《ふか》まって人々《ひとびと》の心《こころ》も落《お》ち着《つ》いた頃《ころ》、本格的《ほんかくてき》な〝森《もり》での生活《せいかつ》〟は始《はじ》まった。

この世界《せかい》のすべての出来事《できごと》は、このように先《ま》ずアイディアが生《う》まれ、賛同者《さんどうしゃ》が広《ひろ》がり、それに伴《ともな》い物資《ぶっし》や金銭《きんせん》を含《ふく》む様々《さまざま》なものが動《うご》き出《だ》し、やがてそのアイディアが実現《じつげん》する。私《わたし》たちの日常《にちじょう》の、たとえば「夕食《ゆうしょく》の買《か》い物《もの》」もこれと同《おな》じ過程《かてい》をへて行《おこな》われるのだが、団体《だんたい》や企業《きぎょう》など多《おお》くの人々《ひとびと》を巻《ま》き込《こ》むような変化《へんか》は、実現《じつげん》するまでにそれなりの時間《じかん》が必要《ひつよう》だ。現実《げんじつ》の世界《せかい》には強力《きょうりょく》な〝習慣性《しゅうかんせい》〟が働《はたら》いているから、その習慣《しゅうかん》を変《か》えるには、時間《じかん》がかかるのである。

引《ひ》っ越《こ》しをするまでは、私《わたし》の心《こころ》の中《なか》には、〝森《もり》の生活《せいかつ》〟に対《たい》する一抹《いちまつ》の不安《ふあん》があった。四十年以上《ねんいじょう》慣《な》れ親《した》しんだ東京《とうきょう》での生活《せいかつ》から、人里離《ひとざとはな》れた森《もり》の中《なか》の暮《く》らしに本当《ほんとう》に適応《てきおう》できるかという心配《しんぱい》である。

けれども実際《じっさい》に生活《せいかつ》してみると、大《たい》した違和感《いわかん》もなく、〝森《もり》の生活《せいかつ》〟にすんなりと順応《じゅんのう》している自分《じぶん》を発見《はっけん》し、少《すこ》し驚《おどろ》いている。昔《むかし》から「案《あん》ずるより産《う》むが易《やす》し」と言《い》われるが、その通《とお》りである。また、自分《じぶん》のことながら、人間《にんげん》というものの環境《かんきょう》への順応性《じゅんのうせい》を感《かん》じている。

と言《い》うよりは、人間《にんげん》は自然《しぜん》の中《なか》で生《い》きるのが、本来《ほんらい》の姿《すがた》に近《ちか》いのではないだろうか。森《もり》の中《なか》での暮《く》らしは、自然《しぜん》と密着《みっちゃく》している。朝起《あさお》きて外《そと》を見《み》れば、山《やま》があり、広《ひろ》い空《そら》があり、鳥《とり》はさえずり、木々《きぎ》のざわめきを聞《き》いて風《かぜ》の有無《うむ》を感《かん》じる。そして、刻々《こくこく》と変化《へんか》する雲《くも》の流《なが》れ、空《そら》の色《いろ》……。先《さき》ほどまで晴《は》れていたと思《おも》ったら、西《にし》の空《そら》から急《きゅう》に雲《くも》が現《あらわ》れ、気《き》がつくと霧《きり》が山《やま》の稜線《りょうせん》を隠《かく》している。そんな自然《しぜん》の営《いとな》みに合《あ》わせて、私《わたし》の一日《いちにち》のスケジュールも変《か》わってくる。天《てん》気《き》が良《よ》ければ、洗濯《せんたく》をし、庭《にわ》や畑《はたけ》の世話《せわ》をする。また、秋《あき》ならば裏山《うらやま》に入《はい》ってキノコを採《と》り、倒木《とうぼく》の整理《せいり》をしながら焚《た》き付《つ》け用《よう》の小枝《こえだ》を集《あつ》める。これが雨《あめ》ならば、家《いえ》の中《なか》で保存食《ほぞんしょく》づくりに励《はげ》んだり、原稿《げんこう》を書《か》いたり、本《ほん》を読《よ》む。また、細々《こまごま》とした家《いえ》の中《なか》の仕事《しごと》——整《せい》理《り》、片《かた》づけ、種々《しゅじゅ》の記帳《きちょう》、手紙《てがみ》書《か》き……などをする。

予測《よそく》しなかった変化《へんか》の一《ひと》つに、運動不足《うんどうぶそく》がある。都《と》会《かい》での買《か》い物《もの》にはほとんど徒歩《とほ》で行《い》ったが、越《こ》してきた大泉《おおいずみ》の地元《じもと》では、公共《こうきょう》の交通機関《こうつうきかん》がほとんどないか

ら、移動《いどう》はもっぱら車《くるま》となる。そのため、毎朝《まいあさ》十分間《ぶんかん》、テレビを見《み》ながらの体操《たいそう》が新《あたら》しい日課《にっか》となった。夫《おっと》はさらに本部事務所《ほんぶじむしょ》まで、マウンテンバイクでの通勤《つうきん》を始《はじ》めた。山坂《やまさか》の多《おお》い道《みち》でかなりきついというのを聞《き》いて、私《わたし》も何《なに》か定期的《ていきてき》に運動《うんどう》をしなくてはならないと考《かんが》えている。

暮《く》らしの変化《へんか》はある程度予測《ていどよそく》できたものの、実際《じっさい》に体験《たいけん》してみると、変化《へんか》の振幅《しんぷく》は大《おお》きい。引《ひ》っ越《こ》し前《まえ》の漠然《ばくぜん》とした予想《よそう》では、都会《とかい》の暮《く》らしは刺激的《しげきてき》で忙《いそが》しく、田舎《いなか》の暮《く》らしは単調《たんちょう》で変化《へんか》に乏《とぼ》しいという、型《かた》にはまった見方《みかた》だった。けれども実際《じっさい》に生活《せいかつ》を始《はじ》めてみると、山《やま》の暮《く》らしは刺激《しげき》がないどころか、都会《とかい》のように派手《はで》でなくても、味《あじ》わい深《ぶか》い魅力《みりょく》に満《み》ちていて、暇《ひま》などないのである。

目《め》の前《まえ》にある雄大《ゆうだい》な山《やま》の姿《すがた》や、静《しず》かな森《もり》のたたずまいに心《こころ》が和《やわ》らぐ。引《ひ》っ越《こ》し後《ご》一カ月《げつ》ほどに訪《おとず》れた〝紅葉《こうよう》の季節《きせつ》〟の美《うつく》しさは格別《かくべつ》だった。毎日毎日微妙《まいにちまいにちびみょう》に変化《へんか》する木々《きぎ》の色《いろ》に、私《わたし》の心《こころ》も赤《あか》や黄色《きいろ》に染《そ》まっていき、豊《ゆた》かな色彩《しきさい》の海《うみ》の中《なか》を泳《およ》いでいる気《き》分《ぶん》だった。またオフィスの敷地《しきち》やわが家《や》の裏山《うらやま》に入《はい》れば、十月中《がっちゅう》はほとんど毎日《まいにち》のようにキノコが収穫《しゅうかく》できた。それらは無償《むしょう》で、そのうえ〝宝探《たからさが》し〟の楽《たの》しさも味《あじ》わわせてくれる。

「自然《しぜん》とは、なんと豊《ゆた》かに与《あた》えてくれるものか」

――私《わたし》は感謝《かんしゃ》の思《おも》いが自《おの》ずとあふれてくるのだった。

小学生《しょうがくせい》の私《わたし》

私《わたし》は三重県伊勢《みえけんいせ》の緑《みどり》の多《おお》い土地《とち》で生《う》まれ、十八歳《さい》までそこで育《そだ》った。小学生《しょうがくせい》のころは、学校《がっこう》から帰《かえ》ってくると、近《ちか》くの神社《じんじゃ》の森《もり》と、その下《した》を流《なが》れる小川《おがわ》と、その付近《ふきん》で遊《あそ》ぶのが日課《にっか》だった。神社《じんじゃ》は旧国鉄《きゅうこくてつ》の駅《えき》の裏《うら》にあり、商店街《しょうてんがい》のある駅正面《えきしょうめん》とは対照《たいしょう》的《てき》に、高《たか》い木立《こだち》が並《なら》ぶ深《ふか》い森《もり》につながっていた。神社《じんじゃ》の森《もり》から斜面《しゃめん》を下《お》りていくと、澄明《ちょうめい》な水《みず》が湧《わ》き出《で》ている泉《いずみ》があり、直径《ちょっけい》五メートルほどの小池《こいけ》に冷涼《れいりょう》な水《みず》が満《み》ちていた。そこは人家《じんか》のすぐ近《ちか》くにあるのに、深《ふか》い山中《さんちゅう》にいるような雰囲気《ふんいき》だった。小池《こいけ》の水《みず》は下《した》の川《かわ》に流《なが》れ込《こ》み、周囲《しゅうい》は見渡《みわた》す限《かぎ》りの田《た》んぼだった。

森《もり》ではドングリを拾《ひろ》ったり、探検《たんけん》をしたり、そして何《なに》よりも夢中《むちゅう》になったのが川遊《かわあそ》びだった。網《あみ》やザルを持《も》って水草《みずくさ》の下《した》をゴソゴソとつつくと、川《かわ》エビやメダカ、ウナギなどが入《はい》って跳《は》ねるのを見《み》て、私《わたし》はワクワクした。ウナギといってもほんの稚魚《ちぎょ》で、私《わたし》たちは「糸鰻《いとうなぎ》」と呼《よ》んでいた。メダカは家《いえ》に持《も》って帰《かえ》って池《いけ》で飼《か》い、他《た》のものは食《た》べるわけでもなかったが、私《わたし》の目《め》の前《まえ》で生《い》き物《もの》が動《うご》くそのことが面白《おもしろ》かった。

　春《はる》には水辺《みずべ》でセリが採《と》れ、森《もり》ではウドが採《と》れた。たまにそのような山菜《さんさい》を持《も》って帰《かえ》ると、両親《りょうしん》が喜《よろこ》んでくれるので、子供心《こどもごころ》にうれしかった。

　そんな両親《りょうしん》は、春《はる》には車《くるま》で山菜採《さんさいと》りに子供《こども》を連《つ》れ、秋《あき》には父《ちち》の知人《ちじん》の山《やま》へ行《い》って、家族《かぞく》で盛大《せいだい》にキノコ採《と》りをするのを年中行事《ねんちゅうぎょうじ》と心得《こころえ》ていた。子供《こども》だった私《わたし》

はマツタケを採《と》った記憶《きおく》はあまりないが、山《やま》の斜面《しゃめん》を大人《おとな》とともに登《のぼ》って行《い》き、キノコを見《み》つけた時《とき》の喜《よろこ》びは格別《かくべつ》だった。その場所《ばしょ》に行《い》く途中《とちゅう》、大《おお》きなクリの木《き》があって、足元《あしもと》にはドッサリと実《み》が落《お》ちていた。周辺《しゅうへん》には、丈《たけ》は低《ひく》いが鮮《あざ》やかな青色《あおいろ》のリンドウが咲《さ》いていた。子供《こども》の私《わたし》の普段《ふだん》の生活《せいかつ》は、商店《しょうてん》が立《た》ち並《なら》ぶ町中《まちなか》だったから、キノコや山菜《さんさい》を採《と》りに山《やま》に入《はい》るのは珍《めずら》しく、密《ひそ》かに待《ま》ち望《のぞ》んでいた行事《ぎょうじ》だった。

今《いま》から五十年《ねん》ほど前《まえ》の当時《とうじ》でも、春《はる》には山菜《さんさい》、秋《あき》にはキノコ狩《が》りをするような家庭《かてい》は、そんなに多《おお》くなかったと思《おも》う。そういう意味《いみ》では、両親《りょうしん》が私《わたし》に自然《しぜん》と触《ふ》れ合《あ》う機《き》会《かい》を多《おお》く与《あた》えてくれたことに感謝《かんしゃ》している。

やがて私《わたし》は中学生《ちゅうがくせい》、高校生《こうこうせい》へと成長《せいちょう》するにつれて、勉強《べんきょう》やクラブ活動《かつどう》、友達《ともだち》との交《こう》際《さい》などが生活《せいかつ》の主要部分《しゅようぶぶん》を占《し》めるようになり、自然《しぜん》との触《ふ》れ合《あ》いから徐々《じょじょ》に遠《とお》ざかっていった。さらに、上京《じょうきょう》して仕事《しごと》をもつと、私《わたし》の興味《きょうみ》の対象《たいしょう》は世界《せかい》の様々《さまざま》な国《くに》と、そこに住《す》む人々《ひとびと》の生活《せいかつ》に移《うつ》っていった。航空会社《こうくうがいしゃ》の客室乗務員《きゃくしつじょうむいん》となった私《わたし》にとって、多《た》様《よう》な国々《くにぐに》、多様《たよう》な人々《ひとびと》、多様《たよう》な生活《せいかつ》に触《ふ》れることは、興味《きょうみ》が尽《つ》きないのだった。

やがて結婚《けっこん》し、三人《にん》の子供《こども》に恵《めぐ》まれ、東京《とうきょう》で子育《こそだ》てをした。その子供《こども》たちも今《いま》では巣立《すだ》ち、夫婦《ふうふ》二人《ふたり》の生活《せいかつ》が十一年目《ねんめ》を迎《むか》えた二〇一三年秋《ねんあき》、大都会《だいとかい》から八ヶ岳南麓《やつがたけなんろく》に引《ひ》っ越《こ》した。

この引《ひ》っ越《こ》しは、生長《せいちょう》の家本部《いえほんぶ》の移転《いてん》に伴《ともな》うものである。東京《とうきょう》での暮《く》らしは、独身《どくしん》時代《じだい》を含《ふく》めると四十三年《ねん》になっていて、伊勢《いせ》での生活《せいかつ》の倍以上《ばいいじょう》だ。そんな私《わたし》だったから、当初《とうしょ》は八ヶ岳《やつがたけ》に行《い》くことに反対《はんたい》だった。便利《べんり》で何《なん》でも手《て》に入《はい》る暮《く》らしやすい東《とう》京《きょう》から、何故《なぜ》わざわざ、不便《ふべん》な田舎《いなか》に住《す》まなくてはならないのかと、思《おも》っていた。たまに気分転換《きぶんてんかん》に訪《おとず》れるには〝素晴《すば》らしい場所《ばしょ》〟であっても、いざ定住《ていじゅう》するとなると、話《はなし》は別《べつ》だと思《おも》っていたのである。

そんな私《わたし》も、やがて森《もり》の中《なか》に移転《いてん》することの意味《いみ》を理解《りかい》し、田舎暮《いなかぐ》らしの良《よ》さについていろいろ考《かんが》えるようになった。が、実際《じっさい》に引《ひ》っ越《こ》しするまでは、不安《ふあん》はなかなか去《さ》らなかったのである。

ところが今《いま》、八ヶ岳《やつがたけ》での生活《せいかつ》が始《はじ》まって数《すう》カ月《げつ》がたった私《わたし》の心《こころ》には、不安《ふあん》は何《なに》もないのである。この土地《とち》になじみ、自然《しぜん》の中《なか》での生活《せいかつ》を楽《たの》しんでいる自分《じぶん》を見出《みいだ》して、驚《おどろ》いている。

毎日空《まいにちそら》いっぱいの青空《あおぞら》や、様々《さまざま》な色《いろ》や形《かたち》の雲《くも》を見《み》ながら、三六〇度《ど》に展開《てんかい》する山々《やまやま》の壮大《そうだい》なパノラマの中《なか》を行《い》くことにこれほど喜《よろこ》びがあるとは、想像《そうぞう》できなかった。買《か》い物《もの》に行《い》く電気自動車《でんきじどうしゃ》の車中《しゃちゅう》、この雄大《ゆうだい》な風景《ふうけい》が、クラシック音楽《おんがく》とぴったり融合《ゆうごう》し、渋滞《じゅうたい》などない静《しず》かな移動《いどう》は、私《わたし》の至福《しふく》の時間《じかん》になった。

とは言《い》っても、私《わたし》たちは山《やま》の中《なか》に引《ひ》きこもっているのではない。転居後《てんきょご》も、全国《ぜんこく》で開催《かいさい》される生長《せいちょう》の家講習会《いえこうしゅうかい》のためにほとんど毎週末《まいしゅうまつ》、東京《とうきょう》へ行《い》く。ＪＲ中央線《ジェイアールちゅうおうせん》を行《い》く列車《れっしゃ》が新宿《しんじゅく》に近《ちか》づいてくると、私《わたし》はこんな場所《ばしょ》に魅力《みりょく》を感《かん》じていた自分《じぶん》を思《おも》い出《だ》し、転居《てんきょ》を渋《しぶ》っていた自分《じぶん》にあきれるのである。人工《じんこう》の構築物《こうちくぶつ》が所狭《ところせま》しと並《なら》び、その中《なか》に欲望《よくぼう》を駆《か》り立《た》てる品々《しなじな》がひしめき合《あ》っている大都会《だいとかい》。そこに住《す》んでいる時《とき》には、都会《とかい》に魅力《みりょく》を感《かん》じ、その空虚《くうきょ》さが分《わ》からなかった。人間《にんげん》とはかくも環境《かんきょう》に支配《しはい》されるものかと、自分自身《じぶんじしん》を嘆《なげ》くことが多《おお》い。

そして、自然《しぜん》の懐《ふところ》に抱《いだ》かれて暮《く》らすことの価値《かち》を改《あらた》めて感《かん》じている今日《きょう》この頃《ごろ》である。森《もり》の中《なか》での暮《く》らしに、小学生《しょうがくせい》の頃《ころ》の私《わたし》を見《み》る思《おも》いがする。

第4章
「つもり」の食事《しょくじ》

食品《しょくひん》を選《えら》ぶとき

二〇一〇年《ねん》秋《あき》に横浜《よこはま》へ行《い》った時《とき》、午後《ごご》のお茶《ちゃ》の時間《じかん》に「日本新聞博物館《にほんしんぶんはくぶつかん》」のある横浜情報文化《よこはまじょうほうぶんか》センターに入《はい》った。随分古《ずいぶんふる》そうな由緒《ゆいしょ》ある建物《たてもの》に見《み》えたからで、その美《うつく》しさにひかれて二階《かい》にあるカフェへ行《い》った。この建物《たてもの》は横浜市《よこはまし》の歴史的建造物《れきしてきけんぞうぶつ》で、関《かん》東大震災《とうだいしんさい》の復興記念《ふっこうきねん》として建《た》てられた商工奨励館《しょうこうしょうれいかん》を保存《ほぞん》しながら、高層棟《こうそうとう》を新築《しんちく》したものだ。横浜《よこはま》は「日刊新聞発祥《にっかんしんぶんはっしょう》の土地《とち》」ということで、二〇〇〇年《ねん》に博物館《はくぶつかん》が建物《たてもの》内《ない》にできたのだ。

ホールを挟《はさ》んだカフェの向《む》かい側《がわ》には売店《ばいてん》があって、全国《ぜんこく》の新聞社《しんぶんしゃ》が発行《はっこう》した本《ほん》がいくつかの棚《たな》に並《なら》べられていた。その中《なか》で私《わたし》の注意《ちゅうい》を惹《ひ》いたのは、西日本新聞社《にしにっぽんしんぶんしゃ》が発《はっ》行《こう》した「食卓《しょくたく》の向《む》こう側《がわ》」という題《だい》のブックレット・シリーズだった。すでに十二冊《さつ》が出《で》ていて、一番新《いちばんあたら》しい『価格《かかく》の向《む》こう側《がわ》』というタイトルのものを手《て》にとって中《なか》をパラパラと見《み》た。すると、私《わたし》が普段《ふだん》から関心《かんしん》をもっている農産物《のうさんぶつ》の価格《かかく》のことだったので、それを買《か》った。

私《わたし》は家庭《かてい》の主婦《しゅふ》だから、毎日《まいにち》の食材《しょくざい》がどのように作《つく》られ、流通《りゅうつう》し、またその元《もと》である日本《にっぽん》の農業《のうぎょう》がどうなっているかに、強《つよ》い関心《かんしん》をもっている。命《いのち》を支《ささ》える食品《しょくひん》が、どのような状況《じょうきょう》にあるかを知《し》ることは、何《なに》を買《か》うか、どのように買《か》うかという主婦《しゅふ》の選《せん》択《たく》に、大《おお》いに参考《さんこう》になる。正《ただ》しい知識《ちしき》を得《え》ることで、少《すこ》しでも正《ただ》しい買《か》い方《かた》をしたいと思《おも》うのだ。

横浜《よこはま》へ行《い》く数日前《すうじつまえ》、私《わたし》は浅川芳裕著《あさかわよしひろちょ》『日本《にほん》は世界《せかい》5位《い》の農業大国《のうぎょうたいこく》——大嘘《おおうそ》だらけの食料自給率《しょくりょうじきゅうりつ》』（講談社《こうだんしゃ》＋α新書《プラスアルファしんしょ》）という本《ほん》を読《よ》んでいた。その内容《ないよう》は、日本《にっぽん》の農《のう》業《ぎょう》に対《たい》する私《わたし》のそれまでの知識《ちしき》とはだいぶ違《ちが》った。私《わたし》は、「日本《にっぽん》の食料自給率《しょくりょうじきゅうりつ》は、他《た》の先進諸国《せんしんしょこく》に比《くら》べて非常《ひじょう》に低《ひく》く、このままでは大変《たいへん》なことになる」と理解《りかい》していた。

けれども、その本《ほん》によると、日本《にっぽん》の食料自給率《しょくりょうじきゅうりつ》はそれほど低《ひく》くないというのだ。グローバリゼーションが進《すす》んだ現在《げんざい》の世界《せかい》では、日本《にっぽん》だけが輸入《ゆにゅう》に依存《いそん》しているのではなく、先進諸国《せんしんしょこく》はどこでも輸入《ゆにゅう》と輸出《ゆしゅつ》で国民《こくみん》の需要《じゅよう》を満《み》たしている。そんな中《なか》で日本《にっぽん》は、主食《しゅしょく》のコメを減反政策《げんたんせいさく》などで国内《こくない》だけに留《とど》め、輸出《ゆしゅつ》していない。また他《た》の農産物《のうさんぶつ》も強《つよ》い保護政策《ほごせいさく》をとり輸出《ゆしゅつ》に熱心《ねっしん》でないので、結果《けっか》として自給率《じきゅうりつ》が低《ひく》くなっている。

また、自給率《じきゅうりつ》の指標《しひょう》がカロリーベースになっているので、肉類《にくるい》など高《こう》カロリーの食品《しょくひん》を多《おお》く生産《せいさん》し消費《しょうひ》している国《くに》（イギリスなど）は、たとえ輸入《ゆにゅう》が多《おお》くても、比較上《ひかくじょう》、日本《にっぽん》より自給率《じきゅうりつ》が高《たか》くなる、というのである。だから、重量《じゅうりょう》ベースで計算《けいさん》すると、野菜《やさい》ならば日本《にっぽん》の

自給率《じきゅうりつ》は八〇パーセントを超《こ》えるそうだ。けれども全体的《ぜんたいてき》には、日本《にっぽん》の農業《のうぎょう》は国内《こくない》の需要《じゅよう》だけを満《み》たす一種《いっしゅ》の〝鎖国状態《さこくじょうたい》〟である一方《いっぽう》、飼料《しりょう》や大豆《だいず》、小麦《こむぎ》などをほとんど外国《がいこく》に頼《たよ》っている現状《げんじょう》は、やはりおかしいのである。

また、日本《にっぽん》の野菜《やさい》の生産方法《せいさんほうほう》にも問題《もんだい》がないわけではない。自給率《じきゅうりつ》は高《たか》いが、それは気候《きこう》が好条件《こうじょうけん》であることに加《くわ》え、ハウス栽培《さいばい》で生産性《せいさんせい》を上《あ》げているからだ。ハウス栽培《さいばい》は、沢山《たくさん》の石油《せきゆ》を使《つか》って行《おこな》われる。とりわけハウスで栽培《さいばい》した季節外《きせつはず》れの野菜《やさい》や果物《くだもの》は、高値《たかね》で取引《とりひき》されるから、農家《のうか》にとっては魅力的《みりょくてき》な作物《さくもつ》である。けれども、石油《せきゆ》は温暖化《おんだんか》の原因《げんいん》であるし、歴史的《れきしてき》に国際紛争《こくさいふんそう》の要因《よういん》になってきた。どんなに生産性《せいさんせい》が高《たか》まり、高価《こうか》で取引《とりひき》されるといっても、ハウス栽培《さいばい》は、環境《かんきょう》に負荷《ふか》を与《あた》えない方法《ほうほう》に移行《いこう》していかなくてはいけないだろう。何《なに》に価値《かち》を置《お》くかによって、食料自給率《しょくりょうじきゅうりつ》の見方《みかた》も変《か》わってくることを示《しめ》している本《ほん》だった。

二〇〇九年《ねん》に発行《はっこう》された『価格《かかく》の向《む》こう側《がわ》』では、デフレの中《なか》、一円《えん》でも安《やす》いものを買《か》おうと人々《ひとびと》が情報収集《じょうほうしゅうしゅう》に懸命《けんめい》になっている現状《げんじょう》を描《えが》いていた。電子《でんし》チラシサイトの先駆《さきが》け「Ｓｈｕｆｏｏ！（シュフー）」は、一カ月間《げつかん》の閲覧数《えつらんすう》が四年間《ねんかん》で約《やく》八倍《ばい》になり二〇〇八年《ねん》には約《やく》五二〇〇万件《まんけん》に急増《きゅうぞう》したそうだ。ここでは、各地《かくち》のスーパーのチラシを掲示《けいじ》しているので、どこの店《みせ》が一番安《いちばんやす》いかを調《しら》べるために使《つか》われる。人々《ひとびと》は一円《えん》でも安《やす》いものを買《か》おうとアクセスする。その理由《りゆう》は、必《かなら》ずしも生活《せいかつ》に困《こま》っているのではなく、遊興費《ゆうきょうひ》や携帯《けいたい》などの通信費《つうしんひ》、洋服《ようふく》、自分《じぶん》や子供《こども》の習《なら》い事《ごと》などにお金《かね》を使《つか》いたいので、食品《しょくひん》の底値買《そこねが》いをして食費《しょくひ》を切《き》り詰《つ》める人《ひと》が多《おお》いという。

生活《せいかつ》の贅沢《ぜいたく》や便利《べんり》さを求《もと》めるために、食品《しょくひん》はできるだけ安《やす》く、多《おお》く手《て》に入《い》れたいという人《ひと》が多《おお》いようだ。昔《むかし》から賢《かしこ》い主婦《しゅふ》は、いかに安《やす》く家計《かけい》を抑《おさ》えるかで腕《うで》を競《きそ》ってきたが、その方法《ほうほう》は、素材《そざい》から手作《てづく》りして出費《しゅっぴ》を減《へ》らすものだった。そこには、限《かぎ》られた家計《かけい》の中《なか》でいかに家族《かぞく》に美味《おい》しい食事《しょくじ》を作《つく》るかという視点《してん》があった。

ところが、ネット情報《じょうほう》で底値買《そこねが》いをする現代《げんだい》の主婦《しゅふ》たちは、冷凍食品《れいとうしょくひん》やインスタント食品《しょくひん》、惣菜《そうざい》、弁当《べんとう》、菓子《かし》パンやジュースなどの加工食品《かこうしょくひん》を安《やす》く買《か》って、節約《せつやく》したお金《かね》を携帯料金《けいたいりょうきん》などに充《あ》てるというのである。このような傾向《けいこう》が、スーパーの安《やす》売《う》り競争《きょうそう》に拍車《はくしゃ》をかけ、ひいては生産者《せいさんしゃ》への〝安物量産《やすものりょうさん》〟の圧力《あつりょく》になっているそうだ。便利《べんり》で安《やす》いものを買《か》おうとすると、素材《そざい》の悪《わる》い、添加物《てんかぶつ》まみれの食品《しょくひん》を大量《たいりょう》に供給《きょうきゅう》する方向《ほうこう》へ生産者《せいさんしゃ》を追《お》い詰《つ》めることになる。これでは、若《わか》い世代《せだい》の身体《からだ》に及《およ》ぼす影響《えいきょう》も心配《しんぱい》される。

このように現在《げんざい》の私《わたし》たちの食料《しょくりょう》を取《と》り巻《ま》く環境《かんきょう》には、いろいろな矛盾《むじゅん》や問題《もんだい》が隠《かく》されている。様々《さまざま》な情報《じょうほう》が行《い》き交《か》い、どれが正《ただ》しいかは素人《しろうと》にはなかなか分《わ》からない。それでも、事実《じじつ》をきちんと知《し》ることは、とても重要《じゅうよう》だと思《おも》う。なぜなら、地球温暖化《ちきゅうおんだんか》問題《もんだい》と同様《どうよう》に、食品《しょくひん》の問題《もんだい》も、私《わたし》たち一人一人《ひとりひとり》の行動《こうどう》の積《つ》み重《かさ》ねが原因《げんいん》になっている面《めん》が強《つよ》いからである。

そんな中《なか》で、私《わたし》が実践《じっせん》していることを挙《あ》げて見《み》たい。まず、なるべく旬《しゅん》の露地《ろじ》野菜《さい》を食《た》べること。それから、肉食《にくしょく》を控《ひか》えること。また、物《もの》を買《か》いすぎてムダを出《だ》さないこと。安《やす》くても、素材《そざい》や安全性《あんぜんせい》に問題《もんだい》があるインスタント食品《しょくひん》を控《ひか》え、手作《てづく》りすることなどだ。こうしていれば、環境《かんきょう》への負担《ふたん》や、家族《かぞく》や自分《じぶん》の健康《けんこう》への悪影《あくえい》響《きょう》も避《さ》けられると思《おも》う。

フクシマ後《ご》の安全《あんぜん》

二〇一一年《ねん》三月《がつ》十一日《にち》に起《お》きた東日本大震災後《ひがしにほんだいしんさいご》の福島第《ふくしまだい》一原子力発電所《げんしりょくはつでんしょ》の爆発事故《ばくはつじこ》は、私《わたし》にとって日常生活《にちじょうせいかつ》を根底《こんてい》から変《か》えるほどのできごとだった。けれども、一年《ねん》近《ちか》くが過《す》ぎようとしていた時《とき》、被災地以外《ひさいちいがい》の地域《ちいき》では、震災前《しんさいまえ》とほぼ変《か》わらない生活《せいかつ》が営《いとな》まれていた。

東京《とうきょう》の場合《ばあい》、震災直後《しんさいちょくご》は町《まち》にほとんど人通《ひとどお》りがなく、デパートや商店《しょうてん》も夕方《ゆうがた》には早々《はやばや》と店《みせ》を閉《し》めていた。人々《ひとびと》は鎮魂《ちんこん》と慰霊《いれい》の気持《きもち》で、喪《も》に服《ふく》していたのだと思《おも》う。計《けい》画停電《かくていでん》が行《おこな》われ、地域《ちいき》によって一日《いちにち》のうちの何時間《なんじかん》か電気《でんき》が使《つか》えなくなった。電車《でんしゃ》やバスの本数《ほんすう》も少《すく》なくなり、スーパーマーケットの棚《たな》から、食品《しょくひん》や日用品《にちようひん》が消《き》えた。とりわけ水《みず》やお米《こめ》、トイレットペーパーなどが、手《て》に入《はい》らなかった。その頃《ころ》は余震《よしん》もほぼ毎日続《まいにちつづ》いていて、一人一人《ひとりひとり》が律儀《りちぎ》なほど節電《せつでん》に努《つと》めた。ところが今《いま》は、私《わたし》も含《ふく》めて多《おお》くの人《ひと》が事故《じこ》に直面《ちょくめん》した時《とき》の緊迫感《きんぱくかん》を忘《わす》れ、それまでの自分《じぶん》の生活《せいかつ》を顧《かえり》みる気持《きもち》が薄《うす》らいでいるように見《み》える。

その一方《いっぽう》で、毎日《まいにち》の新聞《しんぶん》やテレビの報道《ほうどう》で、原発事故《げんぱつじこ》から生《しょう》じた放射線《ほうしゃせん》の影響《えいきょう》について、また事故《じこ》のその後《ご》の状況《じょうきょう》について、報道《ほうどう》されない日《ひ》はない。多《おお》くの人々《ひとびと》は放射《ほうしゃ》線被害《せんひがい》の不安《ふあん》を抱《かか》えながら、日々《ひび》を過《す》ごしている。目《め》に見《み》えない放射線《ほうしゃせん》は、どこに降《ふ》り注《そそ》いでいるかわからない。スポット的《てき》に放射線量《ほうしゃせんりょう》を測定《そくてい》した結果《けっか》、どこそこの地域《ちいき》が基準値《きじゅんち》を超《こ》えたとか、お米《こめ》や野菜《やさい》に基準値《きじゅんち》を超《こ》えたものがあったなどと報道《ほうどう》されるから、さらに不安《ふあん》は増《ま》す。事故後東京電力《じこごとうきょうでんりょく》や政府《せいふ》が直《ただ》ちに情報《じょうほう》を公開《こうかい》しなかったことも、「まだ何《なに》か隠《かく》しているかも……」という不信感《ふしんかん》につながっている。

様々《さまざま》な情報《じょうほう》が錯綜《さくそう》し、それでも私《わたし》たちの日常《にちじょう》は当《あ》たり前《まえ》に過《す》ぎていく。人《ひと》の暮《く》らしは待《ま》ったなしで営《いとな》まれるものだから、目《め》に見《み》えない恐怖《きょうふ》に不安《ふあん》を覚《おぼ》えながらも、目《め》の前《まえ》に確《たし》かなものがないと、安易《あんい》な方向《ほうこう》に行《い》ってしまうのが人《ひと》の習性《しゅうせい》だ。

そんな中《なか》で、小《ちい》さな子供《こども》を持《も》ったお母《かあ》さんたちの危機感《ききかん》は切実《せつじつ》なようだ。子供《こども》の場《ば》合《あい》は、大人《おとな》に比《くら》べて放射線《ほうしゃせん》による人体《じんたい》への影響《えいきょう》が数倍大《すうばいおお》きいからだ。毎週注文《まいしゅうちゅうもん》している宅配《たくはい》の会社《かいしゃ》でも、産地《さんち》を西日本《にしにっぽん》に限定《げんてい》した食品《しょくひん》がパンフレットに載《の》るようになった。私《わたし》のように六十歳《さい》を過《す》ぎた人間《にんげん》は、放射線被害《ほうしゃせんひがい》にはそれほど神経《しんけい》を使《つか》うことはないと言《い》われる。それでも私《わたし》は、なるべく放射線《ほうしゃせん》の害《がい》のないものの購入《こうにゅう》を心《こころ》がけ、普段《ふだん》の食品《しょくひん》の摂《と》り方《かた》にも配慮《はいりょ》している。

放射能汚染《ほうしゃのうおせん》については、科学者《かがくしゃ》の見解《けんかい》が新聞《しんぶん》に掲載《けいさい》されることも多《おお》い。それらを注《ちゅう》意《い》して読《よ》んでいると、「あまり神経質《しんけいしつ》になる必要《ひつよう》はない」という意見《いけん》もあれば「放射《ほうしゃ》能汚染《のうおせん》の心配《しんぱい》のあるものは、できる限《かぎ》り避《さ》けるように」という助言《じょげん》もある。専門家《せんもんか》でない私《わたし》は、いったいどちらを信《しん》じればいいのかと戸惑《とまど》いを覚《おぼ》える。

私《わたし》が住《す》んでいた原宿《はらじゅく》の近《ちか》くにある児童書専門店《じどうしょせんもんてん》、クレヨンハウスから『わが子《こ》からはじまる 食《た》べものと放射能《ほうしゃのう》のはなし』というブックレットが出《で》ている。食政策《しょくせいさく》センタービジョン21代表《だいひょう》の安田節子《やすだせつこ》さんが書《か》いたこの小《しょう》冊子《さっし》は、私《わたし》たちが食《しょく》の安全《あんぜん》のためにできることは何《なに》か、放射線《ほうしゃせん》の人体《じんたい》への影響《えいきょう》、放射線《ほうしゃせん》を除去《じょきょ》する食品《しょくひん》の調理《ちょうり》、加工《かこう》の仕方《しかた》などが章立《しょうだ》てで説明《せつめい》されていて、大変《たいへん》わかりやすい。

今後《こんご》は食品《しょくひん》による内部被曝《ないぶひばく》が問題《もんだい》であると言《い》われているが、調理《ちょうり》の仕方《しかた》で放射性《ほうしゃせい》セシウムの量《りょう》はかなり減《へ》らせるそうだ。洗《あら》ったり、茹《ゆ》でたり、酢漬《すづ》けにすると、五〇パーセントから九〇パーセント除去《じょきょ》できるというデータも示《しめ》されている。この説明《せつめい》を読《よ》んで、私《わたし》はだいぶ安心《あんしん》した。

私《わたし》は二〇一一年《ねん》の夏《なつ》から、わが家《や》の台所《だいどころ》の壁《かべ》に、「放射性物質《ほうしゃせいぶっしつ》の元素《げんそ》に似《に》た性質《せいしつ》を持《も》つ必須《ひっす》ミネラルを

含《ふく》む食品《しょくひん》」を箇条書《かじょうが》きにした紙《かみ》を貼《は》っている。普段《ふだん》の食事《しょくじ》から、充分《じゅうぶん》なカルシウムやカリウムなどのミネラルを摂取《せっしゅ》していると、私《わたし》たちの体《からだ》は、これらの栄養素《えいようそ》とよく似《に》た構造《こうぞう》の放射性物質《ほうしゃせいぶっしつ》を取《と》り込《こ》まないそうだ。逆《ぎゃく》に、偏《かたよ》った食事《しょくじ》をして必要《ひつよう》なミネラルをとっていないと、体《からだ》はこれらの栄養素《えいようそ》とよく似《に》た構造《こうぞう》の放射性物質《ほうしゃせいぶっしつ》を取《と》り込《こ》んでしまうという。

それでは、どうすればいいか。この小冊子《しょうさっし》には、「玄米《げんまい》とマゴワヤサシイ」でこの問題《もんだい》を克服《こくふく》できると書《か》いてある。これは、日本古来《にっぽんこらい》の食事法《しょくじほう》を覚《おぼ》えやすくまとめたものだ。「マゴワヤサシイ」は食品《しょくひん》の頭文字《かしらもじ》で、マメ類《るい》、ゴマ、ワカメなどの海藻《かいそう》、ヤサイ、サカナ、シイタケなどのキノコ類《るい》、そしてイモ類《るい》である。これに玄米食《げんまいしょく》を加《くわ》えればいいという。私《わたし》は以前《いぜん》から、これらの食品《しょくひん》を心《こころ》がけて摂《と》っていたが、この言葉《ことば》を知《し》ってから〝日本《にっぽん》の伝統食《でんとうしょく》〟にさらに熱心《ねっしん》になった。

放射性物質《ほうしゃせいぶっしつ》を過剰《かじょう》に警戒《けいかい》して偏《かたよ》った食事《しょくじ》をするよりも、洗浄《せんじょう》や熱処理《ねっしょり》などでそれを減《へ》らす努力《どりょく》をしながら、バランスのとれた食事《しょくじ》をする方《ほう》が安全《あんぜん》だということだ。国立《こくりつ》がんセンターでは、喫煙《きつえん》や大量《たいりょう》の飲酒《いんしゅ》によるがんの危険度《きけんど》は、一〇〇〇～二〇〇〇ミリ・シーベルトの被曝《ひばく》、運動不足《うんどうぶそく》や肥満《ひまん》は二〇〇から五〇〇ミリ・シーベルトの被曝《ひばく》に相当《そうとう》するとしているそうだ。

人間《にんげん》の体《からだ》は、私《わたし》たちが考《かんが》えている以上《いじょう》に、素晴《すば》らしい働《はたら》きをする。危険《きけん》なものがあっても、本来《ほんらい》の健全《けんぜん》な機能《きのう》に回復《かいふく》させようとする力《ちから》は大《おお》きい。その力《ちから》を最大限《さいだいげん》に発揮《はっき》するには、免疫系《めんえきけい》を活発《かっぱつ》に働《はたら》かせるとともに、正《ただ》しい知識《ちしき》をもって栄養《えいよう》を摂《と》り運動《うんどう》をし、いたずらに怖《こわ》がらず生活《せいかつ》することだ。免疫系《めんえきけい》は、明《あか》るい朗《ほが》らかな心《こころ》、日時計《ひどけい》主義《しゅぎ》の生活《せいかつ》によって活性化《かっせいか》する。

強《つよ》い放射線《ほうしゃせん》は、人間《にんげん》や動植物《どうしょくぶつ》など生物《せいぶつ》共通《きょうつう》に遺伝子《いでんし》を破壊《はかい》する。屋外《おくがい》で走《はし》っても泳《およ》いでも危険《きけん》でない世界《せかい》を、子供《こども》や孫《まご》たちに残《のこ》さなければならない。そのためには、原発《げんぱつ》のない社会《しゃかい》を実現《じつげん》していくことが、フクシマ後《ご》の大人《おとな》に課《か》せられた責任《せきにん》だろう。

心《こころ》をこめた料理《りょうり》を

「ああ、今日《きょう》も一日元気《いちにちげんき》に過《す》ごせ、夕食《ゆうしょく》をいただける……」

夕方《ゆうがた》六時半《じはん》、夕食《ゆうしょく》の席《せき》に着《つ》くと、私《わたし》は安堵《あんど》が混《ま》じった思《おも》いで一日《いちにち》を振《ふ》り返《かえ》る。

特《とく》に健康《けんこう》に問題《もんだい》があるわけではないが、その日《ひ》の予定《よてい》をこなし、夕食《ゆうしょく》を作《つく》り終《お》えると、務《つと》めを果《は》たした開放感《かいほうかん》に包《つつ》まれる。毎日《まいにち》の食事作《しょくじづく》りは、夫《おっと》と私《わたし》の健康《けんこう》を支《ささ》える大《たい》切《せつ》な仕事《しごと》であるし、様々《さまざま》な食材《しょくざい》を組《く》み合《あ》わせて何《なに》ができるかという、パズルのような楽《たの》しさもある。そして夕食《ゆうしょく》は、一日《いちにち》の仕事《しごと》を終《お》えて帰宅《きたく》した夫《おっと》との、心安《こころやす》らぐひととときである。

一九六〇年《ねん》から七〇年代《ねんだい》の日本《にっぽん》の経済成長期《けいざいせいちょうき》は、既婚女性《きこんじょせい》の中《なか》で専業主婦《せんぎょうしゅふ》の占《し》める比率《ひりつ》が史上最多《しじょうさいた》だった。が、二〇一〇年代《ねんだい》の現在《げんざい》は、その比率《ひりつ》は大《おお》きく後退《こうたい》し、夫婦共稼《ふともかせ》ぎの家庭《かてい》が大多数《だいたすう》になった。家庭《かてい》の仕事《しごと》を一手《いって》に引《ひ》き受《う》ける女性《じょせい》は、もはや珍《めずら》しい存在《そんざい》である。こうして夫婦共働《ふうふともばたら》きになっても、家《いえ》の中《なか》の細々《こまごま》とした仕事《しごと》を夫婦《ふうふ》が等分《とうぶん》に分担《ぶんたん》している様子《ようす》はない。家庭内《かていない》の仕事《しごと》の重荷《おもに》は、どうしても女性《じょせい》の方《ほう》にかかってくる。

昨今《さっこん》、外食産業《がいしょくさんぎょう》や惣菜市場《そうざいしじょう》が活況《かっきょう》を呈《てい》し、家庭内労働《かていないろうどう》の外部委託等《がいぶいたくなど》が急速《きゅうそく》に進《すす》んだのは、そのような理由《りゆう》によるのだろう。つまり、多忙《たぼう》な既婚女性《きこんじょせい》の多《おお》くが、家事労働《かじろうどう》の一部《いちぶ》を〝外注《がいちゅう》〟するようになったのだ。が、その一方《いっぽう》で、手作《てづく》り弁当《べんとう》や、手間暇《てまひま》かけた食事作《しょくじづく》りが人々《ひとびと》の関心《かんしん》を集《あつ》め、もてはやされてもいる。この一見矛盾《いっけんむじゅん》した現象《げんしょう》は、どう考《かんが》えたらいいのだろう。

日本《にっぽん》の家庭《かてい》の食事《しょくじ》に詳《くわ》しい岩村暢子《いわむらのぶこ》さんの著書《ちょしょ》『「親《おや》の顔《かお》が見《み》てみたい！」調査《ちょうさ》』（中公文庫《ちゅうこうぶんこ》）や『普通《ふつう》の家族《かぞく》がいちばん怖《こわ》い』（新潮文庫《しんちょうぶんこ》）などを読《よ》むと、このような現象《げんしょう》について、説得力《せっとくりょく》のある説明《せつめい》をしている。

岩村《いわむら》さんの調査《ちょうさ》によると、日本《にっぽん》の家庭《かてい》の食事《しょくじ》は「理想《りそう》と現実《げんじつ》がかけ離《はな》れている」というのである。その意味《いみ》は、多《おお》くの主婦《しゅふ》は、野菜《やさい》をたくさん使《つか》い、手作《てづく》りで栄養《えいよう》バランスの良《よ》い食事《しょくじ》を作《つく》りたいとの理想《りそう》をもつ。しかし現実《げんじつ》は、外食《がいしょく》や惣菜《そうざい》、コンビニの弁当《べんとう》やおむすび、インスタント食品《しょくひん》に頼《たよ》った食生活《しょくせいかつ》を送《おく》っているというのである。もちろん中《なか》には、理想通《りそうとお》りの食事作《しょくじづく》りをしている人《ひと》もいるが、それらはごく稀《まれ》なケースだという。

岩村《いわむら》さんが関係《かんけい》する広告会社《こうこくがいしゃ》の調査《ちょうさ》では、一五一世帯《せたい》にどんな食事《しょくじ》をしているかの事前《じぜん》アンケートをとり、その後《ご》一週間《しゅうかん》の食卓日記《しょくたくにっき》と食事《しょくじ》の写真《しゃしん》を撮影《さつえい》してもらい、さらに日記《にっき》と写真《しゃしん》を元《もと》に詳《くわ》しい聞《き》き取《と》り調査《ちょうさ》をするという三段階《だんかい》を踏《ふ》んだ。七年《ねん》をかけた地道《じみち》な調査《ちょうさ》で、サンプル数《すう》は少《すく》ないが、内容《ないよう》は確《たし》かだろう。

私《わたし》は当初《とうしょ》、この調査《ちょうさ》で描《えが》かれた食事《しょくじ》は、特殊《とくしゅ》なケースを集《あつ》めたものかと思《おも》った。例《たと》えば、「朝起《あさお》きない母親《ははおや》」「お菓子《かし》を朝食《ちょうしょく》にする家族《かぞく》」「一《ひと》つのコンビニ弁当《べんとう》を二人《ふたり》で分《わ》けて昼食《ちゅうしょく》とする幼児《ようじ》と母《はは》」「夕食《ゆうしょく》にそれぞれ好《す》きなものを買《か》ってくる家族《かぞく》」という具合《ぐあい》なのだ。

しかし、原宿《はらじゅく》に住《す》んでいた頃《ころ》に見《み》た光景《こうけい》をふと思《おも》い出《だ》した。取《と》り壊《こわ》した店舗跡《てんぽあと》の整地工事《せいちこうじ》が、近所《きんじょ》で行《おこな》われていた。八月二十日《がつはつか》ごろで最高気温《さいこうきおん》が三四度《ど》の日《ひ》だった。ちょうど昼休《ひるやす》みが始《はじ》まった時刻《じこく》にそこを通《とお》りかかったら、男性《だんせい》の作業員二人《さぎょういんふたり》が炎天下《えんてんか》で昼食《ちゅうしょく》をとっていた。一人《ひとり》はカップ麺《めん》、もう一人《ひとり》は麺類《めんるい》の詰《つ》まったコンビニ弁当《べんとう》だった。二人《ふたり》とも五十代半《だいなか》ばに見《み》えた。猛暑《もうしょ》の中《なか》での重労働《じゅうろうどう》だから、こんな食事《しょくじ》では体《からだ》を壊《こわ》さないかと、人《ひと》ごとながら心配《しんぱい》した。彼《かれ》らの妻《つま》はどう思《おも》っているのか、と不思議《ふしぎ》に思《おも》った。

でもよく考《かんが》えてみれば、昼《ひる》どきのコンビニ店《てん》の賑《にぎ》わいは、見慣《みな》れた光景《こうけい》だった。この男性作業員《だんせいさぎょういん》の場合《ばあい》、

真夏《まなつ》の炎天下《えんてんか》の食事《しょくじ》だったから衝撃《しょうげき》を受《う》けたが、近所《きんじょ》で働《はたら》く男女《だんじょ》の会社員《かいしゃいん》がコンビニ弁当《べんとう》やカップ麺《めん》をぶら下《さ》げて通《とお》りを歩《ある》いているのをよく見《み》かけても、不思議《ふしぎ》ともおかしいとも思《おも》わなかった。あまりにも日常的《にちじょうてき》な光景《こうけい》だったからだ。

日本《にっぽん》は食料自給率《しょくりょうじきゅうりつ》が三六パーセントと言《い》われていて、年間《ねんかん》五八〇〇万《まん》トンの食料《しょくりょう》を輸入《ゆにゅう》している。この大量《たいりょう》な輸入量《ゆにゅうりょう》の三分《ぶん》の一に当《あ》たる一九四〇万《まん》トンが、実《じつ》は廃棄《はいき》されているという。その量《りょう》は世界一《せかいいち》で、途上国《とじょうこく》の五〇〇〇万人分《まんにんぶん》の年間食料《ねんかんしょくりょう》に匹敵《ひってき》するそうだ。

こんな無駄遣《むだづか》いの大《おお》きな原因《げんいん》は、外食《がいしょく》や中食《なかしょく》といわれる惣菜《そうざい》、弁当《べんとう》などの増加《ぞうか》である。残飯《ざんぱん》や賞味期限切《しょうみきげんぎ》れがすぐ廃棄《はいき》されるからだ。家庭《かてい》からの廃棄物《はいきぶつ》はもちろんあるだろうが、コンビニ店《てん》や外食産業《がいしょくさんぎょう》から廃棄《はいき》される量《りょう》は膨大《ぼうだい》だ。それらの廃棄物《はいきぶつ》をバイオマス発電《はつでん》や有機肥料《ゆうきひりょう》に使《つか》う話《はなし》が最近《さいきん》は聞《き》かれるようになった。そのまま捨《す》てるよりは、よほどいい。しかし食料《しょくりょう》の大量廃棄《たいりょうはいき》は、肉食《にくしょく》と同《おな》じように、地球上《ちきゅうじょう》の飢《う》えている人《ひと》たちから間接的《かんせつてき》に奪《うば》うことなのである。

私《わたし》は毎日夫《まいにちおっと》の弁当《べんとう》を作《つく》り、食事《しょくじ》も手作《てづく》りを心《こころ》がけていて、惣菜《そうざい》を買《か》うことはほとんどない。忙《いそが》しい人《ひと》にはそんな時間《じかん》はないと言《い》うかもしれないが、料理《りょうり》はとても創造的《そうぞうてき》で楽《たの》しいことであり、工夫《くふう》しだいで時間《じかん》の効率利用《こうりつりよう》はできる。限《かぎ》られた予算内《よさんない》で時間《じかん》のやりくりをしながら、家族《かぞく》や自分自身《じぶんじしん》の健康《けんこう》を考《かんが》えて食事作《しょくじづく》りをするのは、やり甲斐《がい》のある仕事《しごと》である。

大《おお》きく変《か》わりつつある日本《にっぽん》の家庭《かてい》では、男性《だんせい》の理解《りかい》と協力《きょうりょく》、職場環境《しょくばかんきょう》の改善《かいぜん》は喫緊《きっきん》の課題《かだい》である。が、それとともに女性《じょせい》の側《がわ》も自分《じぶん》たちの健康《けんこう》を気遣《きづか》い、世界《せかい》の人々《ひとびと》に害《がい》を及《およ》ぼさない生活《せいかつ》を心《こころ》がけたいと思《おも》う。

ストレスを飛《と》び越《こ》えて

「病《やまい》は気《き》から」や「医食同源《いしょくどうげん》」という言葉《ことば》があるように、私《わたし》たちの健康《けんこう》には、心《こころ》と食事《しょくじ》が大《おお》いに関係《かんけい》している。

栄養《えいよう》バランスを良《よ》く考《かんが》えて、理想的《りそうてき》な食事《しょくじ》をしていても、日々《ひび》強《つよ》いストレスを感《かん》じていたり、不平不満《ふへいふまん》の思《おも》いで過《す》ごしていると、健康《けんこう》な日々《ひび》を送《おく》ることはなかなか難《むずか》しい。かといって、心《こころ》さえ気持《きも》ちが良《よ》ければ、食事《しょくじ》はどんなものでもいいという考《かんが》えも、正《ただ》しくはない。大体《だいたい》、心《こころ》が穏《おだ》やかで、明《あか》るい気分《きぶん》で過《す》ごしていると、偏食《へんしょく》や暴飲暴《ぼういんぼう》食《しょく》をしたいという気《き》は起《お》こらないものだ。

甘《あま》いものを食《た》べ過《す》ぎたり、アルコールを含《ふく》む刺激物《しげきぶつ》を沢山《たくさん》とったり、また大量《たいりょう》の食《しょく》物《もつ》を体内《たいない》に入《い》れないと満足《まんぞく》できないというのは、心《こころ》に満《み》たされないもの、寂《さび》しさなどがあるからだ。その〝飢餓感《きがかん》〟を埋《う》めようとして、大量《たいりょう》の食事《しょくじ》やお酒《さけ》を飲《の》むことが多《おお》い。

体調不良《たいちょうふりょう》や色々《いろいろ》な病気《びょうき》の原因《げんいん》は、体《からだ》が必要《ひつよう》としている以上《いじょう》のカロリーを摂《と》るところからきている場合《ばあい》がある。また、現代《げんだい》はアレルギーの人《ひと》が多《おお》いが、身《み》の回《まわ》りの化学《かがく》薬品《やくひん》や環境《かんきょう》汚染《おせん》とともに、人間《にんげん》の体《からだ》の免疫系《めんえきけい》の働《はたら》きが正常《せいじょう》でない場合《ばあい》もある。これらのことから、心《こころ》の安定《あんてい》と適切《てきせつ》な量《りょう》とバランスのとれた食事《しょくじ》が、健康《けんこう》には欠《か》かせないことが分《わ》かる。

「腹八分目《はらはちぶんめ》は医者《いしゃ》いらず」「腹七分目《はらしちぶんめ》は医者知《いしゃし》らず」などの言葉《ことば》もある。いずれも、食《た》べ過《す》ぎを戒《いまし》める先人《せんじん》の知恵《ちえ》だ。人間《にんげん》は毎日《まいにち》三回《かい》、食事《しょくじ》をする。だから、食事《しょくじ》には強《つよ》い習慣性《しゅうかんせい》が働《はたら》く。お腹《なか》いっぱい食《た》べる習慣《しゅうかん》がある人《ひと》にとっては、八分目《はちぶんめ》や七分目《しちぶんめ》で止《と》めることは難《むずか》しいに違《ちが》いない。胃袋《いぶくろ》が大《おお》きくなっていて、空腹《くうふく》を感《かん》じるだろう。健康《けんこう》には小食《しょうしょく》が良《よ》いと分《わ》かっていても、なかなか実践《じっせん》できない人《ひと》も多《おお》い。

そういう場合《ばあい》、食事《しょくじ》をするときに、先《ま》ず目《め》の前《まえ》にある食事《しょくじ》に感謝《かんしゃ》することから始《はじ》めると、食事《しょくじ》に対《たい》する姿勢《しせい》が変《か》わってくる。近頃《ちかごろ》は、食事《しょくじ》をする際《さい》に「いただきます」と合掌《がっしょう》して始《はじ》める人《ひと》が少《すく》なくなった。多《おお》くの日本人《にっぽんじん》にとって、食事《しょくじ》をすることは〝当《あ》たり前《まえ》〟かもしれない。が、世界《せかい》では、それが〝当《あ》たり前《まえ》〟でない人《ひと》は沢山《たくさん》いる。それを想《おも》い、食事《しょくじ》がいただけることは〝ありがたい〟と知《し》り、合掌《がっしょう》し、感謝《かんしゃ》の思《おも》いでいただく。その時《とき》、目《め》の前《まえ》の食材《しょくざい》が自分以外《じぶんいがい》の多《おお》くの人々《ひとびと》の手《て》を経《へ》てここにあるという事実《じじつ》を思《おも》い起《お》こそう。そして、それらの人々《ひとびと》の知恵《ちえ》と労働《ろうどう》に感謝《かんしゃ》しつつ、ゆっくり味《あじ》わって食《た》べる。すると、きっと心《こころ》は満《み》たされる。そんな感謝《かんしゃ》を込《こ》めた食事《しょくじ》を続《つづ》けていくと、きっと精神《せいしん》の安定《あんてい》が得《え》られ、ストレスの少《すく》ない生活《せいかつ》が実現《じつげん》するに違《ちが》いない。

私《わたし》は毎日台所《まいにちだいどころ》に立《た》つ時《とき》、「当《あ》たり前《まえ》の食事《しょくじ》」を大切《たいせつ》にしたいと思《おも》う。贅沢《ぜいたく》である必要《ひつよう》はまったくない。二〇一三年《ねん》の十月《がつ》から、山梨県《やまなしけん》の北杜市《ほくとし》に住《す》むようになって、その思《おも》いはますます強《つよ》くなった。ここは、四十年以上住《ねんいじょうす》んだ東京《とうきょう》とは打《う》って変《か》わり、圧倒的《あっとうてき》な自然《しぜん》に囲《かこ》まれている。食材《しょくざい》は基本的《きほんてき》に何《なん》でも手《て》に入《はい》るが、なるべく地元《じもと》の野菜《やさい》を中心《ちゅうしん》に選《えら》ぶことを心《こころ》がけている。家庭菜園《かていさいえん》も始《はじ》めた。ものを無駄《むだ》にしないコツは、物《もの》を買《か》い過《す》ぎないことだ。「辺鄙《へんぴ》」といっていい土地《とち》だから、買《か》い物《もの》には車《くるま》で行《い》く。が、それも週《しゅう》に一、二回《かい》で済《す》ませるように心《こころ》がけている。

すると、次《つぎ》に買《か》い物《もの》に行《い》くときは冷蔵庫《れいぞうこ》の中《なか》は空《から》っぽに近《ちか》い。これは大変《たいへん》気持《きもち》がいいもので、無駄《むだ》がないという証拠《しょうこ》だ。食材《しょくざい》を使《つか》い切《き》るための工夫《くふう》は、一種《いっしゅ》のゲームにも似《に》て脳《のう》を活性化《かっせいか》してくれる。災害時《さいがいじ》に備《そな》えては、食品庫《しょくひんこ》に乾物類《かんぶつるい》などがあり、冷凍庫《れいとうこ》も使《つか》っている。

私《わたし》は元来健康《がんらいけんこう》だが、ここ何年《なんねん》も病気《びょうき》をしたことがない。以前《いぜん》は年《ねん》に一回《かい》くらいは、風邪《かぜ》をひいたりした。

すると一週間《しゅうかん》くらいのどが痛《いた》かったり、せきや鼻水《はなみず》が止《と》まらないこともあった。そんな状態《じょうたい》が最近《さいきん》、全《まった》くといっていいほどなくなった。その原因《げんいん》はよく分《わ》からないが、規則正《きそくただ》しい生活《せいかつ》と、バランスのとれた食事《しょくじ》、そして嫌《いや》なことをクヨクヨ思《おも》わない生《い》き方《かた》から来《き》ているのではないか、と自分《じぶん》では思《おも》っている。

長《なが》く生《い》きていれば、いろいろなことがある。時《とき》には嫌《いや》な出来事《できごと》や、思《おも》い通《どお》りにならない事態《じたい》にも遭遇《そうぐう》する。そんな時《とき》、以前《いぜん》は心《こころ》を捕《とら》えられて、「ああでもない、こうでもない」とあれこれ考《かんが》え勝《が》ちだった。でも、自分《じぶん》の力《ちから》の及《およ》ばないことに心《こころ》を煩《わずら》わせても仕方《しかた》がない。気《き》にかかることを考《かんが》えて堂々巡《どうどうめぐ》りする古《ふる》い心《こころ》の習慣《しゅうかん》を、捨《す》てることにした。「そのことは考《かんが》えない」ときっぱりと自分《じぶん》に言《い》い聞《き》かせて、今《いま》の一瞬《いっしゅん》の楽《たの》しさ、嬉《うれ》しさ、目《め》に映《うつ》るものの美《うつく》しさなどに注目《ちゅうもく》し、神《かみ》の創造《そうぞう》の不思議《ふしぎ》さを考《かんが》えるようにしている。そうすると、「気《き》にかかること」を飛《と》び越《こ》えて、次元《じげん》の違《ちが》う世界《せかい》にスッと入《はい》ることができる。心《こころ》がすっきりとして、ストレスがたまらない生《い》き方《かた》ができるのだ。

感謝《かんしゃ》の心《こころ》で物《もの》を無駄《むだ》にせず、マイナスの心《こころ》を起《お》こさず、起《お》きても飛《と》び越《こ》えながら明《あか》るく生《い》きる——そこから、健康《けんこう》で豊《ゆた》かな、しかし決《けっ》して贅沢《ぜいたく》でない生活《せいかつ》が実現《じつげん》するのだと思《おも》う。

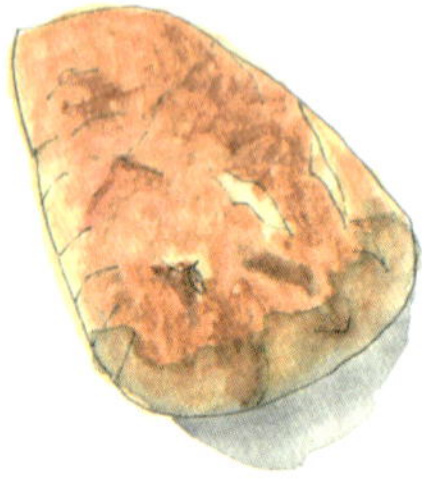

家庭菜園《かていさいえん》の勧《すす》め

家庭菜園《かていさいえん》――それは長《なが》いあいだの、私《わたし》の密《ひそ》かな夢《ゆめ》だった。もちろん東京《とうきょう》の原宿《はらじゅく》で生活《せいかつ》していた時《とき》も、庭《にわ》の狭《せま》い区画《くかく》や植木鉢《うえきばち》を使《つか》ってミニトマトやキュウリ、ナス、レタス、ピーマンなどを育《そだ》てていた。が、それらはわずか数株《すうかぶ》で、とても「菜園《さいえん》」と呼《よ》べるものではなかった。

二〇一三年《ねん》の十月《がつ》、生長《せいちょう》の家《いえ》が山梨県《やまなしけん》の北杜市《ほくとし》に国際本部《こくさいほんぶ》を移転《いてん》したことで、その夢《ゆめ》がやっと実現《じつげん》した。私《わたし》たち夫婦《ふうふ》も北杜市《ほくとし》に新居《しんきょ》を構《かま》えたため、畑《はたけ》にできる土地《とち》が手《て》に入《はい》ったからだ。しかし、そこは標高《ひょうこう》一二〇〇メートルの山《やま》の中《なか》だから、栽培《さいばい》できる作物《さくもつ》の種類《しゅるい》は限《かぎ》られ、また寒冷地《かんれいち》のため栽培期間《さいばいきかん》も短《みじか》い。とは言《い》え、本格的《ほんかくてき》に畑《はたけ》をしようと思《おも》えば、土《つち》づくりから始《はじ》めなければいけない。山《やま》の中《なか》の土地《とち》は八ヶ岳南麓《やつがたけなんろく》に特《とく》有《ゆう》の地質《ちしつ》で、地表近《ちひょうちか》くに岩盤《がんばん》があるため、掘《ほ》り返《かえ》すとすぐに小《ちい》さな瓦礫《がれき》や石《いし》が姿《すがた》を現《あらわ》し、時《とき》には岩《いわ》も出《で》てくる。だから簡単《かんたん》に、菜園《さいえん》にできるところではない。また、私《わたし》たちも菜園作《さいえんづく》りが仕事《しごと》ではないので、主《しゅ》たる仕事《しごと》の合間《あいま》をみて、少《すこ》しずつ有機肥料《ゆうきひりょう》などを入《はい》れ、畑《はたけ》を作《つく》ることにした。

雪《ゆき》が降《ふ》る前《まえ》に一～二区画《くかく》を作《つく》り、雪《ゆき》が融《と》けた四月《がつ》から、休日《きゅうじつ》などを利用《りよう》してさらに数区画《すうくかく》を拡張《かくちょう》し、野菜《やさい》や花《はな》の種《たね》を撒《ま》き、苗《なえ》を植《う》えた。季節《きせつ》の変化《へんか》とともに、作物《さくもつ》の種《しゅ》類《るい》も増《ふ》えた。こうして七月半《がつなか》ばには、イチゴの苗《なえ》十株《かぶ》、サニーレタス四株《かぶ》、ルッコラ二株《かぶ》、ピーマン三株《かぶ》、コールラビ二株《かぶ》、キャベツ二株《かぶ》、トマト六株《かぶ》、ナス三株《かぶ》、ズッキーニ四株《かぶ》、ジャガイモ十数株《すうかぶ》が育《そだ》ち、種《たね》から育《そだ》てたダイコン、ニンジン、ダイズ、カボチャ、菜《な》っ葉類《ぱるい》なども順調《じゅんちょう》に育《そだ》っていた。

育《そだ》てば、うれしい収穫《しゅうかく》である。すでに六月《がつ》から、サラダ用《よう》のレタスは自給《じきゅう》できるようになり、イチゴもほとんど毎日《まいにち》、一～三個《こ》ほどを朝《あさ》の ヨーグルトの〝友《とも》〟としていただくことができた。七月《がつ》にはキャベツ、コールラビ、ダイコン、トマトなどを順番《じゅんばん》に収穫《しゅうかく》した。農薬《のうやく》は使《つか》わないと決《き》めていたから、少々形《しょうしょうかたち》がいびつでも安心《あんしん》して食《た》べることができる。家庭菜園《かていさいえん》の良《よ》さは、この安心感《あんしんかん》が一番《いちばん》である。

高地《こうち》にも強《つよ》い日差《ひざ》しと夏《なつ》の暑《あつ》さが訪《おとず》れる頃《ころ》、私《わたし》たち夫婦《ふうふ》は二十日間《はつかかん》の海外出張《かいがいしゅっちょう》へ出《で》た。ちょうど作物《さくもつ》の収穫期《しゅうかくき》を迎《むか》える七月半《がつなか》ば過《す》ぎだった。少《すこ》し早《はや》かったが、種《たね》から育《そだ》てたダイコンをすべて収穫《しゅうかく》して、本部職員《ほんぶしょくいん》の皆《みな》さんに引《ひ》き取《と》ってもらった。未熟《みじゅく》なため硬《かた》くて迷惑《めいわく》だったかもしれないが、手塩《てしお》にかけたものなので捨《す》てるのは忍《しの》びなく、葉《は》っぱだけでも食《た》べてもらえたら、と考《かんが》えたのだ。トマトも色《いろ》づいてきていたが、それは、留守《るす》に時々家《ときどきいえ》を見《み》てくれる人《ひと》に収穫《しゅうかく》と消費《しょうひ》をお願《ねが》いした。

本部事務所《ほんぶじむしょ》の移転《いてん》に伴《ともな》い、職員《しょくいん》の住宅《じゅうたく》や寮《りょう》も周辺《しゅうへん》に建設《けんせつ》されたが、どの住《す》まいにも家庭菜園《かていさいえん》ができる場所《ばしょ》が作《つく》られた。決《けっ》して広《ひろ》くはないスペースだが、慣《な》れている人《ひと》はせっせとプロ並《な》みの畑《はたけ》を作《つく》り、畑仕事《はたけしごと》が初《はじ》めての人《ひと》も、苗《なえ》などを植《う》えて収穫《しゅうかく》を待《ま》った。収穫《しゅうかく》した野菜《やさい》は、人《ひと》に見《み》せたくなるのが人情《にんじょう》だ。特《とく》に、初《はじ》めて農作物《のうさくぶつ》を収穫《しゅうかく》できた時《とき》は、予想外《よそうがい》の喜《よろこ》びがある。そんな感動《かんどう》を自作《じさく》の野《や》菜《さい》の写真《しゃしん》に添《そ》えて、ネット上《じょう》に発表《はっぴょう》する人《ひと》も多《おお》く、それを見《み》て、次《つぎ》の収穫《しゅうかく》へとさらに意欲《いよく》を燃《も》やす人《ひと》もいる。私《わたし》は、朝起《あさお》きて畑《はたけ》に行《い》けば、鳥《とり》の声《こえ》を聞《き》きながら朝《ちょう》食《しょく》の材料《ざいりょう》を収穫《しゅうかく》できるという日々《ひび》の、豊《ゆた》かさと充実感《じゅうじっかん》を、菜園《さいえん》を始《はじ》めるまで予想《よそう》できなかった。

耕作《こうさく》と収穫《しゅうかく》は、自然《しぜん》と人間《にんげん》の深《ふか》い結《むす》びつきを教《おし》えてくれる貴重《きちょう》な場所《ばしょ》だ。それは、自然《しぜん》から遠《とお》ざかった都《と》会生活《かいせいかつ》の疲《つか》れを癒《いや》してくれる。だから家庭菜園《かていさいえん》は、今《いま》世界中《せかいじゅう》で広《ひろ》がりつつある。アメリカ大統領《だいとうりょう》が住《す》むホワイトハウスでも、オバマ大統領《だいとうりょう》の就任後《しゅうにんご》、ミッシェル夫人《ふじん》が菜園《さいえん》を始《はじ》めたそうだ。その様子《ようす》を描《えが》いた美《うつく》しい大判《おおばん》の本《ほん》を、アメリカの知人《ちじん》からいただいた。今回《こんかい》の

出張《しゅっちょう》で訪《おとず》れたブラジルでも、私《わたし》たちはクリチーバ市《し》を訪《おとず》れて、市民《しみん》のための菜園《さいえん》を見学《けんがく》した。

クリチーバ市《し》は、大都市《だいとし》・サンパウロの隣《となり》にあるパラナ州《しゅう》の州都《しゅうと》で、環境先進《かんきょうせんしん》都市《とし》として数々《かずかず》の賞《しょう》を受《う》け、持続可能《じぞくかのう》な町《まち》づくりに熱心《ねっしん》な場所《ばしょ》だ。そこのコミュニティーガーデンは、希望《きぼう》する市民《しみん》に無料《むりょう》で畑《はたけ》を貸《か》し、苗《なえ》も提供《ていきょう》しているという。私《わたし》たちが訪《おとず》れた時《とき》、ちょうど畑《はたけ》にやって来《き》た六十代《だい》の女性《じょせい》と話《はなし》をしたが、彼女《かのじょ》は畑《はたけ》が生《い》き甲斐《がい》で、一日《いちにち》に二度《ど》も三度《ど》も来《く》ると言《い》っていた。数種類《すうしゅるい》のレタスが自分《じぶん》の区画《くかく》いっぱいに育《そだ》っていて、彼女《かのじょ》の家族《かぞく》だけでは多《おお》すぎると思《おも》ったので、

「収穫《しゅうかく》したらどうするのですか？」

と聞《き》いた。

「沢山《たくさん》できたら売《う》ります」

という答《こた》えだった。

私《わたし》は意外《いがい》に思《おも》ったが、売《う》ることは社会《しゃかい》とのつながりを保《たも》つことだから、きっとやり

がいにつながるのだろう。市《し》の関係者《かんけいしゃ》が、この農園《のうえん》の目的《もくてき》の一《ひと》つは、お年寄《としよ》りに生《い》き甲斐《がい》をもってもらうためだと言《い》っていたことを思《おも》い出《だ》した。

家庭菜園《かていさいえん》は、作物《さくもつ》を育《そだ》てる喜《よろこ》びを体験《たいけん》できる場《ば》であるだけでなく、自然環境《しぜんかんきょう》や食品《しょくひん》の安全《あんぜん》への意識《いしき》を育《そだ》て、人間《にんげん》が自然《しぜん》の一部《いちぶ》であることを理屈《りくつ》ぬきで教《おし》えてくれる。ベランダでのプランター菜園《さいえん》でも、お勧《すす》めしたい。

「つもり」の食事《しょくじ》

私《わたし》は二〇一四年《ねん》の七月二十日《がつはつか》から八月《がつ》にかけて夫《おっと》とともにブラジルを訪《おとず》れたが、目的《もくてき》は生長《せいちょう》の家《いえ》の国際教修会《こくさいきょうしゅうかい》＊1と特別講演会《とくべつこうえんかい》の開催《かいさい》だった。教修会《きょうしゅうかい》では、「肉食《にくしょく》と世界平和《せかいへいわ》」の関係《かんけい》をテーマとして研究発表《けんきゅうはっぴょう》が行《おこな》われた。

一般的《いっぱんてき》に言《い》って、人間《にんげん》が口《くち》にする食事《しょくじ》の中身《なかみ》は、経済的《けいざいてき》に豊《ゆた》かになればなるほど肉類《にくるい》の割合《わりあい》が増《ふ》える。この肉類《にくるい》を生産《せいさん》するために、現在《げんざい》はウシやブタなどの家畜《かちく》、ニワトリなどの家禽《かきん》には、ほとんどの場合《ばあい》、穀物飼料《こくもつしりょう》を与《あた》えている。早《はや》く太《ふと》らせるためである。その量《りょう》は大変《たいへん》なもので、動物《どうぶつ》に与《あた》える穀物《こくもつ》を、人間《にんげん》のための穀物《こくもつ》に栽培転換《さいばいてんかん》すれば、世界《せかい》の飢餓《きが》の問題《もんだい》は解決《かいけつ》すると言《い》われている。有《あ》り余《あま》るほど多《おお》くの食糧《しょくりょう》に恵《めぐ》ま

＊1　生長の家総裁が、本部講師等を対象に教義の徹底をはかるための集まり。

れている人《ひと》がいる一方《いっぽう》で、飢《う》えて死《し》んでいく人《ひと》がいる。このように極端《きょくたん》な格差《かくさ》があることが、世界《せかい》の平和《へいわ》を脅《おびや》かしているのである。

日本《にっぽん》を含《ふく》めた先進諸国《せんしんしょこく》は、経済《けいざい》の発展《はってん》とグローバル化《か》によって物質的《ぶっしつてき》にはずいぶん満《み》たされた生活《せいかつ》をしている。日本《にっぽん》の場合《ばあい》、熱量《ねつりょう》ベースで六割《わり》の食糧《しょくりょう》を輸入《ゆにゅう》に頼《たよ》っているにもかかわらず、その四分《ぶん》の一から三分《ぶん》の一は捨《す》てられているのである。その原因《げんいん》は色々《いろいろ》あるが、皮肉《ひにく》にも「豊《ゆた》かさ」がムダを生《う》む原因《げんいん》の一《ひと》つになっている。ぎりぎりの量《りょう》の食物《しょくもつ》しかなければ、人間《にんげん》はそれを大切《たいせつ》に扱《あつか》うだろう。ところが、これら豊《ゆた》かな国《くに》では安価《あんか》な食糧《しょくりょう》が豊富《ほうふ》に出回《でまわ》っているので、沢山買《たくさんか》いこんで、腐《くさ》らせてしまうことも少《すく》なくない。

食欲《しょくよく》は、人間《にんげん》にとって大切《たいせつ》な欲望《よくぼう》だ。「食欲《しょくよく》がない」場合《ばあい》、大抵《たいてい》は体《からだ》の具合《ぐあい》が悪《わる》い証拠《しょうこ》である。だから「食《た》べる」という行為《こうい》は必要《ひつよう》なことだが、手《て》に入《はい》るからと食欲《しょくよく》に任《まか》せて食《た》べていれば、やがて病気《びょうき》になる。また、量《りょう》が多《おお》いからと大量《たいりょう》に捨《す》てていれば、メタンガスの発生《はっせい》などで地球温暖化《ちきゅうおんだんか》が進《すす》み、気候変動《きこうへんどう》や飢餓《きが》の問題《もんだい》と結《むす》びつく。

私《わたし》の知人《ちじん》には中学生《ちゅうがくせい》の息子《むすこ》がいるが、その中学生《ちゅうがくせい》が友達《ともだち》の家《いえ》に遊《あそ》びに行《い》った時《とき》の話《はなし》である。その家《いえ》では、部屋《へや》がゴミの山《やま》のようになっていたので驚《おどろ》いたそうだ。この友《とも》達《だち》には弟《おとうと》がいて、兄弟二人《きょうだいふたり》は、夏休《なつやす》みの期間中《きかんちゅう》、親《おや》から毎日《まいにち》千円《えん》をもらって昼食《ちゅうしょく》と夕《ゆう》食《しょく》を買《か》う生活《せいかつ》をしていたという。知人《ちじん》は、息子《むすこ》からその話《はなし》を聞《き》いて驚《おどろ》き、「子供《こども》たちは寂《さび》しくないのか」と心配《しんぱい》していた。

私《わたし》はその兄弟《きょうだい》のことを知《し》り、「やはりそうか……」と妙《みょう》に納得《なっとく》した。というのは、そのような日本《にっぽん》の家庭《かてい》の食事環境《しょくじかんきょう》について、本《ほん》を読《よ》んで知《し》っていたからだ。

例《たと》えば、岩村暢子《いわむらのぶこ》著《ちょ》『変《か》わる家族《かぞく》 変《か》わる食卓《しょくたく》』（中公文庫《ちゅうこうぶんこ》）という本《ほん》には、日本《にっぽん》の家庭《かてい》の食事《しょくじ》に関《かん》する人々《ひとびと》の消費動向《しょうひどうこう》や食事《しょくじ》の価値観《かちかん》について、マーケティング会社《がいしゃ》が調査《ちょうさ》した結果《けっか》がまとめてあった。この話《はなし》は以前《いぜん》にも書《か》いたことがある。

アンケートは一九六〇年以降《ねんいこう》に生《う》まれた首都圏《しゅとけん》に住《す》む主婦《しゅふ》を対象《たいしょう》に三段階《だんかい》で行《おこな》われた。一九六〇年《ねん》を境《さかい》にして、人々《ひとびと》の意識《いしき》に大《おお》きな変化《へんか》が見《み》られたからだ。まず最初《さいしょ》は、質問用紙《しつもんようし》に答《こた》えを書《か》くアンケート方式《ほうしき》で、どのような食事作《しょくじづく》りや食生活《しょくせいかつ》、食卓《しょくたく》の在《あ》り方《かた》を意識《いしき》しているかを書《か》いてもらう。二段階《だんかい》として、その家《いえ》で実際《じっさい》に作《つく》った食事《しょくじ》を写真《しゃしん》に撮《と》ってもらう。一日《にち》三食《しょく》一週間分《しゅうかんぶん》である。これに加《くわ》えて、食材《しょくざい》の入手《にゅうしゅ》経路《けいろ》やメニューの決定理由《けっていりゆう》、作《つく》り方《かた》、食《た》べ方《かた》、食《た》べた人《ひと》、食《た》べた時間《じかん》などを書《か》いてもらう。そして、最初《さいしょ》にアンケートに書《か》いた食事《しょくじ》の理想《りそう》と、現実《げんじつ》の食事《しょくじ》を照《て》らし合《あ》わせて、その差《さ》について面談《めんだん》して聞《き》く、という念《ねん》入《い》りなものだ。

その調査結果《ちょうさけっか》によると、ほとんどの主婦《しゅふ》は「心《こころ》がけ」として、「野菜《やさい》を多《おお》く、栄養《えいよう》バランスを考《かんが》えて手《て》作《づく》りをし、家族《かぞく》そろって食《た》べる」ことを目指《めざ》している。ところが一週間《しゅうかん》の実際《じっさい》の食事《しょくじ》では、手作《てづく》りとはいえ野菜炒《やさいいた》めなどの簡単《かんたん》なもので、納豆《なっとう》、お豆腐《とうふ》はパック

のまま、その他《た》は冷凍食品《れいとうしょくひん》や市販《しはん》の調味料《ちょうみりょう》、コンビニ弁当《べんとう》、お惣菜《そうざい》などですませることも多《おお》く、家族《かぞく》それぞれが自分《じぶん》の好《す》きなコンビニ弁当《べんとう》を買《か》ってきて、夕食《ゆうしょく》にする場《ば》合《あい》も珍《めずら》しくないという。

最初《さいしょ》、私《わたし》はこの調査結果《ちょうさけっか》を疑《うたが》った。著者《ちょしゃ》によれば、同様《どうよう》の反応《はんのう》や批判《ひはん》は読者《どくしゃ》からも寄《よ》せられたそうだ。けれども、これが現在《げんざい》五十歳前後《さいぜんご》の主婦《しゅふ》の家庭《かてい》の実像《じつぞう》だという。理想《りそう》と現実《げんじつ》が乖離《かいり》していることは、誰《だれ》にでもあることだ。私《わたし》も子育《こそだ》ての時期《じき》、食事作《しょくじづく》りには心《こころ》を砕《くだ》き、バランスの良《よ》い食事《しょくじ》を心《こころ》がけた。しかし「心《こころ》がけ」だけでは不十分《ふじゅうぶん》だと気《き》づき、実際《じっさい》にどんな食品《しょくひん》を摂《と》ったかを、毎日《まいにち》ノートに書《か》くことにした。すると、日《ひ》によって緑黄色野菜《りょくおうしょくやさい》が少《すく》ない、海藻《かいそう》が足《た》りない等《など》に気《き》がついた。「つもり」でいることと、現実《げんじつ》には差《さ》があることがよく分《わ》かったのだ。おかげでそれ以降《いこう》、本当《ほんとう》にバランスの良《よ》い食事作《しょくじづく》りができるようになった。

物《もの》が豊《ゆた》かで社会《しゃかい》が便利《べんり》な状況《じょうきょう》にあり、かつ欲望優先《よくぼうゆうせん》、効率優先《こうりつゆうせん》で生《い》きていると、人《にん》間《げん》はとかく安易《あんい》な方向《ほうこう》に流《なが》れていく。一度《いちど》手《て》に入《い》れた便利《べんり》さは、なかなか手放《てばな》せない。

「手作《てづく》り」で「バランスがいい」食事《しょくじ》が理想《りそう》だと分《わ》かっていても、知《し》らず知《し》らずのうちに楽《らく》な方《ほう》に傾《かたむ》いてしまう。だから、理想《りそう》に近《ちか》づくためには、「つもり」に留《とど》まるのでなく、自分《じぶん》の実際《じっさい》の行動《こうどう》をノートなどに書《か》き出《だ》してみると思《おも》わぬ効果《こうか》がある。それは理想《りそう》に近《ちか》づくだけでなく、世界《せかい》の平和《へいわ》や気候変動防止《きこうへんどうぼうし》に寄与《きよ》する生活《せいかつ》へとつながっていくのだ。

第5章

【講演録《こうえんろく》】食事《しょくじ》と世界平和《せかいへいわ》

身近《みぢか》なことからライフスタイルの転換《てんかん》を

皆《みな》さま、ありがとうございます（拍手《はくしゅ》）。本日はここ飛田給《とびたきゅう》の生長《せいちょう》の家本部《いえほんぶ》練成道《れんせいどう》場《じょう》をメイン会場《かいじょう》に、全国《ぜんこく》十二会場《かいじょう》をサブ会場《かいじょう》にいたしまして、このように大勢《おおぜい》の皆《みな》さまがお集《あつ》まりくださいまして白鳩会《しろはとかい》*1全国幹部研鑽会《ぜんこくかんぶけんさんかい》が開催《かいさい》されますこと、心《こころ》から感《かん》謝《しゃ》申《もう》し上《あ》げます。皆《みな》さま、ようこそお出《い》でくださいました。（拍手《はくしゅ》）

今日《きょう》はオープニングに始《はじ》まり、「食卓《しょくたく》から平和《へいわ》を」のビデオ、そして今《いま》、三人《にん》の方《かた》の体験事例《たいけんじれい》の発表《はっぴょう》がありました。それぞれに大変素晴《たいへんすば》らしく、模範的《もはんてき》な体験発表《たいけんはっぴょう》で、もう私《わたし》が話《はな》すことはないのではないかと（笑《わら》い）思《おも》うほどに感心《かんしん》し、感銘《かんめい》を受《う》けております。

＊1　生長の家の女性の組織。

◆物質的《ぶっしつてき》な豊《ゆた》かさは幸《しあわ》せをもたらすか？

今回《こんかい》の全国幹部研鑽会《ぜんこくかんぶけんさんかい》の共通《きょうつう》テーマは「自然《しぜん》と共《とも》に伸《の》びるライフスタイルに転換《てんかん》しよう！」ということですので、〝自然《しぜん》と共《とも》に伸《の》びるライフスタイルに転換《てんかん》する〟という私《わたし》たちの目標《もくひょう》の根本精神《こんぽんせいしん》について、初《はじ》めに皆《みな》さまと共《とも》に確認《かくにん》をしたいと思《おも》います。『大自然讃歌《だいしぜんさんか》』（生長《せいちょう》の家刊《いえかん》）の「自然《しぜん》と人間《にんげん》の大調和《だいちょうわ》を観《かん》ずる祈《いの》り」から、一番最初《いちばんさいしょ》の文章《ぶんしょう》を読《よ》ませていただきます。

神《かみ》の創造《つく》り給《たま》いし世界《せかい》の実相《じっそう》は、自然《しぜん》と人間《にんげん》とが一体《いったい》のものとして常《つね》に調和《ちょうわ》しているのである。自然《しぜん》は人間《にんげん》を支《ささ》え、人間《にんげん》に表現手段《ひょうげんしゅだん》を与《あた》え、人間《にんげん》に喜《よろこ》びを与《あた》えている。それに感謝《かんしゃ》し、人間《にんげん》は自然《しぜん》を愛《め》で、自然《しぜん》を養《やしな》い、豊《ゆた》かならしめているのである。両者《りょうしゃ》のあいだに断絶《だんぜつ》はなく、両者《りょうしゃ》のあいだに争《あらそ》いはなく、両者《りょうしゃ》のあいだには区別《くべつ》さえもないのである。

人間《にんげん》と自然《しぜん》との本来《ほんらい》の支《ささ》え合《あ》い、与《あた》え合《あ》いの姿《すがた》――自然《しぜん》と共《とも》に伸《の》びるライフスタイルに転換《てんかん》するためのいろいろな方策《ほうさく》の根本《こんぽん》には、この人間《にんげん》と自然《しぜん》とは本来一体《ほんらいいったい》のものであるという信仰《しんこう》があるのだということを、まず最初《さいしょ》にしっかりと心《こころ》に留《とど》めていただきたいと思《おも》います。そして、私《わたし》たちが転換《てんかん》しなくてはいけないという今《いま》のライフスタイルとはどういうものなのかということについて、もう一度《いちど》あらためて確認《かくにん》をさせていただきたいと思《おも》います。

生長《せいちょう》の家《いえ》で〝炭素《たんそ》ゼロ運動《うんどう》〟が始《はじ》まりましてから、なぜそのようなことをするのかということについて、いろいろなところで話《はな》されてまいりました。現代《げんだい》の文明《ぶんめい》、今《いま》のライフスタイルはどのようなものであるかといいますと、産業革命以来《さんぎょうかくめいいらい》――特《とく》に第《だい》二次世界大戦《じせかいたいせん》が終《お》わりましてから顕著《けんちょ》になりましたが、戦争《せんそう》によって全《すべ》てを無《な》くしたということも大《おお》いに関係《かんけい》しているとは思《おも》いますけれども――経済成長《けいざいせいちょう》が人間《にんげん》の幸《しあわ》せにつながるのだという経済成長至上主義《けいざいせいちょうしじょうしゅぎ》を推《お》し進《すす》め、人類《じんるい》は物質的豊《ぶっしつてきゆた》かさを追《お》い求《もと》めてきました。それは豊富《ほうふ》な地下資源《ちかしげん》、化石燃料《かせきねんりょう》と科学技術《かがくぎじゅつ》の発達《はったつ》によって支《ささ》えられ、現在《げんざい》の世界《せかい》は先進諸国《せんしんしょこく》に限《かぎ》っては物質的《ぶっしつてき》には大変豊《たいへんゆた》かな生活《せいかつ》が実現《じつげん》しました。大量《たいりょう》生産《せいさん》、大量消費《たいりょうしょうひ》、そして国際化《こくさいか》が進《すす》んでいるのが現代《げんだい》の私《わたし》たちを取《と》り巻《ま》く環境《かんきょう》です。その結果《けっか》として地球温暖化《ちきゅうおんだんか》が起《お》こり、その影響《えいきょう》で気候変動《きこうへんどう》が世界各地《せかいかくち》で頻発《ひんぱつ》しています。

先《さき》ほど佐藤香奈美《さとうかなみ》・白鳩会会長《しろはとかいかいちょう》が「森《もり》の中《なか》に移転《いてん》して」というお話《はなし》の中《なか》でも触《ふ》れられましたが、今年《ことし》の二月《がつ》十四日《か》には山梨県《やまなしけん》の私《わたし》たちの住《す》んでいる北杜市《ほくとし》でも一晩《ひとばん》に一四〇～一五〇センチメートルという雪《ゆき》が積《つ》もりました。観測史上《かんそくしじょう》かつてないようなことでしたが、それはやはり気候変動《きこうへんどう》の結果《けっか》と思《おも》われます。そのようなことが世界各地《せかいかくち》で起《お》こっています。そして、どれほど経済発展《けいざいはってん》をしてもこの地球《ちきゅう》はそれを支《ささ》えることができる、化石燃料《かせきねんりょう》あるいは資源《しげん》は無限《むげん》にあるのだと思《おも》っていましたが、石油《せきゆ》をはじめとする様々《さまざま》な資源《しげん》には限《かぎ》りがあり枯渇資源《こかつしげん》であるということが分《わ》かってきました。

そしてまた、私《わたし》たちがこのように野放図《のほうず》に経済発展《けいざいはってん》を求《もと》めていたら地球《ちきゅう》は私《わたし》たちの生《せい》存《ぞん》を支《ささ》えることができない、地球《ちきゅう》はもう悲鳴《ひめい》をあげているのだということが明《あき》らかになってきました。まだ大《おお》きな戦争《せんそう》にはなっていませんが、資源《しげん》の奪《うば》い合《あ》いからの衝突《しょうとつ》が世界各地《せかいかくち》で起《お》きています。今《いま》、ウクライナで起《お》こっていることも、そのようなことと関係《かんけい》しているといわれています。

さらに、人類《じんるい》がひたすら求《もと》めてきた物質的《ぶっしつてき》な豊《ゆた》かさが、本当《ほんとう》に人々《ひとびと》の幸《しあわ》せにつながっているのだろうかという疑問《ぎもん》も出《で》てきました。以前《いぜん》はあまり無《な》かった精神的《せいしんてき》な疾《しっ》患《かん》、あるいは先進諸国《せんしんしょこく》だけではなくて新興国等《しんこうこくなど》においても肥満《ひまん》や成人病《せいじんびょう》などが社会問《しゃかいもん》題《だい》になってきました。

また、かつて私《わたし》たちは自分《じぶん》たちで物《もの》を作《つく》って、それをお互《たが》いに交換《こうかん》し与《あた》え合《あ》う生活《せいかつ》をしてきました。交換《こうかん》の便利《べんり》な手段《しゅだん》としてお金《かね》が作《つく》られたわけですけれども、やがて紙幣《しへい》というものができて、今《いま》はお金《かね》そのものがどんどん膨《ふく》らんでいくといいますか、実体《じったい》のないものとなっています。マネーゲームのようなものによって世界経済《せかいけいざい》が振《ふ》り回《まわ》されています。それが私《わたし》たちの現状《げんじょう》、今生《いまい》きている世界《せかい》です。

◆破壊《はかい》されたヒマラヤの理想社会《りそうしゃかい》

去年《きょねん》でしたか、『幸《しあわ》せの経済学《けいざいがく》』＊2というドキュメンタリー映画《えいが》が日本各地《にっぽんかくち》で自主上《じしゅじょう》映《えい》されました。ご覧《らん》になった方《かた》もおられるかもしれません。私《わたし》も見《み》たいと思《おも》っていたのですが、スケジュールが合《あ》わなくて見《み》ることができませんでした。どういう内《ない》容《よう》かといいますと、『ラダック 懐《なつ》かしい未来《みらい》』（ヘレナ・ノーバーグ＝ホッジ著《ちょ》、山《やま》と溪谷社刊《けいこくしゃかん》）という本《ほん》がベースになっています。この本《ほん》はもう二十年以上前《ねんいじょうまえ》に出版《しゅっぱん》されましたが、私《わたし》が数年前《すうねんまえ》に読《よ》みたいと思《おも》ったときには絶版《ぜっぱん》になっていました。インターネットで調《しら》べたらずいぶん高値《たかね》がついていました。図書館《としょかん》に問《と》い合《あ》わせたら、渋谷《しぶや》の図書館《としょかん》に一冊《さつ》ありまして借《か》りることができました。

ラダックというのはヒマラヤの辺境地《へんきょうち》で、そこが一九七〇年代《ねんだい》に――それまでは

*2 ヘレナ・ノーバーグ＝ホッジ監督。2011年に日本全国100カ所以上での自主上映会を開催後、各地で自主上映活動が続いている。

近代的《きんだいてき》な開発《かいはつ》の影響《えいきょう》をほとんど受《う》けることがなかったのですが、観光目的《かんこうもくてき》で外部《がいぶ》に開放《かいほう》されたのですね。その時《とき》に、スウェーデンの文化人類学者《ぶんかじんるいがくしゃ》で言語学者《げんごがくしゃ》のヘレナ・ノーバーグ＝ホッジという人《ひと》がラダックに入《はい》りました。そこでは人々《ひとびと》は慎《つつ》ましいながらも豊《ゆた》かに暮《く》らし、お互《たが》いに与《あた》え合《あ》い、支《ささ》え合《あ》いの生活《せいかつ》をして、理想的《りそうてき》な循環型《じゅんかんがた》の社《しゃ》会《かい》を築《きず》いていました。そして、ラダックの人々《ひとびと》は「ここには貧困《ひんこん》はありません」と胸《むね》を張《は》って言《い》っていた。〝懐《なつ》かしい未来《みらい》〟という題《だい》は、この懐《なつ》かしい場所《ばしょ》が私《わたし》たちの未《み》来《らい》の理想《りそう》になる、あるいはしたい──不思議《ふしぎ》な題《だい》ですけれども、そういうことをヘレナさんは考《かんが》えられたのではないかと思《おも》います。

そして、行《い》ったり来《き》たりしながら三十年近《ねんちか》くをそのラダックで過《す》ごされましたけれども、開放《かいほう》されると、今《いま》の世界《せかい》ではそこだけ自給自足《じきゅうじそく》をすることは大変難《たいへんむずか》しくて、すぐに開発《かいはつ》の手《て》が伸《の》びてきます。特《とく》に若《わか》い人《ひと》たちは、工場《こうじょう》などができると現金収入《げんきんしゅうにゅう》が得《え》られるので、今《いま》までの暮《く》らしを捨《す》てて、いわゆる西洋的《せいようてき》な価値感《かちかん》に流《なが》されます。すると、数年《すうねん》もたたないうちにラダックは貧困《ひんこん》にあえぎ、援助《えんじょ》を求《もと》めるようになりました。もちろん、それまでの暮《く》らしをしっかりと守《まも》っている人《ひと》もいますが、現代《げんだい》の国際《こくさい》化《か》した社会《しゃかい》では、伝統的《でんとうてき》な価値観《かちかん》を保《たも》つことは大変難《たいへんむずか》しいのです。『ラダック 懐《なつ》かしい未来《みらい》』という本《ほん》は、一度絶版《いちどぜっぱん》になりましたが、時代《じだい》の要請《ようせい》に応《こた》えて二〇一一年《ねん》には復刊《ふっかん》されておりますので、興味《きょうみ》のある方《かた》はぜひ読《よ》まれると大《おお》いに参考《さんこう》になるのではないかと思《おも》います。

　これはラダック一カ所《しょ》のことではなくて、世界中《せかいじゅう》で起《お》きていることです。自給自《じきゅうじ》足《そく》で、自分《じぶん》の畑《はたけ》で自分《じぶん》の食《た》べるものを作《つく》って生《い》きていた人々《ひとびと》が、開発《かいはつ》の手《て》が入《はい》って工場《こうじょう》などができると、現金収入《げんきんしゅうにゅう》が入《はい》るので、そこで働《はたら》くようになります。今《いま》は世界《せかい》中《じゅう》、情報《じょうほう》が行《い》き交《か》いますので、西欧的《せいおうてき》、あるいはアメリカ的《てき》な暮《く》らしにあこがれます。現金収入《げんきんしゅうにゅう》を得《え》ると、電気製品《でんきせいひん》を買《か》う、バイクを買《か》う、車《くるま》を買《か》う、あるいは家《いえ》を買《か》うというようなことをローンを組《く》んでします。そうすると、世界経済《せかいけいざい》が好調《こうちょう》な時《とき》はいいですが、世界経済《せかいけいざい》はいろいろと変化《へんか》がありますから、工場《こうじょう》が閉鎖《へいさ》になるとか、首《くび》を切《き》られるとかして失業《しつぎょう》することもあります。そんな事態《じたい》になってもローンは返《かえ》さなくてはいけません。ローンなど何《なに》もなければ、元《もと》のように自給自足《じきゅうじそく》の生活《せいかつ》に戻《もど》れますが、もしも自分《じぶん》の土地《とち》を開発業者《かいはつぎょうしゃ》に売《う》っていたりすると、そこから貧困《ひんこん》とか、ホームレスというものが生《う》まれてくるのが世界《せかい》の現状《げんじょう》です。経済発展《けいざいはってん》を追求《ついきゅう》してきた世界《せかい》の裏《うら》側《がわ》に、伝統文化《でんとうぶんか》の破壊《はかい》と貧困《ひんこん》が各地《かくち》で起《お》こっているということも頭《あたま》の中《なか》に置《お》いていただきたいと思《おも》います。

◆日本《にっぽん》の農業《のうぎょう》の不安《ふあん》な状況《じょうきょう》

それでは、日本《にっぽん》はどうなっているのかということを皆《みな》さんと一緒《いっしょ》に考《かんが》えていきたいと思《おも》います。今日《きょう》は「食卓《しょくたく》から平和《へいわ》を！」というテーマですので、特《とく》に農業《のうぎょう》について、私《わたし》たちの食《た》べるものについて、皆《みな》さんとグラフを見《み》ながらお話《はなし》をさせていただきたいと思《おも》います。

日本《にっぽん》は、戦後《せんご》すぐには国民《こくみん》の約《やく》六割《わり》が農業《のうぎょう》に従事《じゅうじ》していたそうです。一九七〇年《ねん》に

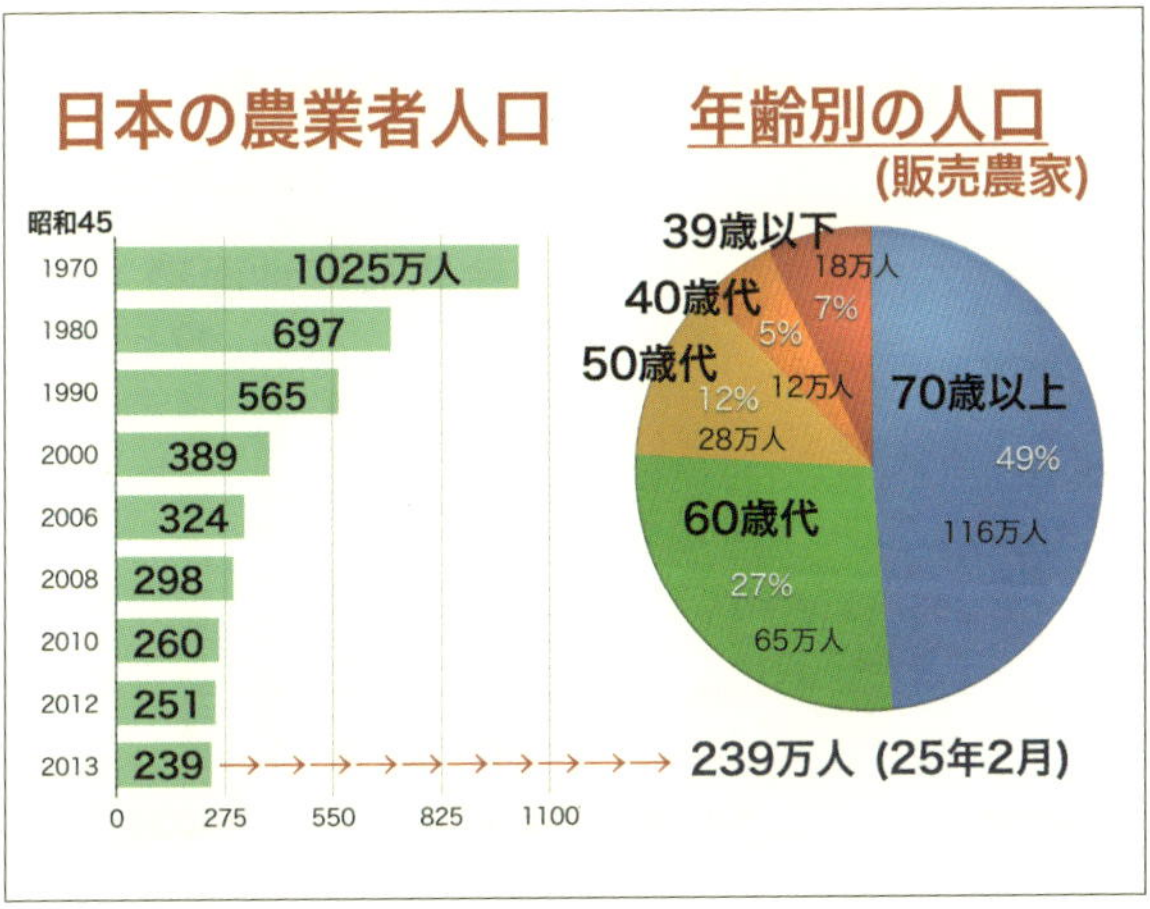

出所：農林水産省

図1

は、このグラフ（図《ず》1）にありますが一、〇二五万人《まんにん》、約《やく》一割《わり》の人《ひと》が農業《のうぎょう》に従事《じゅうじ》していました。今《いま》は二三九万人《まんにん》です。日本《にっぽん》の人口《じんこう》は一億《おく》二七〇〇万人《まんにん》くらいですので、農業《のうぎょう》に従事《じゅうじ》している人《ひと》は漁業《ぎょぎょう》を含《ふく》めても、人口《じんこう》の約《やく》二%《パーセント》です。それ程少《ほどすく》ない数《かず》の人《ひと》によって日本《にっぽん》の食料《しょくりょう》は支《ささ》えられています。

年齢別人口《ねんれいべつじんこう》で見《み》ますと（図《ず》1）、七十歳以上《さいいじょう》が四九%《パーセント》。六十歳以上《さいいじょう》が二七%《パーセント》。これらを足《た》すと、何《なん》と七六%《パーセント》ですね。四分《ぶん》の三が六十歳《さい》以上《いじょう》の人《ひと》によって、日本《にっぽん》の農業《のうぎょう》は支《ささ》え

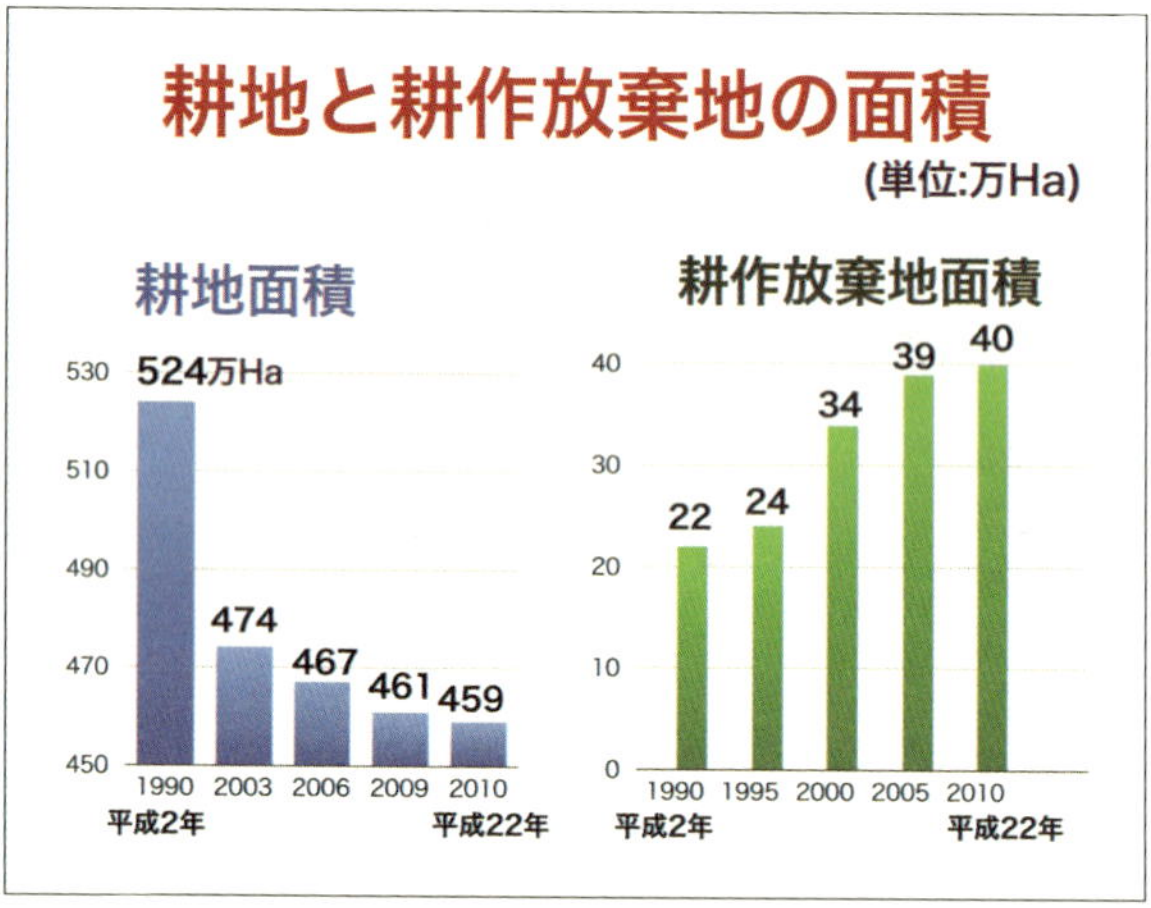

出所：農林水産省

図2

られている。あと四分《ぶん》の一が五十歳代《さいだい》、四十歳代《さいだい》、三十九歳以下《さいいか》ということで、二十年後《ねんご》、三十年後《ねんご》にはどうなるのかということがこのグラフを見《み》ると大変《たいへん》不安《ふあん》になります。

続《つづ》いて耕地《こうち》と耕作放棄地《こうさくほうきち》の面積《めんせき》です（図《ず》2）。これは平成《へいせい》二十二年《ねん》の数字《すうじ》ですが、四五九万《まん》ヘクタールの耕地《こうち》が農《のう》地《ち》として使《つか》われており、耕作放棄地《こうさくほうきち》は四〇万《まん》ヘクタール、約《やく》十分《ぶん》の一弱《じゃく》です。十分《ぶん》の一弱《じゃく》というとずいぶん広《ひろ》い土地《とち》ですが、それが耕作《こうさく》されていないということです。

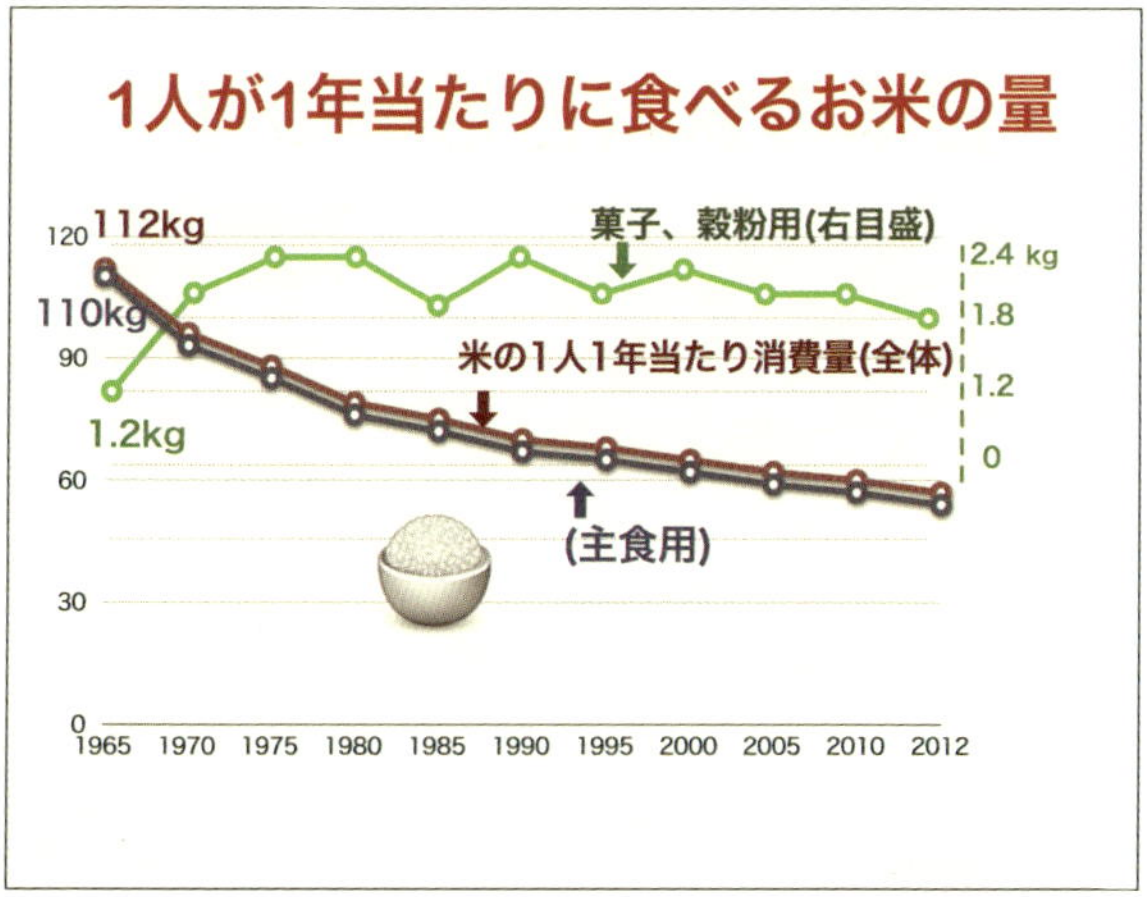

出所：農林水産省

図３

続《つづ》けて見《み》てみますと、これは私《わたし》たちが一年《ねん》に食《た》べるお米《こめ》の量《りょう》です（図《ず》3）。一九六五年《ねん》には一一〇キログラムです。現在《げんざい》は五〇キログラムくらいで、半分《はんぶん》以下《いか》ですね。昔《むかし》はご飯《はん》が中心《ちゅうしん》でおかずが少《すこ》しでしたが、今《いま》はご飯《はん》が少《すく》なくおかずをたくさん頂《いただ》くというので、お米《こめ》の消費量《しょうひりょう》が減《へ》っています。

それに関連《かんれん》して、食料自給率《しょくりょうじきゅうりつ》はどうなっているかといいますと（図《ず》4、次《じ》ページ）、二〇一二年《ねん》では三六%《パーセント》ですね。一九六五年《ねん》には七三%《パーセント》の供給熱《きょうきゅうねつ》量《りょう》ベースでした。こちらも半分以下《はんぶんいか》です。

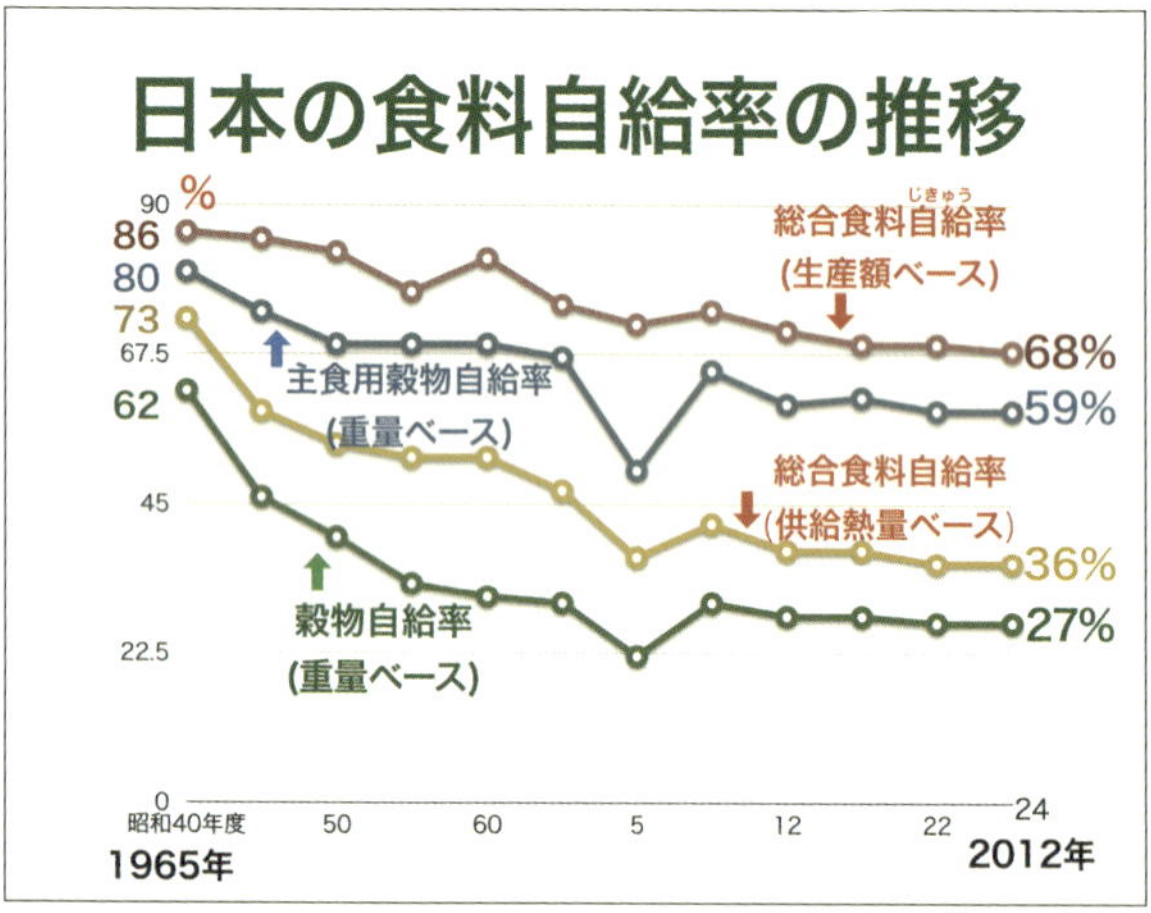
日本の食料自給率の推移
%
90
86
80
73
67.5
62
45
22.5
0
総合食料自給《じきゅう》率
(生産額ベース)
主食用穀物自給率
(重量ベース)
総合食料自給率
(供給熱量ベース)
穀物自給率
(重量ベース)
68%
59%
36%
27%
昭和40年度
50
60
5
12
22
24
1965年
2012年

出所：農林水産省

図４

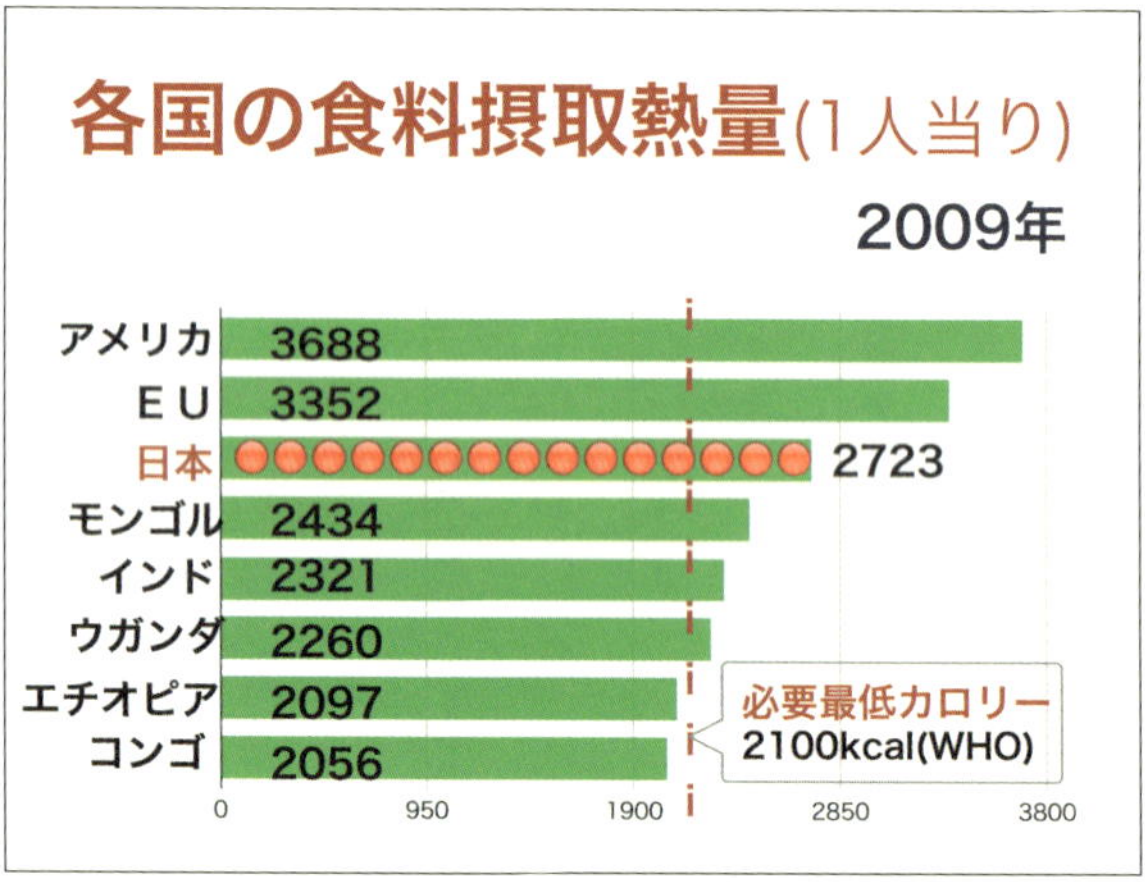
各国の食料摂取熱量(1人当り)
2009年
アメリカ 3688
ＥＵ 3352
日本 2723
モンゴル 2434
インド 2321
ウガンダ 2260
エチオピア 2097
コンゴ 2056
必要最低カロリー
2100kcal(WHO)
0
950
1900
2850
3800

出所：FAO（国連食糧農業機関）

図５

これは主食《しゅしょく》のお米《こめ》をほぼ自給《じきゅう》しているので、お米《こめ》の消費量《しょうひりょう》が多《おお》ければ、自給率《じきゅうりつ》は高《たか》いわけです。ご飯《はん》を食《た》べる量《りょう》が少《すく》なくなって、代《か》わりに輸入《ゆにゅう》された肉《にく》や油脂類《ゆしるい》が多《おお》くなったので、当然《とうぜん》のことながら自給率《じきゅうりつ》が低《ひく》くなっています。三六%《パーセント》という数字《すうじ》は先進諸国《せんしんしょこく》の中《なか》でも最低《さいてい》です。

そして、各国《かっこく》の食料摂取熱量《しょくりょうせっしゅねつりょう》ですが（図《ず》5）、必要最低《ひつようさいてい》カロリーは二、一〇〇キロカロリーです。米国《べいこく》が三、六八八キロカロリー。ＥＵ諸国《イーユーしょこく》が三、三五二。日本《にっぽん》も二、七二三キロカロリーを食《た》べています。ずいぶんたくさん頂《いただ》いているわけです。これを見《み》ますとエチオピア、コンゴが必要最低《ひつようさいてい》カロリー以下《いか》です。この図《ず》を見《み》ている限《かぎ》り、他《た》はだいたいみんな食《た》べられているのかと思《おも》われるかもしれませんが、世界《せかい》の七十億《おく》の人口《じんこう》の中《なか》でお腹《なか》いっぱい食《た》べられる人《ひと》は約《やく》二割《わり》。二割《わり》ということは十四億《おく》ですね。十四億《おく》の人《ひと》しかお腹《なか》いっぱい頂《いただ》けない。あと五十六億《おく》の人《ひと》たちはお腹《なか》いっぱい食事《しょくじ》を頂《いただ》けない、ひもじい思《おも》いをしているということです。

そして、その二割《わり》の人《ひと》たちが世界《せかい》の穀物《こくもつ》の二分《ぶん》の一を消費《しょうひ》しています。直接《ちょくせつ》食《た》べ

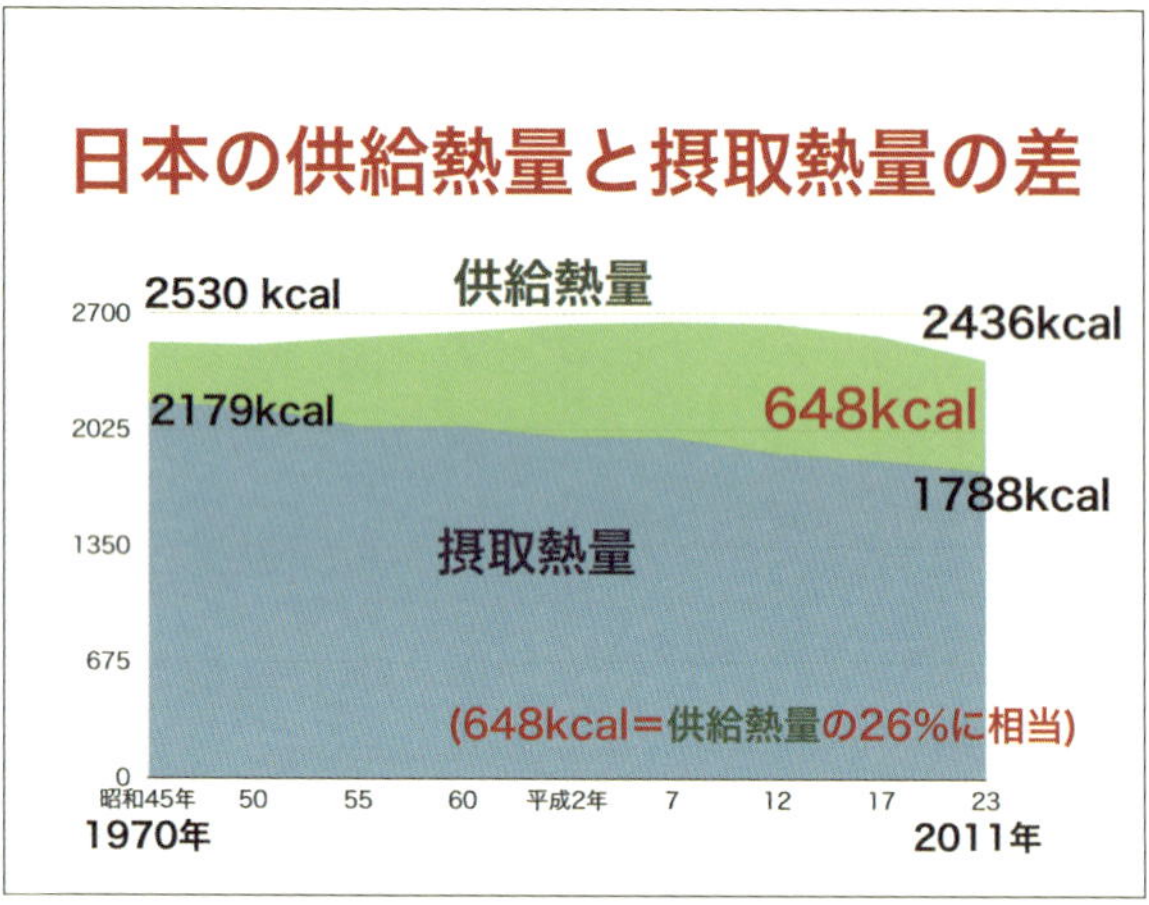

出所：農林水産省

図６

ているわけではありません。豊《ゆた》かな国《くに》では豊《ゆた》かになればなるほど肉食《にくしょく》が増《ふ》えるので、牛《うし》や豚《ぶた》、鳥《とり》、養殖魚《ようしょくぎょ》などの飼料《しりょう》として間接的《かんせつてき》に穀物《こくもつ》を食《た》べているということになります。

そして、これは供給熱量《きょうきゅうねつりょう》と摂取熱量《せっしゅねつりょう》の差《さ》ですけれども（図《ず》６）、日本《にっぽん》では六四八キロカロリーを捨《す》てています。約《やく》四分《ぶん》の一です。実際《じっさい》には三分《ぶん》の一ともいわれています。私《わたし》たちは六四％《パーセント》もの沢山《たくさん》の食料《しょくりょう》を世界中《せかいじゅう》から輸入《ゆにゅう》しているにも関《かか》わらず、四分《ぶん》の一は捨《す》てているというのが現在《げんざい》の日本《にっぽん》の状況《じょうきょう》です。

◆ライフスタイルを変《か》えるための五《いつ》つの提案《ていあん》

日本《にっぽん》は大丈夫《だいじょうぶ》、お金《かね》もあるし、日本人《にっぽんじん》は優秀《ゆうしゅう》だから、と思《おも》うかもしれませんけれども、気候変動《きこうへんどう》によってだんだん食料《しょくりょう》の生産《せいさん》も頭打《あたまう》ちになっているといわれております。私《わたし》たちは自分《じぶん》たちのことだけではなくて、世界《せかい》の平和《へいわ》と未来《みらい》の人々《ひとびと》のことも考《かんが》えて、ライフスタイルを転換《てんかん》していかなければならないと切実《せつじつ》に感《かん》じます。

そのために、これから皆《みな》さま方《がた》にライフスタイルを変《か》えるための五《いつ》つの提案《ていあん》をさせていただきたいと思《おも》います。（図《ず》7、次《じ》ページ）

その一《ひと》つは、先《さき》ほどもお話《はな》しいたしましたように、「神《かみ》において一体《いったい》を信《しん》じる」。すべての命《いのち》あるもの、命《いのち》なきもの、すべてのものが神《かみ》において一体《いったい》である。一体《いったい》であるということは、私《わたし》たち人間《にんげん》と、天地一切《てんちいっさい》のものは、同《おな》じ命《いのち》のつながりの中《なか》にあるとい

ライフスタイルを変えるために

1. 神において一体を信じる
2. 買い過ぎない、持ち過ぎない
3. 安さの裏側を考える
4. 地産地消をしよう
5. 家庭菜園をしてみよう

図7

うことです。私《わたし》たちはそれを信《しん》じるがゆえに、他《た》から奪《うば》わない、他《た》に与《あた》える、そういう生《い》き方《かた》をしていこう――そういう根本的《こんぽんてき》な信仰《しんこう》をもって、私《わたし》たちのライフスタイルを変更《へんこう》していきたいと思《おも》います。

二番目《ばんめ》には、「買《か》いすぎない、持《も》ちすぎない」ということです。このことにつきまして、今日《きょう》のテキストを読《よ》ませていただきます。『新版《しんぱん》 生活《せいかつ》の智慧《ちえ》365章《しょう》』（日本教文社刊《にっぽんきょうぶんしゃかん》）の一八三ページ、「第《だい》七篇《へん》 無限《むげん》の供給《きょうきゅう》を受《う》ける道《みち》」の「物質《ぶっしつ》は神《かみ》の愛《あい》の実現《じつげん》」というところを読《よ》ませていただきます。

物質《ぶっしつ》は神《かみ》の愛《あい》の実現《じつげん》

キリストが或《あ》る時《とき》、奇蹟《きせき》を行《おこな》った。五《いつ》つのパンを五千人《にん》に分《わ》けたら食《た》べ飽《あ》きて尚籠《なおかご》十二杯《はい》に山盛《やまもり》にパンが残《のこ》った。そんな馬鹿《ばか》らしいことがあるものかと一見思《いっけんおも》われるのであるが、聖書《せいしょ》を注意《ちゅうい》して読《よ》むと、イエス「一片《いっぺん》のカケラも残《のこ》らないように其《そ》のパンの屑《くず》を集《あつ》めよ」と弟子《でし》に指令《しれい》しているのである。爰《ここ》に真《しん》に無限《むげん》供給《きゅう》の原理《げんり》があるのである。

一片《いっぺん》のカケラもすべて神《かみ》からの賜《たまもの》なのである。その賜《たまもの》を尊重《そんちょう》する心《こころ》のあるところに、そのカケラが増殖《ぞうしょく》して、ついに十二杯《はい》の籠《かご》に山盛《やまもり》のパンともなったのである。神《かみ》からの賜《たまもの》を尊重《そんちょう》しないで、唯単《ただたん》にそれを物質的《ぶっしつてき》な塊《かたまり》だと、軽《かる》くあしらっているところに、人間《にんげん》が貧《まず》しくなる原因《げんいん》があるのである。物質《ぶっしつ》はそのまま「神《かみ》の愛《あい》の実現《じつげん》」である。百丈和尚《ひゃくじょうおしょう》は一枚《まい》の菜《な》の葉《は》が川《かわ》へ流《なが》れて行《い》ったのを駈歩《かけあし》で追《お》って行《い》き、それを拾《ひろ》って「仏物《ぶつもつ》」として押《お》し頂《いただ》いたと云《い》うことである。

（同書《どうしょ》、一八三〜一八四ページ）

このように書《か》かれてあります。イエスが「其《そ》のパンの屑《くず》を集《あつ》めよ」と弟子《でし》に指令《しれい》しているのであるということです。一物《いちぶつ》をもムダにしない。今《いま》、私《わたし》たちは豊《ゆた》かにものがありますので、もしかしたら買《か》いすぎているのではないか、頂《いただ》きすぎているのではないか、持《も》ちすぎているのではないかということを、生活《せいかつ》の中《なか》で顧《かえり》みたいと思《おも》います。お店《みせ》にものがいっぱいあると、ついつい「あ、これいいな」とか思《おも》ってしまいますけれども、何《なに》か買《か》おうとするときに本当《ほんとう》に必要《ひつよう》なのか――そういうことをぜひ考《かんが》えていただきたいと思《おも》います。

その食《た》べすぎないということですが、私《わたし》はいつも講習会《こうしゅうかい》では肉食《にくしょく》について――今日《きょう》もお話《はなし》がありますけれども――地球温暖化《ちきゅうおんだんか》を促進《そくしん》するし、間接的《かんせつてき》には人《ひと》から奪《うば》っているのだというお話《はなし》をしております。しかし、日本《にっぽん》に暮《く》らしている限《かぎ》りにおいては、私《わたし》たちは飢餓《きが》というものを身近《みぢか》に見《み》ることもありませんし、自分《じぶん》が経験《けいけん》することもありません。

そこで、生長《せいちょう》の家《いえ》の国際本部《こくさいほんぶ》ではいつもノーミートのランチを頂《いただ》いておりますけれども、この四月《がつ》から月《つき》に一回《かい》、世界《せかい》の飢餓《きが》の人々《ひとびと》に思《おも》いをはせようという趣《しゅ》旨《し》で、ご飯《はん》とお味噌汁《みそしる》だけで、量《りょう》もご飯《はん》はお茶碗《ちゃわん》一杯《ぱい》、お味噌汁《みそしる》一杯《ぱい》というお食事《しょくじ》を頂《いただ》くことにしました。毎月《まいつき》一回《かい》、『大自然讃歌《だいしぜんさんか》』を外《そと》で読誦《どくじゅ》いたしますので、五月《がつ》からは読誦《どくじゅ》の日《ひ》にそのお食事《しょくじ》を頂《いただ》くことになっておりますけれども、四月《がつ》は二十二日《にち》にオフィスの食堂《しょくどう》でご飯《はん》とお味噌汁《みそしる》だけのお食事《しょくじ》を頂《いただ》きました。

一汁一飯の食事

私《わたし》もその時《とき》に夫《おっと》とオフィスの皆《みな》さまと一緒《いっしょ》に頂《いただ》きました。最初《さいしょ》は——皆《みな》さま方《がた》も同《おな》じではないかと思《おも》いますが——ご飯《はん》一杯《ぱい》とお味噌汁《みそしる》だけというお食事《しょくじ》を頂《いただ》く機会《きかい》が最《さい》近《きん》なかったものですから、どんなものかな、後《あと》でお腹《なか》が空《す》くんじゃないかとかいろいろ思《おも》いました。実際《じっさい》にはご飯《はん》とお味噌汁《みそしる》だけなので、ご飯《はん》をゆっくり味《あじ》わって噛《か》みしめていただきました。するとご飯《はん》が甘《あま》くて味《あじ》わい深《ぶか》いものであることが分《わ》かりました。わかめとお豆腐《とうふ》のお味噌汁《みそしる》でしたが、とてもおいしかったです。普段《ふだん》は沢山《たくさん》のおかずを前《まえ》にして黙々《もくもく》と頂《いただ》くのですが、その時《とき》には時間《じかん》がたっぷりあるので、同《おな》じテーブルの方《かた》たちといつもは話《はな》せないようないろいろなお話《はなし》をしました。「ゆっくり噛《か》みましょうね」と言《い》いながら（笑《わら》い）。そのような食事《しょくじ》を頂《いただ》いて、ご飯《はん》とお味噌汁《みそしる》だけでも不足《ふそく》に思《おも》うことはなく、頂《いただ》けることがとてもありがたいとあらためて感《かん》じました。

食事《しょくじ》もそうですが、それ以外《いがい》のものでも、私《わたし》たちは取《と》りすぎていないか、持《も》ちすぎていないか、そんなにも要《い》らないのではないか、そういうことを生活《せいかつ》の中《なか》で一《ひと》つ一《ひと》つ考《かんが》えていきたい。ぜひ皆《みな》さま方《がた》も、もしよろしければ月《つき》に一回《かい》でも、ご家庭《かてい》でご家族《かぞく》と一緒《いっしょ》に――お子《こ》さまの中《なか》には「そんなのイヤだ」と言《い》われるかもしれませんが――していただきますと、自分《じぶん》たちがいかに恵《めぐ》まれていて、ありがたい環境《かんきょう》の中《なか》にいるのかということが感《かん》じられますし、その一杯《ぱい》のご飯《はん》さえも、お味噌汁《みそしる》さえも頂《いただ》けない人《ひと》が世界中《せかいじゅう》にはいっぱいいるのだということが少《すこ》しわかるのではないかと思《おも》います。

(拍手《はくしゅ》)

次《つぎ》に、「安《やす》さの裏側《うらがわ》を考《かんが》える」ということです。今《いま》、世《よ》の中《なか》には食料品《しょくりょうひん》だけではなくていろいろなものが、高《たか》いもののもありますが、安《やす》いものがたくさんあります。洋服《ようふく》にしても、日用品《にちようひん》や家具《かぐ》、百円《えん》ショップなどで安《やす》いものが多《おお》く出回《でまわ》っています。すると、安《やす》いからいいんじゃないかと思《おも》っていっぱい買《か》ってしまうということが、もしかしたらあるかもしれません。

安《やす》いものは本当《ほんとう》に安《やす》いのかといいますと、皆《みな》さまもご存《ぞん》じのこととは思《おも》いますけれども、安《やす》いものは環境負荷《かんきょうふか》が考《かんが》えられていない。例《たと》えば、日本《にっぽん》で有機栽培《ゆうきさいばい》で作《つく》られたものと、外国《がいこく》から来《き》たものとどちらが高《たか》いかというと、ものによりましては日本《にっぽん》で作《つく》られたもののほうが高《たか》いですね。飛行機《ひこうき》などで遠《とお》い外国《がいこく》から運《はこ》ばれてきたものが安《やす》いということは、本当《ほんとう》はおかしいです。それには環境《かんきょう》に負荷《ふか》がかかっていて、二酸化《にさんか》炭素《たんそ》をたくさん排出《はいしゅつ》しています。またそれを作《つく》る人《ひと》、先《さき》ほどラダックの例《れい》でもお話《はな》ししましたけれども、その方《かた》たちの生活《せいかつ》や環境《かんきょう》を破壊《はかい》していたり、劣悪《れつあく》な職場環境《しょくばかんきょう》の中《なか》で使《つか》い捨《す》てのようにして人々《ひとびと》が工場《こうじょう》で働《はたら》いて安《やす》い製品《せいひん》が作《つく》られているというようなこともあります。

また、安《やす》いものをいっぱい買《か》って、安《やす》いからとついつい大切《たいせつ》に扱《あつか》わないというようなことにもなるのではないかと思《おも》います。お野菜《やさい》でも一本《ぽん》ずつ買《か》うよりカゴ盛《も》りの方《ほう》が安《やす》いと買《か》ってはみたものの、多過《おおす》ぎて腐《くさ》らせてしまったということがあるのではないでしょうか。ですから、安《やす》いものが本当《ほんとう》に安《やす》いのではない、安《やす》いものは本当《ほんとう》は高《たか》くつくのだということもぜひ知《し》っていただいて、ものを買《か》うときに「これは本当《ほんとう》に安《やす》いのだろうか」と考《かんが》えることです。

そんな高《たか》いものを買《か》う余裕《よゆう》は私《わたし》の生活《せいかつ》にはありませんという方《かた》もおられるかもしれ

ませんけれども、自分《じぶん》の生活《せいかつ》の中《なか》で何《なに》を最《もっと》も大切《たいせつ》にするのかということですね。すべてのものは神様《かみさま》からの賜《たまわ》り物《もの》である、恵《めぐ》みのものであると思《おも》ったら、その一《ひと》つ一《ひと》つを大切《たいせつ》にすることによって、少《すこ》しは高《たか》いかもしれないけど、それを大切《たいせつ》に一物《いちぶつ》も残《のこ》さないで使《つか》うようにすれば、そんなに経済的《けいざいてき》に負担《ふたん》をかけないでも生活《せいかつ》ができるのではないかと思《おも》います。

〝炭素《たんそ》ゼロ〟運動《うんどう》はマイ箸《はし》やマイバッグ、あるいは肉食《にくしょく》を減《へ》らす、できる方《かた》は太陽光《たいようこう》発電《はつでん》を付《つ》けていただく、節電《せつでん》をしていただくということを今《いま》までも皆《みな》さん方《がた》にしていただきましたけれども、さらにもっと毎日《まいにち》の生活《せいかつ》の中《なか》で何《なに》を買《か》うのか、何《なに》をどのように食《た》べるのか、そういうことも考《かんが》えていただきたいと思《おも》います。

そして、廃棄物《はいきぶつ》の量《りょう》ですね。捨《す》てる量《りょう》が多《おお》い一因《いちいん》は、もちろんムダに買《か》うというのもありますが、家庭《かてい》で主婦《しゅふ》がお料理《りょうり》をあまりしなくなったということも大《おお》いに関係《かんけい》しています。私《わたし》たちは自分《じぶん》が心《こころ》を込《こ》めて、自分《じぶん》の手《て》で作《つく》ったものはちょっと余《あま》ったからといって簡単《かんたん》には捨《す》てないと思《おも》います。残《のこ》ったらまた翌日頂《よくじついただ》くとか、冷蔵庫《れいぞうこ》に入《い》れておいたりして、無駄《むだ》にしないようにします。ところが買《か》ったお惣菜《そうざい》などが残《のこ》った場合《ばあい》、賞味期限《しょうみきげん》や何《なに》が入《はい》っているかわからないということもあり、簡単《かんたん》に捨《す》ててしまいます。簡単《かんたん》にものを買《か》うことが食品《しょくひん》を廃棄《はいき》することにもつながります。

今《いま》は皆《みな》さん、忙《いそが》しいので家庭《かてい》の食事《しょくじ》がおろそかになっているということがあります。食事《しょくじ》を作《つく》るのはムダなことだとか、その時間《じかん》がもったいないというふうに思《おも》う方《かた》があるかもしれません。食事《しょくじ》を作《つく》るときに、食材《しょくざい》を洗《あら》ったり切《き》るときに、この食《た》べ物《もの》が私《わたし》のところに来《く》るためには育《そだ》ててくださった方《かた》、それを運《はこ》んでくださった方《かた》、そういう目《め》に見《み》えない多《おお》くの人《ひと》の手《て》をへて私《わたし》のところに来《き》ているのだということまで考《かんが》えながらお料理《りょうり》をすると、大変豊《たいへんゆた》かな活動《かつどう》になります。ただ何《なん》となくお腹《なか》を満《み》たすためだけのお料理《りょうり》をてきぱきと、ささっと作《つく》るのではなくて、そういうふうに一《ひと》つの食《た》べ物《もの》が私《わたし》たちのところに届《とど》いた道《みち》のりを考《かんが》えて、その背後《はいご》には神《かみ》の無限《むげん》の愛《あい》があって、生《い》かそう生《い》かそうとしている愛《あい》によって私《わたし》たち一人《ひとり》一人《ひとり》が生《い》かされているのだという深《ふか》いところに思《おも》いをはせながらお料理《りょうり》をしていただければと思《おも》います。そしてこのお料理《りょうり》を食《た》べる家族《かぞく》が健康《けんこう》で幸《しあわ》せであってほしいという愛念《あいねん》を込《こ》めたお料理《りょうり》を作《つく》ることによりまして、作《つく》った本人《ほんにん》も満足《まんぞく》いたしますし、召《め》し上《あ》がる家族《かぞく》の方《かた》も幸《しあわ》せで満《み》ち足《た》りた思《おも》いをされるのではないかと思《おも》います。

ですから、私《わたし》たちが食事《しょくじ》を作《つく》るということはとても尊《とうと》いことです。近《ちか》ごろは男性《だんせい》もお料理《りょうり》をされる方《かた》が多《おお》いと聞《き》きますが、みんなで楽《たの》しくお料理《りょうり》をして、家庭《かてい》で食事《しょくじ》を作《つく》ることの価値《かち》――それはただ家族《かぞく》のために忙《いそが》しい思《おも》いをしてお食事《しょくじ》を作《つく》るのだというのではなくて、それをさせていただくことはとてもありがたいことなのだというものの見方《みかた》に変《か》えていただいたら、毎日《まいにち》が楽《たの》しいものとなるのではないかと思《おも》います。

（拍手《はくしゅ》）

そして、「地産地消《ちさんちしょう》」ですけれども、先《さき》ほども見《み》ましたように六十代以上《だいいじょう》の七六％《パーセント》を占《し》める農業者《のうぎょうしゃ》の方《かた》が今《いま》、日本《にっぽん》の農業《のうぎょう》を支《ささ》えています。食物《しょくもつ》というのは本《ほん》来《らい》自分《じぶん》の身近《みぢか》で作《つく》られたものを頂《いただ》くことが本当《ほんとう》は一番《いちばん》おいしくて体《からだ》にも良《よ》いのですね。地産地消《ちさんちしょう》をすることによって、新鮮《しんせん》でおいしいお野菜《やさい》を頂《いただ》けると共《とも》に、若《わか》い人《ひと》たちに農業《のうぎょう》でも生《い》きていけるのだ、農業《のうぎょう》で生活《せいかつ》できるのだということを知《し》らせることになります。地元《じもと》のものを買《か》うことで農業《のうぎょう》に従事《じゅうじ》する年齢層《ねんれいそう》が若《わか》くなり、より安定《あんてい》した日本《にっぽん》の農業《のうぎょう》になります。日本《にっぽん》の農業《のうぎょう》を支《ささ》え、育《そだ》てることができます。遠《とお》く外国《がいこく》から来《く》るものは、先《さき》ほどからお話《はな》ししていますように地球環境《ちきゅうかんきょう》に悪影響《あくえいきょう》を及《およ》ぼします。地産地《ちさんち》消《しょう》を心掛《こころが》けることは、日本《にっぽん》の農業《のうぎょう》を育《そだ》て、さらに私《わたし》たちの未来《みらい》の世代《せだい》に豊《ゆた》かな社会《しゃかい》を残《のこ》すことになりますので、ぜひそのようなこともしていただきたいと思《おも》います。

今《いま》は道《みち》の駅《えき》とか、地産地消《ちさんちしょう》の市場《いちば》がいろんなところにありますね。そういうところは、そんなに高《たか》くありません。北杜市《ほくとし》でもいろんなところに地産地消《ちさんちしょう》の会《かい》があります。大泉《おおいずみ》の駅前《えきまえ》にも市場《いちば》がありまして、そこですと無農薬《むのうやく》で有機栽培《ゆうきさいばい》のものがだいたい百円少《えんすこ》しです。中間《ちゅうかん》マージンがありませんし、輸送《ゆそう》のコストもないので安《やす》く手《て》に入《はい》ります。都会《とかい》では無理《むり》なことですが、私《わたし》たちはそのような場所《ばしょ》も大《おお》いに活用《かつよう》して、二酸化《にさんか》炭素《たんそ》を減《へ》らし、日本《にっぽん》の農業《のうぎょう》の若《わか》い担《にな》い手《て》を育《そだ》てていきたいと思《おも》います。

そして最後《さいご》に、先《さき》ほどからもお話《はな》しされておりましたが、ぜひ家庭菜園《かていさいえん》やベランダでのプランター菜園《さいえん》などで、何《なに》かを作《つく》っていただくことをお勧《すす》めします。私《わたし》たちが苗《なえ》や種《たね》を植《う》え、お水《みず》と肥料《ひりょう》をちょっと与《あた》えれば太陽《たいよう》の恵《めぐ》みによって作物《さくもつ》は作《つく》られるんですね。それを収穫《しゅうかく》するのはとても満《み》ち足《た》りた喜《よろこ》びがあります。自分《じぶん》が何《なに》もしなくても作物《さくもつ》が実《みの》ることを深《ふか》く考《かんが》えると、この世界《せかい》が素晴《すば》らしい与《あた》え合《あ》いの世界《せかい》であることが、わかります。

また日本《にっぽん》の消費者《しょうひしゃ》は大変《たいへん》わがままだといわれます。曲《ま》がっていたり、大《おお》きさがまちまち、傷《きず》があるものなどは市場《しじょう》に出《で》ません。買《か》い手《て》が綺麗《きれい》なものを欲《ほ》しがるからだそうです。自分《じぶん》で作《つく》ってみると、栽培《さいばい》、収穫《しゅうかく》の喜《よろこ》びとともに、揃《そろ》っていないのが当《あ》たり前《まえ》、曲《ま》がっているのが自然《しぜん》の姿《すがた》であることがわかります。皆《みな》さま方《がた》もそういうことを実感《じっかん》されているのではないかと思《おも》います。それがまた豊《ゆた》かな私《わたし》たちの生活《せいかつ》に反映《はんえい》されてまいります。

テキストになっています私《わたし》の『おいしいノーミート　四季《しき》の恵《めぐ》み弁当《べんとう》』（生長《せいちょう》の家《いえ》刊《かん》）の五〇ページに「庭《にわ》からの恵《めぐ》み」というところがあります。私《わたし》が東京《とうきょう》の自宅《じたく》で作《つく》りましたゴーヤやトマト、ピーマン、ブルーベリーなどを収穫《しゅうかく》した写真《しゃしん》があります。写真《しゃしん》で見《み》るだけでも、豊《ゆた》かな感《かん》じがします。

これら五《いつ》つの提案《ていあん》は、私《わたし》たち一人一人《ひとりひとり》が自分《じぶん》の生活《せいかつ》を、自《みずか》らの意思《いし》と手《て》によって作《つく》り出《だ》していこうというものです。完全《かんぜん》にはできないかもしれません。面倒《めんどう》なこともあるかもしれませんが、できるところからしていただければと思《おも》います。それが、世界《せかい》の平和《へいわ》に寄与《きよ》するとともに、未来《みらい》の世代《せだい》によい遺産《いさん》として残《のこ》せます。さらに私《わたし》たち一人一人《ひとりひとり》の心《こころ》を豊《ゆた》かにし、神性《しんせい》、仏性《ぶっしょう》の開顕《かいけん》につながります。皆《みな》さま方《がた》の足元《あしもと》から、ライフスタイルの転換《てんかん》をしていただき、多《おお》くの方々《かたがた》に生長《せいちょう》の家《いえ》の教《おし》えをお伝《つた》えいただきまして、新《あたら》しい文明《ぶんめい》、自然《しぜん》と人間《にんげん》が大調和《だいちょうわ》した世界《せかい》を実現《じつげん》するためにご一緒《いっしょ》に歩《あゆ》んでまいりたいと思《おも》います。

これで私《わたし》の話《はなし》を終《お》わらせていただきます。ありがとうございます。(拍手《はくしゅ》)

――第六回生長の家白鳩会全国幹部研鑽会での講話(二〇一四年四月二十八日)

食事《しょくじ》と世界平和《せかいへいわ》

このたびは「世界平和《せかいへいわ》のための生長《せいちょう》の家国際教修会《いえこくさいきょうしゅうかい》」が、ブラジルのサンパウロ市《し》で五年《ねん》ぶりに開催《かいさい》されました。ブラジル国内《こくない》はもとより、世界各地《せかいかくち》から多《おお》くの皆《みな》さまがお集《あつ》まりくださいました。ようこそお出《い》でくださいました。心《こころ》から感謝歓迎《かんしゃかんげい》申《もう》し上《あ》げます。(拍手《はくしゅ》)

今回《こんかい》の教修会《きょうしゅうかい》のテーマは、肉食《にくしょく》についてです。肉食《にくしょく》をすることは現在《げんざい》では、世界《せかい》中《じゅう》であまりにも普通《ふつう》になっており、おかげで動物《どうぶつ》の肉《にく》は大量《たいりょう》に消費《しょうひ》されています。特《とく》にブラジルは、世界第《せかいだい》二の食肉輸出国《しょくにくゆしゅつこく》です。肉食《にくしょく》が人類《じんるい》の生活《せいかつ》にどのような悪影響《あくえいきょう》を及《およ》ぼすかということは、これまでの発表者《はっぴょうしゃ》の方々《かたがた》が、それぞれの観点《かんてん》から詳《くわ》しく説明《せつめい》してくださいました。また私《わたし》の後《あと》にも、発表《はっぴょう》が続《つづ》きます。私《わたし》は生長《せいちょう》の家《いえ》の教《おし》えと、私《わたし》たちの日々《ひび》の暮《く》らしの関係《かんけい》はどうあるべきかという視点《してん》から、お話《はなし》をさせていただきます。

生長《せいちょう》の家《いえ》は昭和《しょうわ》五年《ねん》――一九三〇年《ねん》に立教《りっきょう》されましたが、谷口雅春《たにぐちまさはる》＊2先生《せんせい》に最初《さいしょ》に降《くだ》された神示《しんじ》は、「生長《せいちょう》の家《いえ》の食事《しょくじ》」と呼《よ》ばれているものです。皆《みな》さんの中《なか》にはよくご存知《ぞんじ》の方《かた》もおられると思《おも》います。

「生長《せいちょう》の家《いえ》の食事《しょくじ》」の神示《しんじ》には、「食事《しょくじ》は自己《じこ》に宿《やど》る神《かみ》に供《そな》え物《もの》を献《けん》ずる、最《もっと》も厳粛《げんしゅく》な儀式《ぎしき》である」と示《しめ》されています。

「人間《にんげん》が神《かみ》の子《こ》である」というのが、生長《せいちょう》の家《いえ》の根本真理《こんぽんしんり》です。その神《かみ》の子《こ》の使命《しめい》、生《い》きる目的《もくてき》は神《かみ》の御心《みこころ》を顕現《けんげん》すること――すなわち神《かみ》の善《ぜん》をこの現象界《げんしょうかい》、現実《げんじつ》の世《せ》界《かい》に表現《ひょうげん》することです。そのために私《わたし》たちは、肉体《にくたい》をもってこの世界《せかい》に生《う》まれてきました。目的《もくてき》をかなえるためには、表現《ひょうげん》の道具《どうぐ》である肉体《にくたい》が健康《けんこう》でなくてはなりません。肉体《にくたい》は人間自身《にんげんじしん》ではなく、肉体《にくたい》の奥《おく》に宿《やど》る霊的実在《れいてきじつざい》が人間《にんげん》です。霊的実在《れいてきじつざい》である神《かみ》の子人間《こにんげん》の目的《もくてき》を達《たっ》するための道具《どうぐ》としての肉体《にくたい》は、「神《かみ》の宮《みや》」とも言《い》われます。その

＊2　生長の家創始者、1985年昇天。

「神《かみ》の宮《みや》」が素晴《すば》らしい働《はたら》きをして、神《かみ》の子本来《こほんらい》の使命《しめい》を果《は》たすために機能《きのう》することが、肉体《にくたい》をもっていることのそもそもの意味《いみ》です。だから神示《しんじ》には、「食事《しょくじ》は自己《じこ》に宿《やど》る神《かみ》に供《そな》え物《もの》を献《けん》ずる最《もっと》も厳粛《げんしゅく》な儀式《ぎしき》である」と示《しめ》されているのです。

さて現在《げんざい》の世界《せかい》では、ブラジルや日本《にっぽん》を初《はじ》め、多《おお》くの国々《くにぐに》で、食《た》べ物《もの》は大変豊《たいへんゆた》かに流通《りゅうつう》しています。市場《いちば》やスーパーマーケットに行《い》くと、溢《あふ》れるばかりの食料品《しょくりょうひん》が所《ところ》狭《せま》しと並《なら》べられています。それらは、農業機械《のうぎょうきかい》をはじめとした様々《さまざま》な技術《ぎじゅつ》の発明《はつめい》や開発《かいはつ》と、肥料《ひりょう》や農薬《のうやく》などの化学物質《かがくぶっしつ》の開発《かいはつ》のおかげです。

様々《さまざま》な機械《きかい》を動《うご》かすのはガソリンなどの化石燃料《かせきねんりょう》です。また農薬《のうやく》や肥料《ひりょう》、農業資《のうぎょうし》材《ざい》などほとんどのものが、石油《せきゆ》などを原料《げんりょう》として作《つく》られています。このように、現代《げんだい》人《じん》は生活《せいかつ》に必要《ひつよう》なあらゆるものやエネルギーを、石油《せきゆ》などの地下資源《ちかしげん》から作《つく》っていますが、その結果《けっか》、温室効果《おんしつこうか》ガスが異常《いじょう》に増《ふ》えて、地球温暖化《ちきゅうおんだんか》を来《き》たしています。地《ち》球《きゅう》温暖化《おんだんか》は気候変動《きこうへんどう》をもたらし、地球上《ちきゅうじょう》の各地《かくち》で、激《はげ》しい嵐《あらし》や豪雨《ごうう》、豪雪《ごうせつ》、洪水《こうずい》などを引《ひ》き起《お》こしています。作物《さくもつ》の成長《せいちょう》にも害《がい》を与《あた》え、不作《ふさく》や旱魃《かんばつ》の原因《げんいん》にもなってい

図1

ます。

さらに今《いま》の世界《せかい》では経済格差《けいざいかくさ》が大《おお》きく、豊《ゆた》かな人《ひと》と貧《まず》しい人《ひと》が同《おな》じ国《くに》の中《なか》で生《い》きています。同《おな》じ国民《こくみん》が、溢《あふ》れるほどの食《しょく》料《りょう》に囲《かこ》まれ、お腹一杯《なかいっぱい》食事《しょくじ》ができる人《ひと》と、飢《き》餓《が》に苦《くる》しむ人《ひと》とに分《わ》かれてしまいました。人類《じんるい》の歴史上《れきしじょう》、現代《げんだい》ほど貧富《ひんぷ》の格差《かくさ》、食糧《しょくりょう》など物資《ぶっし》の偏在《へんざい》が顕著《けんちょ》な時代《じだい》はないのではないでしょうか。その偏在《へんざい》の様《よう》子《す》をわかりやすく言《い》うと、こうなります。

(図《ず》1)

少《すこ》し想像《そうぞう》してみてください。一《ひと》つの部《へ》屋《や》に十組《くみ》の家族《かぞく》が十個《こ》のテーブルを囲《かこ》んでいるとします。その中《なか》で、豊富《ほうふ》な食料《しょくりょう》が載《の》っているテーブルは、二《ふた》つだけなのです。それだけではありません。このあり余《あま》るほどの食料《しょくりょう》を目《め》の前《まえ》にしている二《ふた》つのテーブルの人《ひと》たちだけで、世界《せかい》の穀物《こくもつ》の約半分《やくはんぶん》を消費《しょうひ》しているのです。それも直接食《ちょくせつた》べているわけではありません。豊《ゆた》かなテーブルの人《ひと》たちは、豊《ゆた》かになればなるほど、肉食《にくしょく》の割合《わりあい》が増《ふ》えていきます。すると、それらの人《ひと》たちが食《た》べる牛《うし》や豚《ぶた》、鶏《にわとり》などの飼料《しりょう》として、沢山《たくさん》の穀物《こくもつ》が動物《どうぶつ》たちのお腹《なか》に入《はい》るのです。地球温暖化《ちきゅうおんだんか》により、気候変動《きこうへんどう》が起《お》こり、穀物《こくもつ》の生産量《せいさんりょう》は限界《げんかい》に来《き》ていて増《ふ》えていません。そうすると、貧《まず》しい人々《ひとびと》の食料《しょくりょう》はさらに少《すく》なくなり、飢《う》えに苦《くる》しむ人《ひと》の割合《わりあい》も多《おお》くなります。

残《のこ》りのテーブルのうち、何《なん》とか空腹《くうふく》を満《み》たせる食事《しょくじ》、お腹一杯《なかいっぱい》にはならないけれど、テーブルの上《うえ》には食《た》べ物《もの》があるという状態《じょうたい》は六《むっ》つのテーブルです。そして最後《さいご》の二《ふた》つのテーブルにはほとんど食《た》べ物《もの》がありません。食《た》べ物《もの》のないテーブルでは、少《すく》ない食《た》べ物《もの》の取《と》り合《あ》いが起《お》こります。そこでは幼《おさな》い子供《こども》や年老《としお》いた人《ひと》は、取《と》り残《のこ》されて飢《う》えて死《し》んでしまいます。これは地球全体《ちきゅうぜんたい》を十個《こ》のテーブルとして比喩的《ひゆてき》にお話《はな》ししたものです。これが今《いま》の世界《せかい》の不平等《ふびょうどう》さです。

お腹《なか》いっぱい食《た》べられない人《ひと》、食《た》べ物《もの》がなくて死《し》んでいく人《ひと》は、同《おな》じ部屋《へや》で有《あ》り余《あま》るほどの食《た》べ物《もの》に囲《かこ》まれ、残《のこ》ったものを捨《す》てている人《ひと》を見《み》て、どう思《おも》うでしょうか。まるで〝悪魔《あくま》〟のように見《み》えるかもしれません。余《あま》っているのならどうして分《わ》けてくれないのかと思《おも》うでしょう。この世界《せかい》に神《かみ》はいないのかと思《おも》うでしょう。彼《かれ》らが怒《いか》りを抱《いだ》いても不思議《ふしぎ》ではありません。このような世界《せかい》で、平和《へいわ》を求《もと》めても、それはかなわない望《のぞ》みです。

豊《ゆた》かなテーブルに着《つ》いた人《ひと》たちが、肉食《にくしょく》を減《へ》らす、あるいはやめると、これまで牛《うし》や豚《ぶた》が食《た》べていた穀物飼料《こくもつしりょう》（図《ず》2）は、飢《う》えに苦《くる》しみ、死《し》んでいった人々《ひとびと》の食料《しょくりょう》に回《まわ》されます。今《いま》、世界《せかい》で作《つく》られる穀物《こくもつ》の量《りょう》は、七十億《おく》のすべての人類《じんるい》が十分《じゅうぶん》に食《た》べられるだけあるのです。ところがその穀物《こくもつ》が、貧《まず》しい人々《ひとびと》の口《くち》に入《はい》らないで、豊《ゆた》かな人《ひと》たちが食《た》べる動物《どうぶつ》の口《くち》に入《はい》るため、穀物《こくもつ》が不足《ふそく》するのです。そして、この動物《どうぶつ》たちは結《けっ》局《きょく》、豊《ゆた》かな人々《ひとびと》の胃袋《いぶくろ》に入《はい》ってしまいます。こんな不平等《ふびょうどう》な現実《げんじつ》が私《わたし》たちの住《す》む世界《せかい》

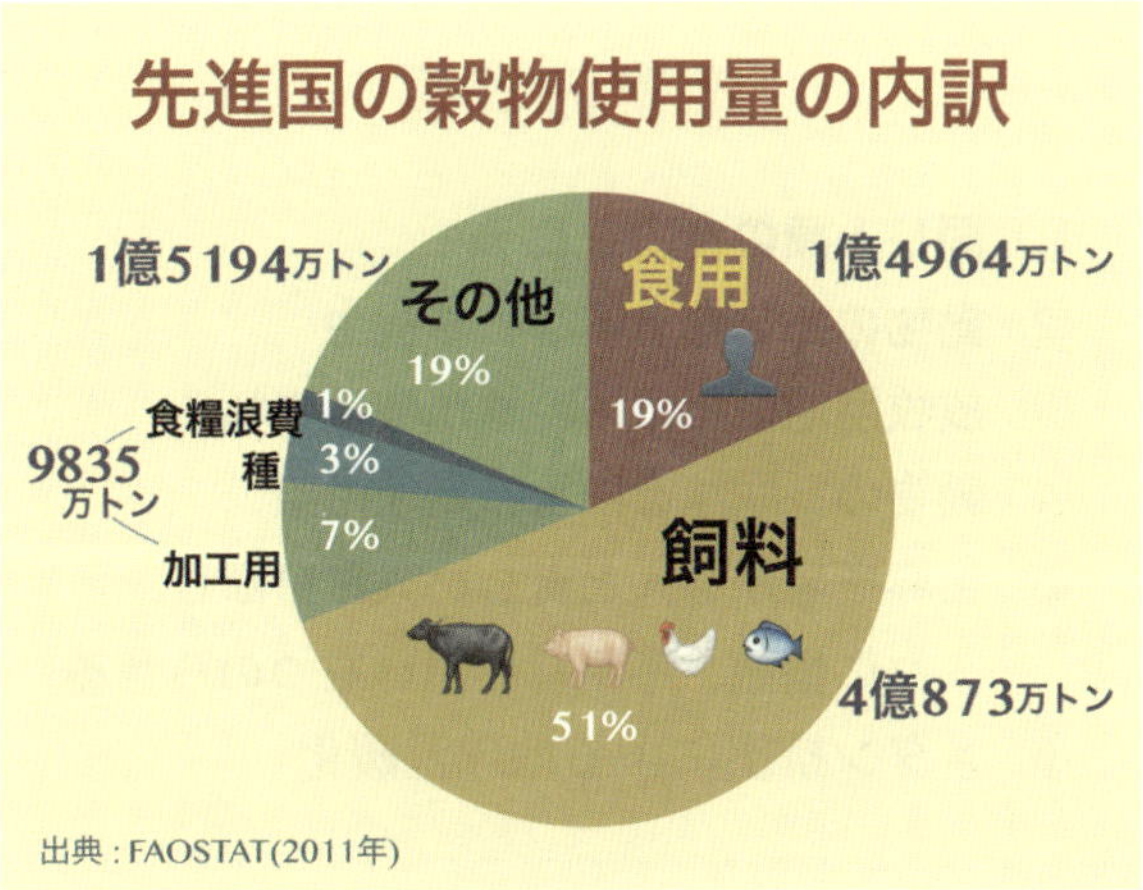

図2

にはあるのです。こんな世界《せかい》は「正《ただ》しい」と言《い》えません。しかし、もっと「正《ただ》しい」姿《すがた》にする方法《ほうほう》はあります。それは、私《わたし》たちが肉食《にくしょく》を減《へ》らす、あるいは完全《かんぜん》にやめる方向《ほうこう》に動《うご》くことです。

肉食《にくしょく》の弊害《へいがい》は、今回《こんかい》の教修会《きょうしゅうかい》でも発表《はっぴょう》されるように、人《ひと》から食料《しょくりょう》を奪《うば》うだけでなく、動物虐待《どうぶつぎゃくたい》や健康被害《けんこうひがい》につながるなどいくつもあります。動物《どうぶつ》を劣悪《れつあく》な環境《かんきょう》で飼育《しいく》し、環境汚染《かんきょうおせん》を起《お》こし、身動《みうご》きできない状態《じょうたい》の動物《どうぶつ》を病気《びょうき》にさせないために抗生物質《こうせいぶっしつ》やホルモン剤《ざい》が大量《たいりょう》に投与《とうよ》されるからです。

肉食の弊害

① 同じ人類の食料を奪う
② 動物の命を奪うすなわち殺生
③ 放牧用地のために森林が破壊される
④ 動物のし尿などによる環境汚染
⑤ 世界を豊かな人と貧しい人に分断し、
人々に憎悪、不平等の思いをつのらせる
⑥ メタン排出による地球温暖化

図3

こう考《かんが》えると、肉食《にくしょく》することは、間接《かんせつ》的《てき》に薬《くすり》や屠殺時《とさつじ》の動物《どうぶつ》の悲《かな》しみ、憤《いきどお》りが含《ふく》まれた血《ち》などを体《からだ》に取《と》り込《こ》むことになります。このような肉《にく》を食《た》べれば、人間《にんげん》の健康《けんこう》に悪《わる》い結果《けっか》を生《しょう》じます。実際《じっさい》、抗生物質《こうせいぶっしつ》が耐性菌《たいせいきん》のために機能《きのう》しなくなったり、子供《こども》の極度《きょくど》な早《そう》熟《じゅく》、機能障害《きのうしょうがい》などの結果《けっか》が各所《かくしょ》で現《あらわ》れています。

けれども、そのような不都合《ふつごう》なことは、あまり語《かた》られることがありません。何故《なぜ》なら今《いま》の世界《せかい》は、経済最優先《けいざいさいゆうせん》で、経済《けいざい》さえ発展《はってん》すれば、人々《ひとびと》は幸《しあわ》せになれるという唯物的《ゆいぶってき》な考《かんが》え方《かた》に多《おお》くの人《ひと》が傾《かたむ》いているからです。
肉食《にくしょく》の弊害《へいがい》について、まとめると次《つぎ》のようになります。（図《ず》3）

①同《おな》じ人類《じんるい》の食料《しょくりょう》を奪《うば》う
②動物《どうぶつ》の命《いのち》を奪《うば》うすなわち殺生《せっしょう》
③放牧用地《ほうぼくようち》のために森林《しんりん》が破壊《はかい》される
④動物《どうぶつ》のし尿《にょう》などによる環境汚染《かんきょうおせん》
⑤世界《せかい》を豊《ゆた》かな人《ひと》と貧《まず》しい人《ひと》に分断《ぶんだん》し、人々《ひとびと》に憎悪《ぞうお》、不平等《ふびょうどう》の思《おも》いをつのらせる
⑥メタン排出《はいしゅつ》による地球温暖化《ちきゅうおんだんか》

このように、肉食《にくしょく》は幸福《こうふく》を求《もと》め、世界《せかい》の平和《へいわ》を願《ねが》っている私《わたし》たちの理想《りそう》とはかけ離《はな》れたものを生《う》み出《だ》すことがお分《わ》かりになったと思《おも》います。

食事《しょくじ》は普通《ふつう》、一日《にち》に三回《かい》いただくものなので、大変強《たいへんつよ》い習慣性《しゅうかんせい》があります。どの国《くに》

にも、その国独自《くにどくじ》の食文化《しょくぶんか》というものがあります。幼《おさな》いころから慣《な》れ親《した》しんできた〝お母《かあ》さんの味《あじ》〟というようなものもあるでしょう。特《とく》にブラジルや南米諸国《なんべいしょこく》、アメリカ、ヨーロッパなどでは、キリスト教《きょう》の影響《えいきょう》が強《つよ》く、さらに遊牧民族《ゆうぼくみんぞく》としての長《なが》い歴史《れきし》の中《なか》で培《つちか》われてきた習慣《しゅうかん》にも根深《ねぶか》いものがあります。これらを簡単《かんたん》に変《か》えることは難《むずか》しいかもしれません。

キリスト教《きょう》では、カトリックのシトー会《かい》のように肉食《にくしょく》を禁《きん》じる宗派《しゅうは》もありますが、一般的《いっぱんてき》には肉食《にくしょく》は禁《きん》じられてきませんでした。けれども現代《げんだい》は、宗教上《しゅうきょうじょう》の理由《りゆう》だけでなく、先《さき》ほどからの発表《はっぴょう》にもあるように、倫理《りんり》、環境《かんきょう》、衛生面《えいせいめん》で肉食《にくしょく》は問題《もんだい》があり、世界《せかい》の平和《へいわ》を妨《さまた》げる要因《よういん》でもあります。

そこで私《わたし》たちは考《かんが》えるべきです。肉食《にくしょく》を続《つづ》けて欲望《よくぼう》を満足《まんぞく》させながら、人々《ひとびと》が争《あらそ》う世界《せかい》を望《のぞ》むのか、それとも、欲望《よくぼう》を制限《せいげん》して肉食《にくしょく》をやめ、人々《ひとびと》が平和《へいわ》に共存《きょうそん》する世界《せかい》を望《のぞ》むのか、ということです。私《わたし》たちはどちらを望《のぞ》むのでしょう。答《こた》えは明《あき》らかです。しかし、実際《じっさい》に目《め》の前《まえ》に美味《おい》しそうな肉料理《にくりょうり》が出《で》てきたら、そんな高尚《こうしょう》な難《むずか》しい議論《ぎろん》は横《よこ》に置《お》いて、まずはお腹《なか》を満《み》たそうという誘惑《ゆうわく》に直面《ちょくめん》します。そして、欲望《よくぼう》と習慣《しゅうかん》に身《み》を任《まか》す——人間《にんげん》とはそんなものだと思《おも》っている人《ひと》もいるでしょう。

しかし、よく考《かんが》えてみてください。宗教《しゅうきょう》を掲《かか》げ、神《かみ》を信仰《しんこう》するということは、自分《じぶん》の肉体的欲望《にくたいてきよくぼう》や執着心《しゅうちゃくしん》などを制御《せいぎょ》し、神《かみ》の御心《みこころ》にできるだけ沿《そ》った生活《せいかつ》をしようと決意《けつい》することです。皆《みな》さんは、そのような決意《けつい》をした素晴《すば》らしい人々《ひとびと》の集団《しゅうだん》です。自《じ》分《ぶん》の生《い》き方《かた》の根本《こんぽん》に何《なに》を置《お》くのかということを今一度《いまいちど》振《ふ》り返《かえ》って確認《かくにん》してください。神《かみ》の御心《みこころ》、神《かみ》の子《こ》としての生《い》きがい、それらに焦点《しょうてん》を合《あ》わせて、ご自分《じぶん》の日常生活《にちじょうせいかつ》に真理《しんり》を生《い》かすことが本当《ほんとう》の意味《いみ》での喜《よろこ》びです。

私《わたし》たちはみんな世界《せかい》の平和《へいわ》を願《ねが》っています。世界《せかい》の平和《へいわ》は、どのようにして実現《じつげん》できるのでしょうか。「平和《へいわ》」と声《こえ》を大《だい》にして叫《さけ》んだら得《え》られるのでしょうか。そうではありません。それは私《わたし》たち一人一人《ひとりひとり》の心《こころ》の問題《もんだい》であり、生活《せいかつ》の問題《もんだい》です。日々《ひび》の生《せい》活《かつ》の中《なか》で全《すべ》てのものの光明面《こうみょうめん》を見《み》る日時計主義《ひどけいしゅぎ》の生活《せいかつ》をすることと、自分《じぶん》の生活《せいかつ》が人《ひと》の犠牲《ぎせい》になっていないか、自分《じぶん》が豊《ゆた》かに生《い》きることが、同《おな》じ人類《じんるい》の命《いのち》を奪《うば》っていないかというところにまで、考《かんが》えが及《およ》ばない限《かぎ》り、「世界平和《せかいへいわ》」と叫《さけ》んでも、それは絵《え》空事《そらごと》になります。

同《おな》じ部屋《へや》で食事《しょくじ》をしていた十組《くみ》の家族《かぞく》、皆《みな》が同《おな》じように食《た》べることができ、お互《たが》いに平和《へいわ》に過《す》ごすことができる世界《せかい》の実現《じつげん》が私《わたし》たちの理想《りそう》であるに違《ちが》いありません。

肉食《にくしょく》があまりにも当《あ》たり前《まえ》に食事《しょくじ》の中《なか》に取《と》り入《い》れられている場合《ばあい》、その肉《にく》をやめるということには、相当《そうとう》に抵抗《ていこう》があるかもしれません。また家族《かぞく》に理解《りかい》してもらうのは難《むずか》しいでしょう。

ノーミート料理《りょうり》というのがあります。肉類《にくるい》を使《つか》わないで、大豆《だいず》たんぱくや穀物《こくもつ》で肉《にく》を使《つか》ったのと同《おな》じような料理《りょうり》ができます。生長《せいちょう》の家《いえ》の国際本部《こくさいほんぶ》では、森《もり》の中《なか》にオフィスが移転《いてん》したことに伴《ともな》い、それまではなかった職員《しょくいん》のための食堂《しょくどう》ができました。その食堂《しょくどう》では、毎回《まいかい》ノーミート料理《りょうり》が提供《ていきょう》されます。お豆腐《とうふ》や大豆《だいず》たんぱく、小麦粉《こむぎこ》のグルテンや魚《さかな》などが、メインの料理《りょうり》として提供《ていきょう》されます。野菜《やさい》も豊富《ほうふ》に献立《こんだて》に取《と》り入《い》れられています。東京《とうきょう》の原宿《はらじゅく》に本部《ほんぶ》があった頃《ころ》には、都会《とかい》の真《ま》ん中《なか》でしたから、食事《しょくじ》のできる場所《ばしょ》はいくらでもありました。けれども〝森《もり》の中《なか》〟では、近所《きんじょ》にレストランはあまりないので食堂《しょくどう》を作《つく》ったのです。その結果《けっか》、生活習慣病《せいかつしゅうかんびょう》の傾向《けいこう》にあった職員《しょくいん》の中《なか》には、オフィスの食事《しょくじ》をとるようになって、健康面《けんこうめん》で医師《いし》も驚《おどろ》くほどの改善《かいぜん》が見《み》られた人《ひと》もあります。

みなさんも今回《こんかい》の教修会《きょうしゅうかい》を機会《きかい》に、ノーミート料《りょう》理《り》に挑戦《ちょうせん》されてはいかがでしょうか。新《あたら》しいことを始《はじ》めるのは、少《すこ》し億劫《おっくう》に感《かん》じるかもしれませんが、楽《たの》しいことです。そしてそのような行動《こうどう》から、皆《みな》さんの生《せい》活《かつ》に良《よ》い変化《へんか》が現《あらわ》れ、また食《た》べ物《もの》に対《たい》する考《かんが》え方《かた》が変《か》わり、世界《せかい》をより広《ひろ》い視点《してん》で見《み》ることができるようになるのではないかと思《おも》います。

“森の中のオフィス”の食堂のランチ

私《わたし》たちは、困《こま》っている人《ひと》、災害《さいがい》にあった人《ひと》、難民《なんみん》などに、物資《ぶっし》を送《おく》ったり献金《けんきん》をします。肉食《にくしょく》からノーミートに転換《てんかん》することは、貧《まず》しい国《くに》の人々《ひとびと》に献金《けんきん》をするのと同《おな》じような効果《こうか》があり、大《おお》きな愛行《あいぎょう》＊2であり、善行《ぜんぎょう》と言《い》えます。そのように考《かんが》えれば、毎日《まいにち》の食事《しょくじ》から少《すこ》しずつ肉《にく》を減《へ》らしていくことを、信仰者《しんこうしゃ》ができないはずはないと思《おも》います。

私《わたし》の家庭《かてい》でも肉食《にくしょく》をやめて、十数年《すうねん》になりますが、魚《さかな》や野菜《やさい》だけで毎日《まいにち》美味《おい》しくお食事《しょくじ》をいただいています。そのような食事《しょくじ》は、気持《きもち》の上《うえ》でも大変満足《たいへんまんぞく》できるものです。そして、健康《けんこう》に過《す》ごしています。

谷口雅春先生《たにぐちまさはるせんせい》は、『新版《しんぱん》 生活《せいかつ》の智慧《ちえ》365章《しょう》』二九〇ページの中《なか》で、次《つぎ》のようにお示《しめ》しくださっています。

神《かみ》の声《こえ》をきくには日常生活《にちじょうせいかつ》が浄《きよ》くして神《かみ》が其処《そこ》に鎮《しず》まりますに相応《ふさ》わしくなければならないのである。だから能《あた》う限《かぎ》り「これは清浄《せいじょう》なり」と自己《じこ》がみとめ得《う》る生活《せいかつ》を送《おく》るがよい。投《な》げやりに肉体生活《にくたいせいかつ》を汚《けが》して置《お》いて、さて〝困《こま》った時《とき》の神《かみ》頼《だの》み〟では神《かみ》の心《こころ》に波長《はちょう》が合《あ》いそうにないのである。常《つね》に神《かみ》と一体《いったい》の自覚《じかく》を持《も》つ

＊2　万物に対する愛の行い。

ために生活《せいかつ》を清浄《せいじょう》にすると共《とも》に常《つね》に神想観《しんそうかん》*3を怠《おこた》らず、神《かみ》に波長《はちょう》が合《あ》うように努《つと》むべきである。

生長《せいちょう》の家《いえ》の教《おし》えは、人間《にんげん》は神《かみ》の子《こ》で、本来完全円満《ほんらいかんぜんえんまん》な存在《そんざい》だというものです。神《かみ》の子《こ》の自覚《じかく》を深《ふか》めるためには、三正行《さんしょうぎょう》をすることが大切《たいせつ》だと教《おし》えられています。三《みっ》つの正《ただ》しい行《おこな》いとは、これらを言《い》います――

① 神想観《しんそうかん》
② 聖経《せいきょう》・聖典《せいてん》等《とう》*4の拝読《はいどく》
③ 愛行《あいぎょう》

現実《げんじつ》の世界《せかい》で日々《ひび》生活《せいかつ》している私《わたし》たちは、この世界《せかい》の不完全《ふかんぜん》さを毎日《まいにち》目《め》にしています。そうすると、頭《あたま》の中《なか》の知識《ちしき》としては、「人間《にんげん》は円満完全《えんまんかんぜん》な神《かみ》の子《こ》である」と分《わ》

*3　生長の家独特の座禅的瞑想法。　*4　生長の家の本。

かっていても、実際《じっさい》に私《わたし》たちの心《こころ》の中《なか》に去来《きょらい》するものは、現実世界《げんじつせかい》の不完全《ふかんぜん》さです。すると私《わたし》たちの神《かみ》の子《こ》の本質《ほんしつ》を見《み》る目《め》が曇《くも》ってしまい、この世《よ》の様々《さまざま》な不完全《ふかんぜん》な出来事《できごと》に振《ふ》り回《まわ》されてしまいがちです。ですから、生長《せいちょう》の家《いえ》の信仰者《しんこうしゃ》である私《わたし》たちは、毎日少《まいにちすく》なくとも一回《かい》は神想観《しんそうかん》をして、神《かみ》との一体感《いったいかん》を深《ふか》める行事《ぎょうじ》をする必要《ひつよう》があるのです。さらにまた、聖典《せいてん》や聖経《せいきょう》を読《よ》むことにより、人間《にんげん》と世界《せかい》の真実《しんじつ》のすがたを頭《あたま》でも論理的《ろんりてき》に理解《りかい》することができます。そして愛行《あいぎょう》をすることです。人《ひと》に笑顔《えがお》で挨拶《あいさつ》をする、親切《しんせつ》な言葉《ことば》をかけるというのも愛行《あいぎょう》ですが、「肉食《にくしょく》を減《へ》らし、ノーミート料理《りょうり》を始《はじ》める」というのも大《おお》いなる愛行《あいぎょう》になります。

私《わたし》たちの内面《ないめん》の神《かみ》の声《こえ》に従《したが》い、生長《せいちょう》の家《いえ》の生活《せいかつ》、三正行《さんしょうぎょう》を実践《じっせん》し、日時計主義《ひどけいしゅぎ》によって、人生《じんせい》の光明面《こうみょうめん》を見《み》る生活《せいかつ》を続《つづ》けられることにより、皆《みな》さん自身《じしん》の日常《にちじょう》が価値《かち》のある有意義《ゆういぎ》なものになると共《とも》に、周《まわ》りの人々《ひとびと》にも良《よ》い影響《えいきょう》を与《あた》えることでしょう。

皆様《みなさま》とともに世界《せかい》の平和《へいわ》に大《おお》きく貢献《こうけん》する生《い》き方《かた》を実践《じっせん》していきたいと思《おも》います。皆様《みなさま》のご活躍《かつやく》をお祈《いの》りいたします。ありがとうございます。（拍手《はくしゅ》）

食事と世界平和

——ブラジルにおける「世界平和のための生長の家国際教修会」での講話（二〇一四年七月二十六日）

本文初出一覧

第1章　刹那を生きる

朝、瞑想をする（『白鳩』二〇一一年四月号）
いのちは連続している（『白鳩』二〇一二年七月号）
刹那を生きる（『白鳩』二〇一三年一月号）
人格を磨くには（『白鳩』二〇一三年四月号）
柔軟な心（『白鳩』二〇一三年九月号）
可能性を広げる（『白鳩』二〇一四年五月号）
言葉で言うこと（『白鳩』二〇一四年六月号）
魂の土台を築く（『白鳩』二〇一四年七月号）

第2章　「幸福八分」の結婚

〝赤い糸〟のメッセージ（『白鳩』二〇一一年二月号）
不思議なレッスン（『白鳩』二〇一一年十月号）
愛は美しい？（『白鳩』二〇一二年一月号）
「幸福八分」の結婚（『白鳩』二〇一三年二月号）
子供を信じる（『白鳩』二〇一三年五月号）
適齢期はいつ？（『白鳩』二〇一四年二月号）
愛は時に厳しく（『白鳩』二〇一四年八月号）

第3章　エネルギーの夢

〝新しい文明〟がある『白鳩』二〇一一年七月号）
エネルギーの夢（『白鳩』二〇一一年八月号）
季節は必ず巡る（『白鳩』二〇一一年九月号）
江戸のエコに学ぶ（『白鳩』二〇一一年十二月号）
自ら考え、声を上げよう（『白鳩』二〇一二年十一月号）
人とつながる価値（『白鳩』二〇一三年十一月号）
自然は与える（『白鳩』二〇一四年一月号）
小学生の私（『白鳩』二〇一四年三月号）

第4章　「つもり」の食事

食品を選ぶとき（『白鳩』二〇一一年三月号）
フクシマ後の安全（『白鳩』二〇一二年三月号）
心をこめた料理を（『白鳩』二〇一二年十二月号）
ストレスを飛び越えて（『白鳩』二〇一四年九月号）
家庭菜園の勧め（『白鳩』二〇一四年十一月号）
「つもり」の食事（『白鳩』二〇一四年十二月号）

第5章　【講演録】食事と世界平和

身近なことからライフスタイルの転換を（『生長の家』二〇一四年六月号）
食事と世界平和（『生長の家』二〇一四年十一月号）

参考文献

伊藤洋「徒然草DB」（「伊藤洋のページ」）http://www2.yamanashi-ken.ac.jp/~itoyo/tsuredure/turedure_index.htm
千住文子著『千住家の教育白書』（新潮文庫、二〇〇五年）
岩合日出子著『アフリカポレポレ』（朝日新聞社、一九八五年）
アズビー・ブラウン著、幾島幸子訳『江戸に学ぶエコ生活術』（阪急コミュニケーションズ、二〇一一年）
西日本新聞社「食 くらし」取材班著『価格の向こう側――食卓の向こう側 第12部』（西日本新聞社、二〇〇九年）
浅川芳裕著『日本は世界5位の農業大国――大嘘だらけの食料自給率』（講談社＋α新書、二〇一〇年）
安田節子著『わが子からはじまる 食べものと放射能のはなし』（クレヨンハウス、二〇一一年）
岩村暢子著『「親の顔が見てみたい！」調査――家族を変えた昭和の生活史』（中公文庫、二〇一〇年）
岩村暢子著『普通の家族がいちばん怖い――崩壊するお正月、暴走するクリスマス』（新潮文庫、二〇一〇年）
岩村暢子著『変わる家族 変わる食卓――真実に破壊されるマーケティング常識』（中公文庫、二〇〇九年）
谷口雅宣著『大自然讃歌』（生長の家、二〇一二年）
ヘレナ・ノーバーグ・ホッジ著、『懐かしい未来』翻訳委員会訳『ラダック 懐かしい未来』（山と渓谷社、二〇〇三年）
谷口雅春著『新版 生活の智慧365章』（日本教文社、一九九七年）
谷口純子著『おいしいノーミート 四季の恵み弁当』（生長の家、二〇一二年）

写真初出一覧（写真はすべてブログ「恵味《めぐみ》な日々」より）

〔ページ〕（「」内はブログの記事のタイトル）

（一三）二〇一四年二月二日「宮崎市に行ってきました」
（一六）二〇一四年一月一日「明けましておめでとうございます」
（二三）二〇一四年四月十七日「カタクリ発見」
（二八）二〇一三年十一月二十八日「朔風葉を払う」
（三四）二〇一三年十二月十五日「沖縄に行ってきました」
（四一）二〇一一年十一月二十五日「冬景色」
（四八）二〇一一年五月二十三日「山菜採り」
（五九）二〇一二年十月二十六日「水天宮」
（六三）二〇一四年七月六日「アマリリスが咲きました」
（六六）二〇一四年二月二十八日「雪の大泉から花盛りの長崎へ」
（七二）二〇一四年一月二十四日「鯛焼き」
（七六）二〇一四年十二月二十一日「森の中の交友会」
（八〇）二〇一三年八月二十七日「国際教修会4回目」
（八七）二〇一四年六月十四日「今週の山の生活」
（九二）二〇一四年六月二十三日「松本市に行ってきました」
（一〇〇）二〇一三年七月十八日「国際教修会」
（一〇四）二〇一四年一月十二日「雪道を行く」
（一〇七）二〇一三年十月二十九日「霎時施す」

写真初出一覧

（一一）二〇一一年四月十四日「被災地訪問2」
（一一六）二〇一一年四月二十一日「ミツバチの羽音と地球の回転」
（一二二）二〇一四年八月二十三日「最近の庭」
（一三二）二〇一五年二月二日「東京に行ってきました」
（一三六）二〇一三年九月七日「白露」
（一四二）二〇一三年九月二十八日「引っ越しました」
（一四八）二〇一四年五月十六日「新緑」
（一五〇）二〇一三年十月四日「きのこの季節」
（一五二）二〇一〇年一月三日「伊勢神宮参拝」
（一五六）二〇一三年十一月十二日「地始めて凍る」
（一五七）二〇一四年一月二十七日「ノーミート料理」
（一六〇）二〇一四年八月二十三日「最近の庭」
（一六八）二〇一四年三月二十九日「我が家の食卓」
（一七四）二〇一四年十二月二十二日「長坂子ども食堂」
（一八〇）二〇一四年六月十四日「今週の山の生活」
（一八六）二〇一四年七月十八日「ルバーブジャム」
（一八八）二〇一四年七月二十九日「クリチバ市訪問」
（一九二）二〇一三年十二月八日「大雪」
（一九五）二〇一四年七月二十八日「伝道本部昼食」
（二一五）二〇一四年四月二十五日「輝子先生、26年祭」
（二三七）二〇一三年十二月二十五日「オフィスのクリスマス・ランチ」

平和《へいわ》のレシピ

2015年４月20日　初版第１刷発行
2016年８月１日　初版第３刷発行

著　者　谷口純子《たにぐちじゅんこ》
発行者　磯部和男
発行所　宗教法人「生長の家」
山梨県北杜市大泉町西井出8240番地2103
電　話（0551）45-7777　http://www.jp.seicho-no-ie.org/
発売元　株式会社　日本教文社
東京都港区赤坂９丁目６番44号
電　話（03）3401-9111
ＦＡＸ（03）3401-9139
頒布所　一般財団法人　世界聖典普及協会
東京都港区赤坂９丁目６番33号
電　話（03）3403-1501
ＦＡＸ（03）3403-8439
印刷　東港出版印刷株式会社
製本　牧製本印刷株式会社
装幀　株式会社 サンニチ印刷

本書（本文）は、環境に配慮し、適切な管理が行われている山梨県有林などからの木材を50％以上使用した（クレジット方式）、「やまなし森の印刷紙」で作られています。

落丁・乱丁本はお取替えします。
定価はカバーに表示してあります。

ISBN978-4-531-05269-1

おいしいノーミート　四季の恵み弁当

●谷口純子著

健康によく、食卓から環境保護と世界平和に貢献できる、肉を一切使わない「ノーミート弁当」40選。自然の恵みを生かした愛情レシピの数々と、日々をワクワク生きる著者の暮らしを紹介します。

生長の家刊　本体952円

うぐいす餅とバナナ

●谷口純子著

自然を守り、世界の人々の幸せにつながる道がここに。物事の明るい面を見つめ、日々の「恵み」に感謝する日時計主義のエッセンスをあなたに贈ります。

生長の家刊　本体1429円

突然の恋

●谷口純子著

著者自身の結婚をめぐる思いを例に幸福への要諦を示した標題のエッセイなど、23篇を収録。自分の人生は自分の心が作っていて運命のようなものに引きずられる存在ではないことを教えてくれます。

日本教文社刊　本体857円

小さな奇跡

●谷口純子著

私たちの心がけ次第で、毎日が「小さな奇跡」の連続に。その秘訣は物事の明るい面を見る「日時計主義」の生活にあります。講演旅行先での体験などを綴った著者三冊目のエッセイ集。

日本教文社刊　本体1429円

宗教はなぜ都会を離れるか？
――世界平和実現のために

●谷口雅宣著

人類社会が「都市化」へと偏向しつつある現代において、宗教は都会を離れ、自然に還り、世界平和に貢献する本来の働きを遂行する時期に来ていることを説く。

生長の家刊　本体1389円

次世代への決断
――宗教者が“脱原発”を決めた理由

●谷口雅宣著

東日本大震災とそれに伴う原発事故から学ぶべき教訓とは何か――次世代の子や孫のために“脱原発”から自然と調和した文明を構築する道を示す希望の書。

生長の家刊　本体1524円

株式会社　日本教文社　〒107-8674　東京都港区赤坂 9-6-44　TEL（03）3401-9111（代表）
一般財団法人　世界聖典普及協会　〒107-8691　東京都港区赤坂 9-6-33　TEL（03）3403-1501（代表）
各本体価格（税抜き）は平成 28 年 7 月 1 日現在のものです。